KB072232

안개꽃 빌라의 탐식가들

장아결 장편소설
안개꽃 빌라의
탐식가들
팩토리나인

차 례

육소미

시금치 된장국 냄새가 나는 집

돌이켜보면 소미는 뜨거운 김과 집 전체에 퍼지는 구수하고 칼칼한 시금치 된장국 냄새 때문에 안개꽃 빌라에 살기로 했는지도 모른다. 물론 지역과 평수에 비해 보증금과 월세가 저렴한 게 가장 큰 이유긴 했다. 안개꽃 빌라에 오기 전 둘러봤던 고시원은 부엌이 협소해 요리하기 어려워 보였고, 식탁이 없어 방에 있는 책상에서 식사를 해결해야 했다. 반면 여성 전용 셰어하우스인 안개꽃 빌라는 공용공간으로 거실을 쓸 수 있고, 베란다가 있어 햇볕에 빨래를 널 수 있었다. 일하고 있는 도시락 가게와도 가까워 걸어서 출퇴근할 수 있는 것도 큰 장점이었다.

소미는 '모란도시락' 사장이자 안개꽃 빌라의 주인인 모란에게 이 집을 소개받았다. 모란은 거제도에서 상경해 이모네 집에서 출퇴근하는 소미의 사정을 듣고, 마침 자기가 운영하는 셰어하우스에 빈방이 났다며 소미를 데리고 갔다. 다른 사람들은 집에 없고 소미 또래인 유정만 혼자 부엌에 있었다. 모란은 유정이 소미와 동갑이며, 용신대학교 영문과를 다닌다고 소개했다.

유정은 앞치마를 입고 부엌에서 요리하는 중이었다. 집 안이 고요해 유정이 나무 도마에 채소 써는 소리가 잘 들렸다. 짧은 간격으로 '탕탕탕'이 아니라 간격이 꽤 있는 '-탕-탕-탕'이었다. 소리로 보아 칼질이 썩 능숙한 것 같지는 않지만, 간

헐적으로 들리는 도마 소리가 정감 있었다. 소미는 싱크대에 물을 틀어 수압을 확인하다가 도마 위를 봤다. 부엌에 난 창으로 유정의 인상처럼 따뜻하고 참한 빛이 들어와 나무 도마 위를 비추었다. 큼직큼직하게 썬 시금치와 어슷하게 썬 고추, 반달썰기 한 애호박에서 싱그러운 풋내가 올라왔다.

모란은 소미를 거실로 이끌었다. 냄비에 물 끓는 소리가 나며 구수한 멸칫국물 냄새가 집 안에 퍼졌다. 유정이 된장을 물에 풀자 멸칫국물 냄새는 곧 된장국 냄새로 변했다. 고추장도 조금 넣고 고추도 썰어 넣어, 구수하면서도 칼칼한 냄새였다. 이어 보글보글 끓는 소리가 커졌다.

'끓어 넘치기 전에 불 조절을 잘해야 할 텐데…….'

모란의 설명을 듣는 와중에도 정신은 부엌에 반쯤 가 있었다.

소미가 거실, 방, 욕실과 베란다까지 둘러보고 부엌으로 돌아왔을 때 유정은 저녁 식사를 차리고 있었다. 시금치 된장국, 가장자리가 바싹하게 익은 계란프라이, 총각김치, 쌀밥 반 공기가 전부인 소박한 차림이었다. 시금치가 푹 익은 된장국에서 모락모락 김이 피어올랐다.

유정이 한 손으로 우물거리는 입을 가리며, 곁눈질로 소미를 쳐다봤다. 소미는 자신이 대놓고 쳐다봤음에 민망해져서 일부러 부엌을 휘돌아보는 척하며 걸어 나왔다.

모란이 셰어하우스의 규칙들을 설명하는데, 유정이 달그락거리며 숟가락질하는 소리, 국물 떠먹는 소리, 잘 익은 총각무를 아작 베어 무는 소리가 간간이 들렸다.

'나라면 고봉밥으로 한 공기는 더 먹었을 텐데…….'

입 안에 침이 고였다.

"소미 학생, 세입자 아가씨 둘이 갑자기 나가서 방이 났지, 이 가격에 이만한 방 구하기 쉽지 않아."

소미가 대학을 졸업한 지는 2년쯤 되었기에 학생은 아니지만, 모란은 소미를 그렇게 불렀고 소미도 그 호칭이 싫지 않았다. 지금까지 본 집(이랄지 방이랄지) 대여섯 군데를 떠올려봤을 때, 소미의 생각도 모란과 다르지 않았다. 소미는 빌라 3층의 모란의 집으로 올라가서 임대차 계약서를 쓰고 모란이 일러주는 말에 예의 바르게 대답하면서도, 머릿속엔 얼른 저녁 먹을 생각밖에 없었다. 모란도시락에 취업한 것도, 요리를 좋아하기도 했지만 먹는 걸 좋아한 게 가장 큰 이유였다. 적어도 매일 편의점 도시락이나 삼각김밥 같은 것만 먹지는 않을 것 같았다. 경찰 시험에 뛰어들 때는 이거 아니면 안 된다는 마음이었다면, 이번에 아르바이트 자리를 구하면서는 절대로 하기 싫은 일만 제하고 남은 곳에 모조리 지원했다.

소미는 강자에게 강하고 약자에게 약한, 정의롭고 따뜻한 경찰이 되고 싶었다. 어렸을 때부터 경찰이 천직이라고 생각했지만, 몇 년째 시험에 낙방하자 그런 확신도 흔들렸다. 가족들은 걱정이라는 이름으로 소미의 일과와 시험 낙방에 대해 한마디씩 얹었다. 젓가락을 들고 뭘 집으려고 할 때마다 옆에서 이거 먹어라, 아니 저거부터 먹어라, 이건 이 방법대로 먹어야 한다고 참견을 들으면 원래 먹으려던 것도 먹기 싫어지기 마련인 법. 딱히 틀린 말 없는 가족들의 잔소리지만, 소미는 모든 것이 견딜 수 없어졌다. 경찰이 내 길이 아닌가 싶고, 잠시 쉬면서 다시 생각해보고 싶었다. 하지만 부모님에게는 차마 그렇게 말하지 못했다. 이번 해만 마지막으로 해보겠다며 서울에서 학원에 다니겠다며 도피했다.

소미는 이모네 집으로 가는 버스에 몸을 실었다. 퇴근 시간과 맞물려 버스는 만원이다. 주머니에서 진동이 느껴져 소미가 휴대폰을 꺼냈다. 오늘 저녁 메뉴로 뭘 할지 고민이라고 이모가 가족 단체 메신저 방에서 운을 띄웠다. 객식구가 되면서 소미도 4인 가족 단체 메신저 방에 끼게 되었다. 아직 아무도 반응이 없었다. 소미는 '시금치 된장국 칼칼하게 해서 어때요?'라고 글자를 입력했다. 소미가 메시지를 보내기 직전, 사촌 동생이 '피자! 피자 먹자, 엄마!' 하고 메시지를 보냈다. 이모부는 당신 하고 싶은 대로 하라고 하고, 이모는 몸에 안 좋게 또 피자냐고 핀잔하면서도 요리하기 귀찮았는데 시켜 먹는 게 나쁘지 않은 눈치였다. 소미는 보내려던 메시지를 지우고 자기도 피자가 좋다고 답했다.

소미가 조경이 잘된 대단지 아파트로 들어섰다. 엘리베이터에 올라타자 피자 냄새가 진동했다. 냄새의 강도로 보아 배달원이 떠난 지 얼마 되지 않았을 것이다.

'메뉴는, 뉴욕 스타일의 페퍼로니 피자……!'

이모가 "먹을 복 있네, 딱 맞춰오고!" 하며 소미를 맞았다. 누가 자매 아니랄까 봐 소미 엄마가 식구들에게 입버릇처럼 하는 말이기도 했다. 소미네가 대식구인데다 먹성이 좋은 집안 내력이라, 까딱 늦었다면 몫이 남아 있지 않을 수도 있었다는 무시무시한 이야기다. 이모네 식구들 옆에 잽싸게 앉아 소미도 패밀리 사이즈의 페퍼로니 피자 한 조각을 떼어내 양손으로 받치고 먹기 시작했다. 도우 위에 똑같이 생긴 동그란 페퍼로니가 빽빽하게 박혀 있는 게 꼭 아파트 창문들 같았다.

"얘가, 가방부터 내려놓고 먹어."

이모가 소미의 어깨에서 가방을 벗겨 바닥에 내려놓았다.

"도서관 갔다가 바로 집 보고 온 거야?"

소미는 입 안 가득 피자를 씹으며 고개를 끄덕였다. 등줄기가 서늘했다. 가방에는 경찰공무원 문제집 대신, 모란이 남았다고 싸준 도시락 가게 반찬들이 들어 있었다. 그나마 반찬 때문에 가방 무게가 있던 것이 다행이었다.

소미는 페퍼로니 피자를 입 안에서 마저 씹고 꿀꺽, 삼켰다.

ㅇㅇㅇ

소미가 안개꽃 빌라에 이사 온 지도 일주일이 지났다. 소미는 이삿짐을 정리하는 중이다. 이삿짐이라고 해봐야 서울에 올 때 바리바리 싸 온 문제집과 공책이 대부분이었다. 소미가 경찰공무원 시험 문제집을 담아둔 상자를 비우고 나니, 치즈 녀석이 그 안에 쏙 들어가 자리를 잡았다. 치즈는 하우스 메이트인 시연이 키우는 고양이다. 쫑긋한 귀부터 상자 안에 말아 넣은 꼬리까지, 녀석의 온몸을 치즈색 털이 뒤덮었다. 더 자세히는, 주황색과 누르스름한 흰색이 대리석 무늬처럼 섞인 콜비잭 치즈 같았다. 이사 온 첫날, 마루에 웅크려 있는 녀석을 보고, 나무 도마 위에 덩이째 올려진 콜비잭 치즈가 걸어오는 줄 착각했을 정도다. 콜비잭 치즈는 서울 이모네에 살면서 처음 먹어보고 이름을 알게 된 것으로 소미를 매료시켰다. 하지만 제 발로 소미에게 걸어오기까지 하는 고양이 치즈에 비할 바는 아니다.

치즈는 어디서 가져왔는지 두 뼘 길이의 빨간 끈을 물어뜯으며 빈 상자 안에서 뒹굴었다. 끈은 양 끝이 제비 꼬리 모양으로 갈라져 있고 공단처럼 매끄러운 재질이었다.

'야옹-'

상자가 그리 크지 않아서 옆으로 두 바퀴 구른 치즈가 상자 벽에 부딪혔다. 녀석 때문에 문제집 정리에 차질을 빚고 있었다. 소미가 상자를 잡고 슬쩍 흔들어 봤지만, 치즈는 꿈쩍도 하지 않았다. 유정의 말에 의하면 길에서 살던 치즈가 이 집에 처음 왔을 때는 척추가 다 드러날 만큼 말랐다는데, 지금은 그 말이 믿기지 않을 정도로 토실토실하다. 치즈는 내일이면 시연과 함께 안개꽃 빌라를 떠난다. 소미가 작별의 아쉬움을 담아 치즈의 머리를 쓰다듬자, 녀석이 기분 좋은 듯 '갸르릉' 소리를 냈다. 치즈는 다 물어뜯어서 너덜너덜해진 빨간 끈에 흥미를 잃고 상자 벽을 할퀴기 시작했다.

소미는 문제집 더미를 보고 한숨을 내쉬었다. 몇 년 동안 매진한 공부의 결과물로 남은 것이라곤 고작 이런 것뿐이었다. 맨 위에 있는 공책의 표지는 조금 전 치즈 녀석에 의해 반이나 찢겨나갔다. 녀석은 하우스 메이트들이 방심하고 놓아둔 고지서나 편지 같은 것을 종종 찢곤 했다. 그때마다 하우스 메이트들은 녀석 앞에선 치즈 앞의 쥐가 되어 화가 스르르 풀리긴 했지만. 소미 역시 치즈에게 이길 마음은 없었다. 소미는 옥상에 가서 빈 상자를 가져오기 위해 몸을 일으켰다.나가는 김에 치즈가 내버려 둔 빨간 공단 끈을 주워 현관에 있는 종량제봉투에 버렸다. 안개꽃 빌라는 각 방의 쓰레기봉지가 다 차면, 현관 앞에 있는 큰 종량제봉투에 담아 일주일에 한 번씩 빌라 앞에 내다 버린다.

종량제봉투 옆 바닥에 잘게 찢어진 흰 종이와 노란 머리카락들이 떨어져 있어서 그 앞에 주저앉았다. 종량제봉투 옆구리가 찢어져, 그 틈에 노란 긴 머리카락이 걸려 있었다. 찢어진 봉지의 단면을 보니 고양이 발톱이 할퀴고 지나간 것 같았다. 그래도 이 정도면 귀여운 말썽이지 생각하며 소미는 스케치북을 찢어놓은 것 같은 흰 종이 한 움큼과 머리카락을 주워 넣었다. 그리고 빈 상자를 구하러 옥상으로 향했다.

계단참에 난 창으로 햇살이 비스듬히 들어왔다. 창밖으로는 1L 우유갑 같은 냉동탑차가 담 옆에 주차된 게 보였다. 모란의 아들이 운영하는 빌라 1층의 수산유통업체가 망한 후로는 못박인 듯 같은 자리에 있었다.

소미가 남은 반 층을 더 올라가자 옥상 입구로 찬 바깥 공기가 훅 들어왔다.

"…… 다른 사람들한테 말하는 거 아니겠지? 이제 같은 집에서 무서워서 잠깐도 못 있겠어."

'무슨 소리지? 누가 전화 통화를 하나?'

소미는 걸음을 멈췄다. 몇 마디 나눠본 적은 없지만, 시연의 목소리임을 알 수 있었다. 약간 낮고 허스키한 목소리는 나머지 하우스 메이트들과 확연히 구별되었다. 아무래도 나중에 다시 옥상에 가야 할 것 같았다. 뒤돌아서며 손바닥으로 짚은 화강석 재질의 벽이 차가웠다. 계단 쪽 벽은 상아색 배경에 검거나 회색이거나 흰 점이 어지러이 콕콕 박혀 있었다. 계단에도 그와 비슷한, 전어 껍질 같은 무늬가 반복되었다.

남의 통화를 엿들으면 안 된다는 건 알지만, 발걸음이 쉽사리 떼어지지 않았다. 소미가 한쪽 발을 떼었지만, 나머지 발은 껍질의 끈적끈적한 점액질에 들러붙은 듯했다.

"공연장은…… 내 SNS 보고 찾아온 것 같아. 그거 외엔 실수한 거 없어. 작정하고 협박하는 사람을 어떻게 당해."

시연이 억울하다는 듯 말했다.

"저번엔 행정복지센터까지 찾아왔었어. 어, 새로 이사 가는 덴 대충 둘러댔어."

소미가 집 보러온 날, 모란은 방 두 개가 갑자기 빠졌다고 했었다. 윤수경이라는 용신여대 미대생이 이사 나간 방에 소미가 들어왔고, 행정복지센터에서 근무하는 공무원인 시연이 내일 이사 나간다. 그런데 그게 이 집에 사는 사람의 협박 때문인 거라고? 그동안 집에서 시연을 거의 못 봤던 게 그 때문일지도 몰랐다. 시연은 주말에도 케이지 안에 치즈를 넣고 아침 일찍 집을 나섰다.

"괜찮겠지? 이 집만 나가면?"

시연의 목소리가 흔들렸다.

옥상 입구로 들어온 찬바람이 소미의 종아리를 훑고 지나갔다. 이제 잘 들리지 않는 시연의 말소리는 통화를 마무리하는 내용인지도 몰랐다. 소미가 발소리를 죽이며 계단을 내려가는데 하필 지금 시연이 옥상에서 나와 자기를 보면 어쩌지 싶었다.

'혹시 지금 내 뒤에 있는 건 아니겠지?'

뒷머리가 서늘했지만 뒤돌아보지는 않았다. 소미는 현관문을 열 때, 끝내 못 참고 계단 위쪽을 흘끔 쳐다봤다. 다행히 시연은 없었다.

집 안에 들어서자 치즈가 소미의 다리에 제 몸을 비볐다. 당황한 표정을 들킨 게 하우스 메이트가 아니라 치즈여서 다행이었다. 소미는 통화 내용에 대해 온갖 추측을 하다 잠이 들었고, 일어나서는 생생한 꿈을 꾼 것 같았다. 오늘이 시연의 이삿날이 아니라면, 금세 그 일을 잊었을지도 모른다.

○ ○ ○

하우스 메이트들은 다 같이 나가 떠나는 시연을 배웅했다. 구식 소형차의 뒷좌석과 트렁크에 시연의 단출한 이삿짐들이 실려 있었다. 손때 묻고 예스러워 보이는 물건이 유난히 많았다. 시연이 차에 타기 전 마지막 인사를 했다.

"부모님이 집에 들어오라는 것만 아니면 계속 사는 건데."

시연은 어제 전화 통화할 때는 이사 가는 덴 대충 둘러댔다고 말했다. 소미는 아쉬운 듯한 표정을 짓는 시연의 연기가 꽤 자연스럽다고 생각했다.

"이렇게 갑자기 이사 가는 게 어딨어. 또 놀러 올 거지?"

보라가 소미 뒤에 서서 말했다.

"그래요, 시연 언니."

분홍색 틴트를 바른 유정의 입술이 시무룩하게 내려갔다.

"말이라도 고마워."

"그래도 같이 살게 돼서 부모님이 좋아하시겠다. 운전 조심히 해서 가."

한솔이 베이지색 카디건을 여미며 말했다. 얇은 금속테 안경 속 눈빛이 차분했다.

"나 치즈 한 번만 안아볼래!"

보라가 팔을 벌렸다. 시연은 보라색 맨투맨을 입은 보라의 품으로 치즈를 넘겨줬다. 치즈는 안기자마자 보라의 품에서 나가고 싶다는 듯 버둥거렸다. 한솔이 자연스럽게 치즈를 데려왔다. 한솔의 품에서 치즈는 편안한 듯 지그시 눈을 감았다. 한솔이 치즈를 향해 고개를 숙이자 검은 중단발이 얼굴선을 부드럽게 감쌌다.

"마지막까지 이러기냐? 내가 얼마나 잘해줬는데. 매일 츄르도 주고 장난감으로 자주 놀아주고."

보라가 투덜댔다.

"치즈도 귀찮았을 거야. 누가 맨날 졸졸 따라다니면서 귀찮게 해서."

한솔이 치즈의 머리부터 꼬리 앞까지 능숙하게 쓰다듬으며 말했다. 시연이 집에 없을 때는 한솔이 도맡아 치즈의 사료를 챙겨주고 고양이 똥을 치우곤 했다.

"귀여운 걸 어떡해. 그래도 유정 언니랑 나랑 동시에 치즈 불러서 오라고 하면 나한테 올걸?"

유정이 가타부타 말없이 은은한 미소를 띠었다.

"나보다 치즈가 인기가 더 많네. 나 이제 갈게요. 다들 잘 지내요."

시연이 특유의 허스키한 목소리로 말했다. 연락한다는 약속이 오갔다. 이사한 지 일주일밖에 되지 않은 소미는 조금 어색해서 하우스 메이트들의 표정을 따라 했다. 다들 눈썹이 팔자를 그렸다.

차 조수석에 탄 치즈가 '애옹애옹' 하고 울었다. 분명 시연이 차에 타고 한솔, 유정, 보라, 소미 네 사람은 차가 골목길을 벗어나 더는 보이지 않을 때까지 지켜봤다. 소미는 시연이 자기들을 버려두고 가는 것 같았다. 시연을 안 지 얼마 되지도 않고 친하지도 않은데, 소미 자신도 그런 기분에 의아했다. 시연은 통화하며 같은 집에 잠깐 있는 것만으로도 무섭다고 했었다. 그 사람은 누구일까? 누구 때문에 시연은 도망치듯 이사 갈 수밖에 없는 걸까?

"소미야, 안 들어가?"

유정의 순하고 단아한 얼굴이 시야에 들어왔다. 유정은 소미의 어깨를 잡고 있었다.

"난 산책 좀 하고 갈게."

소미는 혼자 남아 동네를 걸었다. 안개꽃 빌라는 저층 주택이 밀집한 주거지역에 있었다. 오래된 연립주택이 무더기로 있는 한편 전원주택 잡지에나 나올 것 같은 고급스러운 독립주택도 가끔 있었다.

3월 초의 꽃샘추위에 소미는 주머니에 손을 넣고 발걸음을 빨리했다. 발 닿는 대로 골목길을 걷다가 방향을 돌렸다. 유동 인구가 많은 편이 아니어서 그런지 가로등이 드물게 있었다. 게다가 안개꽃 빌라 50m쯤 앞에 있는 가로등은 깨져 있었다. 누가 일부러 깨뜨렸는지, 기상 현상에 의해 깨졌는지 알 수 없었지만 왠지 기분이 이상했다.

깨진 가로등 앞 전봇대에 붙은 지명수배 전단이 바람에 펄럭거렸다. 전단이 낡고 빛바래서 이제껏 눈에 띄지 않은 모양이다.

"살인, 강간, 강도, 방화, 사기죄……"

소미는 수배자들의 인상착의를 외우기 위해 작게 중얼거렸다. 혹시 수배자를 보게 되면 신고하기 위해서 항상 유심히 보곤 했지만, 도움이 된 적은 아직 없었다.

그때 검은 세단이 좁은 골목길을 올라와 소미는 가로등 옆으로 비켜섰다. 놀란 가슴을 쓸어내리며 소미는 가로등 교체 민원을 넣으려고 휴대폰으로 담당 부서의 전화번호를 검색했다. 전화를 거니 신호음만 가고 받지 않았다. 휴대폰 시계가 오후 6시를 갓 넘긴 시각을 표시해서 월요일 9시에 다시 전화해보기로 하고 오르막을 올랐다.

붉은 벽돌과 한때는 유백색이었을 콘크리트가 섞인 3층짜리 연립주택이 소미 앞에 나타났다. 입구 위에 붙은 '안개꽃 빌라'라는 굵은 목각체 글자가 은빛으로 빛났는데, 군데군데 흐려진 글자체 때문에 안개꽃이 흐드러진 듯한 인상을 주었다.

매일 보는 빌라지만 오늘은 좀 다른 것들이 눈에 띄었다. 빌라 입구에는 따로 공동출입문이 없었고, 빌라 외관을 감싼 배관은 직각으로 꺾인 부분이 밟고 올라가기 딱 좋아 보였다. 근처에 CCTV가 설치되어 있지 않고, 1층부터 3층까지 전부 방범창이 없다는 사실도 이제야 눈에 띄었다. 물론 반드시 CCTV가 많다고 안전하고, 없다고 위험한 건 아니었다.

CCTV가 없는 건 지금까지 설치할 필요성을 느낄만한 사건이 일어나지 않아서일 수도 있으니까.

소미는 기이하게 불편한 마음을 그렇게 추스르며 집으로 들어갔다. 나뭇가지 끝이 붉은빛을 뿌리는 태양을 조금씩 찌르고 있었다.

임유정

시작은
양념 반 후라이드 반

유정이 손목에 찬 열쇠로 탈의실 라커룸을 열었다. 라커룸 신발 칸에는 검은 펌프스가 눕혀져 있고, 흰색 반소매 블라우스와 무릎까지 오는 검은색 정장 치마가 옷걸이에 걸려 있었다. 유정은 수건을 꺼내 몸에 물기를 닦고 거의 다 쓰고 통에 조금 남아 있는 바디 미스트를 온몸에 칙칙 뿌렸다. 커다란 쇼퍼백에서 면바지와 티셔츠를 꺼내고 펌프스와 정장은 쇼퍼백 안에 넣었다.

평소에도 보부상이라는 놀림을 받지만, 오늘은 승무원 취업 스터디에서 모의 면접을 마치고 바로 수영장으로 온 터라 짐이 더 많았다. 유정은 바지를 입으며 종아리를 괜히 한번 주물러 봤다. 모의 면접할 때 보니 다른 스터디 조원보다 종아리가 굵었던 것 같아 신경 쓰였다.

유정은 머리를 덜 말린 채로 슬리퍼를 신고 수영장을 나왔다. 발걸음이 가볍다. 오늘은 새 하우스 메이트 환영회이자 유정의 '치팅데이'다. 즉, 다이어트의 고삐를 풀고 마음껏 먹을 수 있는 날이다. 열흘쯤 간격으로 두 명의 하우스 메이트가 새로 들어왔다. 한 사람은 유정의 옆방에 사는 소미, 다른 한 사람은 바이올린 전공의 음대 신입생 나나다. 시연이 이사가고 빈자리를 느낄 새도 없이 나나가 들어와 공실을 채웠다.

소파에 앉아 저녁 메뉴를 골똘히 고민하는 나나의 볼이 풍선처럼 부풀었다. 하우스 메이트들의 취향과 기준이 가지각색인지라 배달 음식 고르는 것부터 난관이었다. 보라는 맵거나 기름진 자극적인 음식을 좋아하고, 한솔은 페스코 베지테리언(우유, 달걀, 생선까지 먹는 채식주의자)이며, 나나는 빵이라면 사족을 못 쓰는 '빵순이'고, 소미는 가리는 거 없이 잘 먹는 대식가고, 유정은 사회적 물의를 일으키지는 않았는지 프랜차이즈의 평판과 위생을 중시했다.

"난 사이드 메뉴 시키면 되니까, 너네 먹고 싶은 거 골라."

한솔이 보라의 앱 화면에서 시선을 떼고 소파에 몸을 묻었다. 쉬는가 싶었던 것도 잠시 한솔은 테이프 클리너를 들고 와서 소파와 바닥에 떨어진 먼지와 머리카락을 제거했다.

치킨을 먹기로 하고 나서도 수많은 치킨집과 또 수많은 치킨 메뉴 중에서 표류하기를 20여 분째.

"시작이 반이니까, 양념 반 후라이드 반 어때?"

고추 마요, 파닭, 간장 치킨, 숯불 바비큐 등 수많은 맛을 훑어보다가 머리에 쥐가 날 것 같을 때쯤 보라가 말했다. 지친 하우스 메이트들은 보라의 엉터리 같은 말도 받아들였다. 그런데 아직 뼈냐 순살이냐 하는 문제가 남았다.

"치킨은 뼈에 붙어 있는 살 뜯어 먹는 맛이지. 고기 질도 순살보다 뼈 있는 치킨이 낫고. 그렇지 않아?"

보라가 하우스 메이트들을 둘러봤다.

'순살이 먹기 편해서 좋지 않나? 먹으면서 휴대폰도 할 수 있고. 특히 양념치킨은 손가락에 양념 묻으면 끈적거리는데…….'

유정은 순살이 좋다고 하는 사람이 있기를 바라며 하우스메이트들을 봤다. 한솔은 자기는 안 먹으니 알아서들 고르라고 물러났다. 소미는 뼈 치킨이, 나나는 순살 치킨이 더 좋다고 했다. 유정이 순살이 낫지 않을까 말하려는 찰나, 보라가 앱 화면으로 본인이 이제껏 그 가게에서 시킨 내역을 검지로 빠르게 내리며 보여줬다. 주문한 5번 모두 별점 5개를 매긴 내역이었다.

"나 믿어 봐. 내가 이 집에서 순살, 뼈 다 시켜봤는데 여긴 뼈가 진리야."

보라가 산 있는 눈썹을 으쓱했다.

"그럼 저도 뼈 있는 거요. 유정 언니도 뼈 있는 거 괜찮아요?"

나나가 쳐다봐서 유정은 미소를 머금은 채 고개를 끄덕였다. 어차피 유정이 순살이 더 좋다고 말해도, 1대 3으로 기운 이상 소용없을 것 같았다. 유정은 배달원과 마주치지 않고 음식만 받기 위해 보라에게 '문 앞에 두고 가라.'는 메시지를 남겨달라고 했다.

다섯 사람은 배달 음식이 오길 기다리며 TV 채널을 돌렸다. 한참 이리저리 돌리다 결국 요즘 인기 있는 예능 프로에서 리모컨 버튼이 멈췄다. 다섯 중 누구의 정확한 취향도 아니지만, 누구의 비호감도 사지 않는 대중적인 프로였다. 보라와 나나가 그 프로에 게스트로 나온 아이돌 얘기를 하면서 공감대를 형성했다. 유정은 안 듣는 척하면서 귀를 쫑긋 세웠지만, 요즘 아이돌은 생소했다. 동기들 대부분이 졸업하고 학교에서 거의 혼자 다니는데, 집에서도 세대 차이가 느껴졌다.

"요즘엔 걔네가 인기 있어?"

한솔이 관심을 보였다. 옆에서 소미가 우리 때 인기 있었던 아이돌들을 열거했다. 유정은 서른 살인 한솔과 묶이기에도, 그렇다고 스무 살, 스물두 살인 나나와 보라 쪽에 서기에도 애매해서 잠자코 있었다. 뉴 페이스가 들어와서 안개꽃 빌라의 평균 연령이 확 낮아진 게 실감 났다. 그래도 한솔과 소미 역시 보라와 나나의 대화에 끼지 않는 것으로 보아, 자기만 가요계 트렌드에 뒤처진 고인 물은 아닌 것 같았다.

현관문 밖에서 발소리가 울려서 소파에 앉아있던 유정이 반쯤 일어났다. 문 두드리는 소리가 나고 옆에 있던 소미가 먼저 일어섰다.

"기다려 봐."

유정이 소미를 향해 팔을 뻗었다. 유정은 되돌아가는 발소리를 듣고 나서 소미에게 나가봐도 좋다고 말했다. 소미가 배달원이 현관 앞에 놓고 간 치킨 봉지를 들고 만면에 웃음을 띠고 들어왔다.

식탁이 사람으로 꽉 차는 건 오랜만이었다.

“잔들 이리 줘. 내가 호프집 알바한 적 있어서 맥주는 기똥차게 따르거든.”

보라가 자로 잰 듯 일정한 거품 비율로 맥주를 따랐다. 유정은 긴 머리를 높이 틀어 올려 묶어 전투적으로 먹을 준비를 마쳤다. 볼록하고 단정한 유정의 이마는 형광등 조명을 받아 광이 났다. 소미가 비닐봉지를 거칠게 뜯어 치킨 상자를 꺼냈다. 양배추 샐러드와 웨지 감자는 한솔 앞에 세팅되었다.

“아냐, 다 같이 먹자.”

한솔이 샐러드와 웨지 감자를 한가운데로 옮겼다.

“잘 먹겠습니다!”

메아리처럼 반복된 이 말에서 신명과 열의가 넘쳐흘렀다. 누가 먼저랄 것도 없이 음식에 달려들었다. 유정은 다른 사람들이 정신없이 먹는 사이에 닭다리 수를 헤아렸다. 치킨이 두 마리니까 닭다리는 네 개, 사람은 다섯이다. 한솔이 안 먹으니 1인당 닭다리 하나씩 딱 맞게 떨어졌다. 시작부터 깔끔하다.

음식은 양념이 없는 것, 덜 기름진 것부터 시작해야 혀가 쉽게 둔감해지지 않는다. 유정은 후라이드 중에서도 기름기가 적은 가슴살부터 집어 들었다. 닭가슴살이라면 냉장고에도 가득하지만 튀긴 가슴살은 다르다. 튀김옷이 살아 있는 후라이드 치킨이 유채꽃처럼 노랗다. 보라가 이 집 단골이라더니, 적당히 염지 되어있고 기름은 교체를 자주 하는 듯 맛이 깨끗했다.

'먹방 유튜버 짬밥이 괜한 건 아니네.'

유정은 속으로 감탄했다. 입 안에 남은 기름기와 짭조름함을 맥주로 씻어 내리고 다음 부위로 넘어갔다.

소미는 '네가 먹은 치킨이 양념인지 후라이드인지 모르게 하라!'는 격언을 실천했다. 유정은 뼈를 내려놓으려다가 소미 앞에 쌓인 깨끗하게 발골된 뼈를 보고 살을 야금야금 마저 발라 먹었다. 뼈에 붙은 살은 야들야들했고, 과연 보라 말대로 뼈를 발라 먹는 재미가 있었다.

나나는 젓가락으로 치킨을 먹으며 나머지 한 손으로는 문자를 하는 데 열중이었다.

"누구랑 그렇게 연락을 한대?"

소미가 호기심에 차서 물었다.

"남자친구요."

나나가 쑥스러운 듯 휴대폰을 내려놓았다.

"여기도 장난 아니야."

한솔이 양배추 샐러드를 포크로 찍으며 보라를 곁눈질했다. 아까부터 보라의 휴대폰에 새로운 알림이 계속 뜨는데,

보라는 귀찮은 듯 확인을 안 하고 있었다.

"저번에 너 집 앞에 데려다줬던 그 공대생?"

유정이 물었다.

"정리했지, 걘. 애가 좀 이상하더라고. 지금 앤 그냥 연락만 주고받는 사이야."

겉보기엔 유정이 지금껏 본 보라가 만나는 남자 중 가장 번듯해 보였는데 의외였다.

"어, 다들 술이 비었네?"

보라가 엉덩이를 들썩이며 잔을 확인했다. 다른 사람들은 헐렁하게 받는데, 나나만 각 잡고 두 손으로 보라가 주는 술을 받았다. 나나의 볼이 발그레한 것이 귀여웠다.

유정은 맥주를 들이켜고 마지막 하나 남은 닭다리를 집었다. 가장 맛있는 걸 아껴뒀다 마지막에 먹는 것이 오랜 습관이었다. 튀김옷이 바삭거리며 걷히자 부드러운 속살이 나와 입술을 촉촉하게 적셨다. 치킨 무까지 야무지게 아삭아삭 씹었다. 치킨 뼈가 탑처럼 쌓인 걸 보자, 잔뜩 팽창한 위가 횡격막을 위로 밀어내는 느낌이 들었다. 하지만 턱은 쉬지 않고 위아래로 움직였다.

소미가 맛있게 먹는 걸 보니 양념치킨도 먹고 싶어졌다. 유정만 소미가 먹는 걸 구경하고 있던 게 아니었다.

"소미 언니, 진짜 잘 먹는다. 혹시 다음에 내 채널에 나올 생각 있어? 나 먹방 유튜브 하거든."

보라가 휴대폰으로 자기 유튜브 채널을 소미와 나나에게 보여줬다. 처음 유정과 한솔에게 보여줄 때는 부끄러워하더니 그사이 자연스러워졌다. 보라가 입을 최대한으로 크게 벌리고 입안에 캡사이신 라면을 넣는 장면이 최신 동영상으로 내걸려 있었다. 긴 금발에 큼직큼직한 이목구비는 같지만, 풀 메이크업을 한 모습이 화장기 없이 앞머리에 헤어롤을 달고 있는 지금 모습과 퍽 달랐다. 매운 걸 잘 먹는 게 재능이 되는 세상이 올 줄 누가 알았을까?

보라가 하우스 메이트들에게 정확한 수입을 얘기해준 적은 없지만, 인터넷에 떠도는 말로는 대기업 직장인만큼은 번다고 했다. 유정은 보라의 수입이 궁금해 유튜버 수입을 인터넷에 검색해보기도 했었다.

"헐, 대박. '맛보라랜드'가 언니였어요? 저 이 영상 본 적 있어요."

나나가 호들갑을 떨었다.

"은근히 디스하는 거 아냐? 화면발이라고."

말은 그렇게 하면서도 보라가 뿌듯하게 웃었다.

"그런 게 아니라, 같은 집에 유튜버가 살 줄은 상상도 못 해서요. 제 친구 중에도 유튜브 하는 애들은 있는데, 구독자 수 이십만 명 넘는 사람은 처음 봐요!"

소미와 나나가 바로 보라의 채널을 구독했다.

"오늘 너무 많이 먹었다."

유정은 허탈해져서 배를 두드렸다. 해일 같은 식욕이 덮치고 난 자리는 씁쓸했다. 1일 1식 중이라 점심을 걸렀지만, 치킨을 정신 놓고 먹고 나니 뒤늦게 칼로리가 걱정되었다. 적당할 때 그만두는 것이 언제나 가장 어렵다.

한솔은 식사를 마치고 익숙하게 싱크대 서랍에서 대여섯 가지 영양제를 꺼내 삼켰다. 대학병원 약제부에서 일하는 한솔은 각종 건강 정보에 해박했다. 유정이 장 트러블이 잦다고 했을 때는 유산균을 추천해줬고, 보라가 모니터를 많이 보는 직업 특성상 눈 건강이 나쁘다고 했을 때는 눈에 좋은 영양제를 추천해줬다.

'다이어트에 좋은 영양제는 없나? 영양제보단 약이 더 효과는 좋겠지? 근데 물어본다고 한솔 언니가 추천해줄 것 같진 않은데…….'

유정은 생각에 잠긴 채 오른손 손톱으로 왼쪽 팔을 계속 긁어댔다.

"유정 언니, 팔 빨갛게 됐어요."

나나가 눈을 동그랗게 뜨고 유정의 팔을 가리켰다. 가려워서 무심결에 긁다 보니 두드러기가 올라있고 손톱자국이 불그스름했다.

"혹시 너도 동물성 단백질 알레르기 아냐? 일주일 전부터 그러더니."

처음 들어보는 용어에 유정의 이마가 찡그려졌다.

"우유 알레르기 같은 거예요? 우유 먹으면 설사하고 소화 못 시키는 거."

"그것도 알레르기의 일종이지. 증상이 즉각적이지 않아서 사람들이 잘 모르고 사는데, 생각보다 음식 알레르기 있는 사람이 많아."

"지금은 다이어트 때문에 못 먹어서 그렇지, 원래 고기 잘 먹었어요."

유정이 안심하란 듯 싱긋 웃었다.

"너 냉동실에 다 닭가슴살이잖아. 모든 걸 무항생제, 유기농으로는 먹긴 어렵겠지만, 항생제 먹고 자란 닭을 사람이 자주 오랫동안 먹다 보면 몸에 안 좋을 수 있대. 나도 몸에 이상 생겨서 알레르기 검사해보고 나서 동물성 단백질 알레르긴 거 알았어. 난 스트레스랑 과로 때문에 생긴 것 같고. 채식 시작한 후론 한번도 알레르기 반응 온 적 없어."

유정은 우편함에 한솔 앞으로 온 동물보호단체의 정기간행물이 꽂혀 있는 걸 가끔 봤다. 그래서 한솔이 동물권 때문에 페스코 채식을 할 거라 짐작했었다. 유정 주변에 채식주의자는 한솔뿐인지라 어떤 계기로 채식을 하게 되었는지 궁금하긴 했는데, 물어볼 생각은 하지 못했다. 보라는 이미 아는 모양인지 태연한 얼굴로 맥주를 마셨다.

"너도 검사해볼래? 우리 병원에서도 할 수 있어."

"전 차라리 모를래요. 먹는 게 낙인데."

유정은 말하고 나서 아차 싶었다. 채식주의자 앞에서 할 말은 아니었다.

"채식도 맛있는 거 많아. 식물성 단백질만 섭취해도 근육 만드는 데에 아무 문제없고."

육류 섭취를 하지 않으면 특정 영양소 결핍이 일어나기 쉽다고 방송에서 봤던 게 생각났지만 따지고 들어서 뭐 하나 싶다. 이름도 생소한 동물성 단백질 알레르기라니. 피부에 두드러기가 난 건 오래된 바디 미스트를 써서 그런 것 같다고 얘기하고 나서야 한솔이 관심을 끊었다. 생각해보니 몸이 가려웠을 때는 항상 그 미스트를 쓴 후였다. 당장 버려야겠다.

'그런데 왜 내 두드러기가 식탁에서 이렇게 오랫동안 화제가 된 거지?'

문득 민망하고 부담스러웠다.

'괜히 예민해지지 말자. 한솔 언니가 닭다리를 안 먹은 덕에 한 개씩 골고루 돌아갔잖아!'

○ ○ ○

환영회로부터 약 일주일이 흘렀다. 보조등 하나만 켜진 채 불 꺼진 집 안. 한밤의 냉장고 안은 낮에는 예상할 수 없었던 신묘하리만치 밝고 푸른빛이 흘렀다. 이 시간대만큼은 냉장고 안의 화사한 빛과 마력이 티파니 매장의 유리 진열장 못지 않았다. 안에 든 것이 그림의 떡인 것도 비슷했다.

냉장고 안 유정의 바구니에는 다이어트 도시락, 샌드위치, 두유 등이 들어 있었다. 보라의 바구니에는 닭강정이, 소미의 바구니에는 잡채가 보였다. 지금 먹으면 오늘 종일 굶은 게 수포가 된다. 유정의 다리에 냉장고의 냉기가 닿았다.

유정은 부스럭거리는 소리에 뒤를 돌아봤다. 긴 머리를 풀어 헤치고 흰 잠옷 원피스를 입은 소녀가 어둠 속에 서 있었다.

"깜짝이야! 애 떨어질 뻔했네."

소리 지른 사람은 유정이지만 나나와 유정 모두 가슴을 부여잡았다. 나나의 방은 부엌 바로 맞은편이어서, 단숨에 유정 뒤로 올 수 있었다.

나나가 한 발짝 유정에게 다가왔다.

"언니, 혹시 신앙심 있어요?"

유정은 주춤 한발 물러서며 나나를 봤다. 세일러 카라가 달린 흰색 잠옷이 갑자기 성가대 가운과 겹쳐 보였다. 나나는 선량한 미소를 머금고 초롱초롱 맑은 눈으로 유정을 쳐다보고 있었다. 쌍꺼풀 없는 가로로 긴 눈매에 통통한 젖살이 토끼 같기도 하고 나른한 고양이 같기도 하다.

'이 얼굴에 속지 말자!'

"아니! 나 그런 거 없는데? 나 아무것도 안 믿어!"

유정이 턱을 치켜들며 눈을 부릅떴다. 이럴 때 절대 호락호락하게 보여선 안 된다. 원치 않게 교회에 따라가고, 길거리 모금함에 지갑에 있던 돈을 몽땅 털어 넣고, 사이비 종교 단체의 문턱까지 갔다가 도망쳤는데, 이젠 집에서까지?

유정이 순하고 만만하게 보였던지 그런 일이 부지기수였다. 유정은 처음부터 무조건 바늘 하나 비집고 들어갈 수 없도록 강경해 보여야 함을 경험으로 알고 있었다. 유정은 자기가 귀여워했던 갓 스물 꼬맹이마저도 자기를 물로 봤다는 데에 화나서 콧김을 씩씩 내뿜었다.

"아……. 휘낭시에 안 좋아해요?"

나나의 표정이 시무룩해졌다.

"어? 신앙심 있냐고 하지 않았어?"

나나가 무슨 소리냐는 듯 품에서 투명한 비닐로 포장된 휘낭시에 하나를 꺼냈다.

"혹시 휘.낭.시.에 먹겠냐고 물어봤는데……."

유정의 얼굴이 화끈 달아올랐다.

"아아, 먹지. 나 휘낭시에 엄청 좋아해. 없어서 못 먹어! 하

하. 와! 되게 맛있어 보인다.”

유정이 고장 난 태엽 인형처럼 뚝딱거렸다.

“그럼 두 개, 아니다. 이거 다 드세요!”

유정은 나나가 주는 휘낭시에를 두 손 모아 공손히 받았다. 나나는 물 한 잔만 가지고 자기 방으로 들어갔다. 긴장이 풀리자 유정의 어깨가 툭 떨어졌다. 방싯방싯 웃던 얼굴이 공기를 뺀 풍선처럼 맥없이 늘어졌다.

‘딩동’

그때 초인종이 울렸다. 밖에서 센서등이 켜졌는지 현관문 아래로 불빛이 새어 들어왔다. 어두컴컴한 집 안으로 들어오는 실낱같은 불빛에 유정은 소름이 끼쳤다. 유정은 현관문 쪽으로 걸음을 천천히 옮겼다.

잠시 후 다시, 누군가 강하게 현관문을 두드리는 소리에 유정은 걸음을 멈췄다. 주먹으로 유정의 심장을 내리치는 것 같았다. 그제서야 보라가 방에서 나와 밖에서 음식을 받아 들고 들어왔다.

“어, 안 잤어?”

보라와 유정의 눈이 마주쳤다. 보라의 목소리가 너무 평온하고 무신경해서 유정은 화가 치밀었다. 불을 입힌 매운 양념 냄새가 유정의 코끝까지 닿았다. 보라는 유정이 답이 없자 음식을 들고 자기 방으로 들어가려고 했다. 배달시켰으면 기다리고 있다가 받지, 매번 저랬다.

"한두 번도 아니고……."

유정이 작게 구시렁거렸다.

"방금 뭐라고 했어?"

보라가 뒤돌아봤다.

"휘…… 휘낭시에 먹을래? 내 건 아니고 나나가 나눠준 건데."

유정의 목소리가 조금 뒤집혔다. 다행히 보라는 제대로 듣지는 못했는지 휘낭시에를 받으며 싱겁다는 듯 웃었다. 보라는 자기 방문에 붙은 네온사인의 'On Air'를 켜놓고 방으로 들어갔다. 유정은 레이저를 쏘듯 보라가 들어간 방문을 노려봤다.

유정의 방은 특히 심야에 오토바이 소리부터 배달원의 발소리, 노크 소리, 말소리까지 다 들렸다. 낯선 사람이 어쩌다 현관에 발을 들이기라도 하는 건 끔찍했다. 신발과 집 안 살림살이 등으로 여자들만 사는 걸 파악하고 범죄 타깃이 될지도 모른다. 현관에 남자 구두를 두긴 했지만, 범죄 예방에 얼마나 효과가 있을지는 미지수였다. 보라는 먹방 영상을 방에서 찍는데, 집 구조나 창문 바깥 풍경 등으로 집 위치가 파악될 위험도 있었다. 누가 그렇게까지 할까 싶겠지만, 인터넷 방송의 시청자는 불특정 다수이고 보라의 팬만 그 영상을 볼 수 있는 것도 아니었다. 사이코가 그 영상을 보고 범죄를 저지를지 모를 노릇이다.

유정은 그동안 보라가 자기 방에서 영상 찍는 것까지 뭐라고 할 순 없어서 참고 있었다. 하지만 너무 신경 쓰여서 보라의 유튜브 채널에 들어가서 라이브 방송 댓글을 염탐한 적도 있었다. 게 중 하는 말이 싸했던 시청자 몇 명의 닉네임은 휴대폰 메모장에 기록해두기도 했다.

'밤늦게 배달시키는 건 자제해줬으면 좋겠다고 말해볼까?'

유정은 보라의 방문을 쳐다보다가 발걸음을 돌렸다. 지금 말하면 싸움이 될 게 뻔했다. 매일 얼굴 맞대야 하는 사람과 불편해지고 싶지 않은 마음이, 잠재적인 범죄에 대한 불안보다 컸다.

유정은 방으로 들어와 땀으로 끈끈한 손바닥을 펼쳤다. 연갈색의 휘낭시에가 길쭉한 형태를 잃고 짜부라졌다. 유정은 휘낭시에 부스러기 몇 점을 검지로 찍어 먹었다.

○ ○ ○

다음날, 유정은 해가 중천에 뜰 때쯤 일어나 폭신한 이불 위에서 뒹굴뒹굴 굴렀다. 거실에서 나나가 보라에게 오늘 언니 화장이 잘 되었다며 칭찬하는 소리, 소미가 설거지하는 소리가 들렸다. 한솔은 아침 일찍 출근했을 것이다. 밖에서 보라가 닭강정의 행방을 묻는 소리가 들렸다. 유정은 무민 인형에 턱을 괸 채 엎드려서 휴대폰을 했다.

그때 누군가 노크했다.

"혹시 잠깐 나올 수 있어?"

숏커트 머리에 까치집을 지은 소미가 고개를 빼꼼 내밀었다. 유정이 거실로 나가니 나나, 보라, 소미가 심각한 얼굴로 서 있었다.

"유정 언니. 혹시 냉장고에서 내 닭강정 못 봤어? 지금 먹방 촬영해야 하는데 안 보여."

보라가 유정을 보자마자 말을 쏟아냈다. 화장과 의상, 머리까지 촬영하기 위한 풀 세팅을 마친 모습이었다.

"어제까지만 해도 냉장고에 있었는데 조금 전에 보니까 없어졌대."

소미가 부연했다.

"글쎄. 네가 어젯밤에 배달받은 시간쯤에 냉장고에서 본 것 같은데, 없어졌어?"

유정이 말했다.

"어, 전부 없어. 그거 광고비 받고 이번 주까지 올리기로 한 건데. 돌겠네, 진짜. 갑자기 그게 어디 갔지?"

"광고요? 다시 받는 건 안 돼요?"

나나가 보라의 표정을 살피며 물었다.

"속초에서 택배로 받은 거야. 지금 당장 시켜도 이틀은 걸릴 텐데……."

보라가 빨간 립스틱을 정교하게 바른 입술을 잘근잘근 씹었다.

유정과 소미가 같이 냉장고 안을 뒤졌다. 냉장고 안에는 각자의 이름표가 붙은 직사각형 플라스틱 바구니가 정렬돼 있었다. 유정의 바구니엔 다이어트 도시락, 샌드위치, 두유 등이 있었고, 한솔의 것엔 손질한 채소, 밑반찬이 유리 밀폐 용기에 담겨 착착 포개져 있었다. 보라의 바구니에는 아직 개봉하지 않은 듯 투명한 비닐에 쌓인 것이 많았으며, 초콜릿, 캡사이신 소스, 4개들이 맥주 등이 있었다. 소미의 자리에는 '모란도시락'이라는 동그란 스티커가 붙은 반찬 용기들이 있었다. 소미 자리 오른쪽은 공용공간으로, 보통 많이 사서 남은 식재료 같은 걸 두는 곳이었다. 식당을 하는 소미 엄마가 보내준 김치가 밀폐 용기에 담겨 있었다.

냉장실을 모두 뒤진 후 냉동실 문을 열었다. 얼린 닭가슴살 군, 아이스크림 군, 얼린 채소와 과일 군이 따로 정리돼 있었다.

어디에도 보라의 닭강정은 없었다.

"닭강정에 날개가 달렸나. 거, 참."

소미가 냉동실 문을 닫으며 말했다. 여느 때 같으면 "날개

살도 포함되긴 했겠지?" 같은 농담을 던졌을 보라인데 지금은 바닥에 주저앉아 머리를 싸맸다.

"하필 왜 광고 제품이 없어진 거야."

닭강정이라면 비싸 봐야 2만 원대여서 큰 손실이 아닐 수도 있겠지만, 광고비는 또 다른 문제였다. 보라는 닭강정이 어젯밤 11시부터 오늘 오전 11시 사이에 사라진 것 같다고 했다.

"다들 어젯밤에 뭐 했어?"

보라가 세 사람을 쳐다봤다. '설마 지금 우리를 의심하는 거야?' 하는 표정이 하우스 메이트들의 얼굴에 스쳤다.

"난 식당 일하고 피곤해서 어제 11시도 되기 전에 곯아떨어졌어."

"난 새벽까지 자소서 썼는데, 한 2시까지."

"저는 10시 반까지 동네에서 운동하다가 집에 와선 바로 잤어요."

"한솔 언니는 어젯밤 거실에서 요가 했고……."

보라가 말했다. 보라가 한솔에게 전화를 걸어 물어봤지만, 한솔은 어제 닭강정은 못 봤으며 지금 바빠서 오래 통화를 못할 것 같다고 했다. 보라는 곧 전화를 끊었다.

"혹시 다른 데 둔 건 아냐?"

유정이 물었다.

"절대 아냐. 바보도 아니고 어젯밤까지 냉장고에 있었던 걸 내가 딴 데다 뒀으면 기억을 하지."

침묵이 이어졌다. 보라는 광고를 의뢰한 닭강정 업체에 전화해야 한다며 방으로 들어갔다. 닭강정 업체에 사정을 설명하고, 광고영상 게시 날짜를 뒤로 미루는 데 양해를 구하는 통화 내용이 들렸다.

각자 흩어진 뒤, 보라는 단체 메신저 방에 '내 닭강정 먹은 사람 있으면 지금이라도 자수해.'라고 메시지를 보냈다. 다들 메시지를 읽은 후에도 대답이 없자 소미가 우는 캐릭터를 토닥토닥 다독이는 이모티콘을 보냈다.

이틀 뒤 닭강정 택배가 도착했다. 닭강정을 받자마자 보라는 먹방 영상을 찍었고, 밤늦게까지 편집해서 빠르게 영상을 올렸다. 그리고 보라는 냉장고 문에 경고문을 쓴 포스트잇을 붙였다.

다른 사람 음식에 절대 손대지 마시오!!!

유정이 냉장고 앞을 지날 때마다 그 문구가 시선을 붙들었다. 보라의 화난 얼굴이 보이는 것 같았다.

ㅇ ㅇ ㅇ

평일 저녁, 2주에 한 번 있는 안개꽃 빌라의 대청소 날이다. 개인의 선호와 형평성을 고려해서 청소 담당이 정해졌다. 한솔은 음식물·일반·재활용 쓰레기 내다 버리기 및 베란다 정리 정돈, 소미는 화장실 변기와 세면대 닦기, 나나는 화장실 바닥 타일과 거울 닦기, 유정은 거실과 부엌 진공청소기 돌리기, 보라는 거실과 부엌 걸레로 닦기에 더해 본인 방에 딸린 개인 화장실 청소를 맡았다.

유정이 환기를 위해 창문을 활짝 여는데 담배 연기가 올라왔다. 소미와 유정이 거의 동시에 창문 밖을 내다봤다. 안개꽃 빌라 담벼락에서 교복을 입은 남고생 세 명이 담배를 피우고 있었다. 소미는 모란이 집 앞 담벼락에 버려진 담배꽁초와 담뱃불로 그을린 벽을 청소하느라 곤욕을 치렀다고 말했던 게 기억났다. 아무래도 저 애들 짓인 것 같았다. 유정은 담배 연기 때문에 목이 따갑고 기침이 나왔다.

"내가 내려가서 말하고 올게."

소미가 손에 낀 고무장갑을 벗으며 말했다.

"안 가면 안 돼? 쟤네 불량해 보이는데……."

유정은 진공청소기를 두 손으로 꼭 붙들었다.

"아직 밝은데 뭔 일이라도 있으려고. 괜찮아. 좋게 좋게 말하고 올게."

"같이 가줄까?"

보라가 들고 있던 밀대도 내려놓고 고개를 쭉 내밀었다.

"오히려 혼자 가는 게 나아. 이런 건 쪽수보다 기선제압이거든."

소미의 뒷모습은 타고난 근골격에 더해 학창 시절 유도부를 해서인지 위풍당당해 보였다. 유정은 소미의 뒷모습을 바라보다가 담배 연기가 올라오는 창문 바깥으로 시선을 던졌다.

'아무래도 안 되겠다.'

유정은 신발도 제대로 못 신고 소미를 쫓아 계단을 내려갔다.

'탁, 탁, 탁, 탁.'

유정의 발걸음 소리와 소미의 발걸음 소리가 겹친다. 뛰어가는 거리에 비해서 지나치게 유정의 숨이 가빠진다. 누군가 목을 조여 오는 것 같다. 1층 코앞에서 유정이 소미의 허리춤을 잡았다. 매캐한 담배 연기가 그대로 1층 계단으로 들어왔다.

"같이 안 와줘도 되는데."

소미는 유정이 자기를 생각해서 와준 줄 알고 감동한 표정이다.

"그게 아니라, 헉헉. 걱정돼서……."

소미가 안심하라는 듯 씩 웃으며 밖으로 나가려고 하자 유정은 소미의 옷을 힘줘서 잡았다.

"저기, 소미야. 오해 안 하고 들었으면 좋겠는데, 넌 괜찮다고 해도 다른 사람들은 안 괜찮을 수도 있잖아."

유정이 콜록거렸다.

"어?"

소미는 무슨 말인지 못 알아들은 표정이다. 유정이 숨을 몰아 내쉬며 콜록거리니 소미가 고등학생 무리 쪽을 노려봤다.

"이것들이 진짜 매너 없이……."

소미가 뛰쳐나갈 것 같아 유정은 아예 양손으로 소미를 붙잡았다.

"참아! 참아, 소미야!"

유정은 무리가 들을까 봐 소리죽여 말했다.

"걱정하지 마. 좋게 말로 하고 올게. 그냥 넘어가면 저런 애들은 만만하게 보고 더 해."

소미는 참고 피해야 하는 이유를 몰랐다. 보라의 음식이 없어지기 전날, 한밤중에 배달 음식을 갖고 들어오면서 유정을 보던 보라의 얼굴도 그랬다. 공포를 모르는 얼굴.

"걔네가 보복하려고 오면 어떡해! 집 앞에서 기다리고 있을 수도 있잖아. 이 집에 너 혼자 사는 것도 아니고."

소미의 허리춤을 잡은 유정의 손에 힘이 잔뜩 들어갔다. 유정은 허리를 굽히고 숨을 헐떡였다.

"괜찮아? 숨쉬기 힘들어?"

소미가 허리를 숙여 유정을 봤다.

"그냥…… 넘어가면 안 돼? 제발."

유정의 목소리가 파들파들 떨렸다.

"알겠어. 난 그냥, 사장님이 담배꽁초 치우느라 힘들다고 하시길래. 그리고 다들 냄새나는 것도 싫어하니까……."

그제야 유정이 소미의 옷을 붙잡았던 손을 풀었다. 소미의 트레이닝복 상의는 꽉 쥔 자국이 남아 쭈글쭈글해졌다.

유정이 앞서서 안개꽃 빌라 2층으로 올라갔다. 뒤축을 꺾어 신은 운동화가 헐떡거렸다.

"텔레파시로 제압했어? 왜 이렇게 빨리 와?"

창밖을 내다보고 있었던 보라가 소미를 의아하게 쳐다봤다.

"한 번은 넘어가려고. 다음에 또 그럼 그때 얘기할게."

소미가 유정을 곁눈질하며 말했다. 유정은 초점 없는 눈으로 소미를 지나쳐 거실로 갔다.

"그래. 담벼락에 '흡연 금지, CCTV 작동' 문구도 붙이자. 또 그러면 피해보상 해야 한다고, 어린애들이어도 돈 아까운 줄은 알겠지."

한솔이 분리배출 할 페트병 병뚜껑을 한 손에 모으며 말했다. 실제로는 CCTV가 없지만 그런 공갈성 문구라도 아예 없는 것보단 나을 것이다. 유정은 말없이 진공청소기의 전원 버튼을 켰다. 대청소를 끝낸 후 하우스 메이트들은 모두 각자 방으로 흩어졌다.

소미는 유정에게 말 붙일 구실을 궁리하다가 반창고를 들고 유정의 방문을 두드렸다. 유정의 방은 창가에 흰색 드림캐처가 달려있고, 책꽂이에는 제목이 영어로 된 두꺼운 전공 서적들이 꽂혀 있었다. 해외여행 사진들이 철제 그물망에 집게로 집어져 벽면을 장식하고, 구석에는 흰색 화장대가 놓여 있었다. 전체적으로 깔끔하고 아기자기하게 꾸며놓은 방이었다.

유정은 무릎 위에 커다란 무민 인형을 두고 침대 헤드에 등을 기대고 앉아 있었다.

"몸은 좀 괜찮아?"

소미가 물었다.

"어, 그냥 좀 반사적으로 놀란 거야."

유정의 반달눈이 초승달 모양으로 휘어졌다. 소미는 유정에게 반창고를 건넸다.

"아까 보니까, 발뒤꿈치가 까졌던데."

"고마워. 사실 나도 이따 네 방에 갈려고 했는데……."

유정이 소미를 올려다봤다.

"아까 내가 한 말, 기분 나빴으면 미안. 네가 우리 생각해서 앞장 선 거 알아. 내가 좀 예민했어."

"아니야, 기분 나쁘긴! 근데 혹시, 전에 무슨 일 있었던 거야?"

"무슨 일?"

유정이 눈을 치뜨면서 삼백안이 되었다.

"반사적으로 놀랐다며. 혹시, 전에 누구한테 협박이나 위협 당한 적 있어?"

유정이 불안해하는 것과 시연이 이사 간 이유가 연결돼 있을지도 모른다. 소미의 머릿속에 시연의 음성이 재생되었다.

'괜찮겠지? 이 집만 나가면?'

"아님, 혹시 전에도 집에서 뭐 없어진 적 있어? 보라 닭강정 없어진 것도 아직 이유를 모르잖아. 내가 알면 조금이라도 도움 될 수도 있고."

소미는 설득하기 위해 유정을 쳐다봤다.

"전에 내가 살던 원룸텔에서 그랬어. 여기랑은 아무 상관도 없어."

소미의 마음속 솔기가 삐죽 섰다.

"그때 무슨 일이 있었는데?"

"내 방에 들어온 건 아니고, 난 보지도 못했어. 경찰도 불렀다는데, 직접적인 가해가 없다고 범인은 그냥 풀려났대."

평소와 다르게 유정의 말투가 빨랐다. 유정이 손가락으로 이불을 꼼지락거렸다.

"밴드 고마워, 소미야. 근데 나 이제 좀 쉬려고."

유정이 지친 얼굴로 소미를 올려다봤다.

"어, 쉬어야지. 아, 좀 이따 저녁 같이 먹을래? 집 앞에 맛있는 돈가스집 새로 생겼는데."

"어쩌지? 난 다이어트 때문에 못 먹을 것 같아. 미안해."

나가달라는 무언의 눈빛에 소미는 등 떠밀리듯 유정의 방에서 나왔다.

'무슨 일인지는 모르겠지만, 협박과 스토킹을 당한 것 같은 시연. 안전에 민감한 유정. 둘 사이에 무슨 관계가 있는 건 아닐까? 그리고 닭강정은 왜 없어진 걸까?'

ㅇ ㅇ ㅇ

유정은 수십 군데의 항공사에 지원해 단 한곳에서만 서류 합격 이메일을 받았다. 서류에서 수도 없이 탈락하다 보니 이제 합격해도 '날 왜 뽑았지?' 하는 생각부터 들었다. 어쨌든 유정에게는 꼭 붙잡아야 할 기회였다. 유정은 승무원 취업 카페와 취업 스터디 등을 통해 면접을 열심히 준비했다.

면접장에 들어가기 전, 유정은 대기실에서 손거울을 보며 얼굴 근육을 풀고 있었다.

"위스키- 위스키-"

유정은 '위스키'를 반복해서 말하며 양쪽 입꼬리를 한껏 끌어당겼다. 자기소개를 외듯 중얼거리거나, 화장을 고치거나, 유정처럼 얼굴 근육을 푸는 등 다른 지원자들도 바빠 보였다. 유정은 반자동으로 나이, 키, 인상 등 다른 지원자들의 외적

스펙을 스캔했다. 유정은 절박했다. 지원한 수십 곳의 항공사 중 서류 통과된 유일한 회사였다. 재수를 한데다 휴학도 한 적 있어서 나이가 적은 편이 아니었다. 이번 공채 시즌을 이대로 흘려보내고 졸업할 수는 없었다.

유정은 같은 조 지원자들과 줄지어 면접장으로 들어갔다. 적막한 공기 속에 면접관들이 지원서 A4용지를 넘기는 소리까지 들리는 것 같았다. 유정은 수없이 연습했던 온화한 미소를 머금었다. 지원자들이 한 명 한 명 자기소개하고 유정의 차례가 되었을 때, 면접관 한 명이 유정을 빤히 보며 말했다.

"임유정 씨는 사진이랑 얼굴이 아주 다르네요?"

미소를 짓고 있던 유정의 입꼬리 근육이 일순간 굳어졌다. 그러나 바로 눈웃음을 지으며 상냥하게 미소 지었다. 윗니 여덟 개가 시원스레 드러나도록. 유정은 그렇게 웃을 때 자기 이미지가 가장 좋아 보인다는 것을 잘 알고 있었다.

"오늘 얼굴이 좀 부어서 평소와 다르게 보이는 것 같습니다. 혼란을 드려 죄송합니다."

'포토샵으로 너무 고쳤나? 승무원 면접 사진 전문이라는 사진관에서 비싼 돈 주고 헤어, 메이크업 다 받고 찍은 건데. 아니면 오늘 화장이 잘 안됐나? 속눈썹을 좀 더 긴 걸 붙일 걸.'

친구들은 "미스 춘향상이네.", "고전적인 미인이네." 하며 띄워주곤 했지만, 유정은 그 말이 썩 달갑지 않았다. 그런 칭

찬 아닌 칭찬을 복스럽게 생겼다, 맏며느리상이다, 달덩이 같다는 말로 어른들에게 듣곤 했다. 얼굴이 둥근 편이라 실제보다 살이 쪄 보이는 게 콤플렉스였다.

유정은 딴생각을 좇으며 준비했던 자기소개를 했다. 이어서 항공운항과를 전공하고 산학실습으로 업무 경험을 쌓은 지원자, 백화점 아르바이트를 하며 서비스 우수사원으로 선정된 지원자, 중국 유학 경험으로 영어는 물론 중국어가 유창한 지원자가 본인을 소개했다. 유정은 사진과 실물이 너무 다르다는 면접관의 말에 신경이 쓰여 집중이 잘되지 않았다. 정신을 차려보니 앞선 지원자의 답변이 끝나고 면접관이 유정에게 질문을 던졌다.

"네, 그 질문에 대한 답변은 잘 들었습니다. 그러면 기내에서 만약 승객이 난동을 부린다면 어떻게 대처할 겁니까? 취객이 소란을 피우면서, 다른 승객들에게 불편을 줄 때요. 임유정 씨부터 답변해 보세요."

유정은 "네?" 하고 되물었다. 물론 속으로만. 면접을 준비할 때 승객 서비스에 대한 답변 위주로 연습하고 안전은 비중 있게 대비하지 않았다. 승무원 카페에서 면접 후기를 봐도 안전에 대한 질문을 받았다는 사람은 거의 없었다.

유정은 숨을 골랐다.

"자기소개서에 적었던 대로, 저는 서비스 정신과 적극성을 가진 것이 가, 강점입니다. …… 항공사의 매뉴얼에 따라 적극적이면서도 친절한 태도로 대처하겠습니다."

유정은 귀로 가늘게 떨리는 자기 목소리가 들어왔다.

"그래도 그 승객이 따르지 않으면요?"

답변이 불충분했는지 면접관이 추가 질문을 했다. 면접관의 안경 너머로 보이는 날카로운 눈빛에 유정은 움칫했다.

유정은 작년 초, 치한에게 쫓겼을 때가 떠올라 숨이 가빠졌다. 목덜미가 서늘해지고 등줄기로 식은땀이 흘렀다. 긴장으로 떨리는 다리를 들키지 않으려고 손바닥으로 무릎을 내리눌렀지만 역부족이었다. 질문한 면접관 외의 면접관들은 아무도 유정을 보지 않고 무표정으로 지원서만 넘겼다. 유정의 손바닥에서 땀이 배어 나와 축축해졌다. 긴장감으로 위장이 쪼그라들면서 구토가 나올 것 같았다. 유정은 눈앞이 흐려져서 눈을 질끈 감았다가 떴다. 똑같이 냉랭한 면접장 풍경이 눈 안에 들어왔다.

"저, 저는 승객들이 편안하고 안전한 비행을 할 수 있도록 노력하는 것이 승무원의 본분이라고 생각합니다……. 난동을 피우는 승객 역시 중요한 고객인 것은 맞지만, 다른 대다수 승객이 불편해하지 않을 수 있도록……"

면접관이 유정의 말을 중간에 끊었다.

"지원자분 지금 시간을 너무 많이 썼어요. 다음 분 질문할

게요."

유정은 '위스키' 입 모양으로 미소를 박제한 채 다음 지원자의 유창한 언변을 들어야 했다. 그는 유정이 봐도 뽑고 싶게 답변했다. 유정은 정장에 갇힌 온몸으로 땀을 쏟으며 가까스로 앉아 있었다. 비행기를 탄 것처럼 귀가 먹먹해지면서 주변 소리가 잘 들리지 않았다. 그 뒤로 유정에겐 다시 질문이 오지 않았다.

○ ○ ○

유정은 현관에 펌프스를 벗어 던지고 침대로 들어갔다. 길이 안 든 면접용 구두 때문에 까진 발뒤꿈치가 매트리스에 닿자 따가웠다. 접착력을 잃고 반쯤만 붙어 있는 반창고를 떼서 버렸다. 엎드려 누워 베개에 얼굴을 묻었다. 창가에서 부르릉, 오토바이 엔진 소리가 들렸다.

1년 전, 유정이 용신대학교 앞 원룸텔 5층에 자취하고 있을 때였다. 유정은 딸기처럼 새빨간 케이프 코트를 입고 집으로 가고 있었다. 단골 디저트 가게에서 산, 딸기 생크림 케이크를 든 채 빙판길에 미끄러지지 않게 조심하며 종종걸음쳤다. 코끝이 빨개지고 청바지 안으로 칼바람이 스몄지만, 집에 가서 케이크를 먹을 생각에 설렜다. 누가 뒤쫓아 오는 줄은 까맣게 모른 채.

유정은 원룸텔 건물 안으로 들어와 2층에서 3층으로 가는 계단참에서 인기척을 느끼고 슬쩍 뒤돌아봤다. 원룸텔 건물에 사는 사람을 유정이 모두 다 아는 것은 아니었지만, 여기 사는 사람이 아닌 것 같은 직감이 들었다.

'이미 2층까지 올라왔는데 다시 1층으로 내려가서 건물을 나가야 하나? 아니면 계속 5층에 있는 우리 집까지 올라가? 뛸까? 뛰다가 붙잡히면 어쩌지?'

그렇다고 역행해서 그를 맞닥뜨렸을 때 무슨 일이 생길지 감당할 자신은 없었다. 유정의 발걸음이 빨라지자 뒤쫓아 오는 남자도 빨라졌다. 유정은 어느새 헐레벌떡 계단을 뛰어오르고 있었다. 4층에서 유정이 철퍼덕 넘어지며 케이크 케이스가 나뒹굴었다. 뒤쫓던 남자가 큰 보폭으로 유정의 옆에 섰다.

'띠리릭'

그때 위층에서 도어락 열리는 소리가 났다. 치한이 당황한 틈을 타 유정은 계단을 정신없이 뛰어올라 집 안으로 들어갔다. 벌벌 떨리는 손으로 문을 삼중으로 잠갔다. 5분쯤 지난 뒤 유정은 놈이 아직 밖에 있나 싶어, 현관문에 난 유리 구멍으로 밖을 내다봤다. 유정은 놈의 얼굴과 마주쳤다. 유정은 아직도 그때의 선택을 후회했다. 지금도 밤늦은 시각, 밖에 있을 때면 비슷한 얼굴이 있는지부터 확인하니까.

유정은 떨리는 손으로 전화번호를 눌러 바로 경찰을 불렀다. 경찰이 출동해 유정의 집 현관문 앞에 죽치고 있던 치한을 데리고 가 조사했고, 그의 품에서 칼이 나왔다. 그리고 유정은 그 남자와 평소 아는 사이였느냐, 이런 경우는 이미 성추행당하고 신고하는 경우가 많은데 맞느냐 아니냐 등의 경찰 취조에 아니라고 거듭 설명해야 했다. 치한은 집에서 요리할 때 쓰기 위해 칼을 사서 가던 중이라고 경찰에 진술했다. 치한은 칼을 소지했을 뿐, 주거 침입이나 성범죄에 해당하지는 않아서 경찰도 조치할 수 있는 게 없다고 했다.

유정은 그날 처참하게 짓뭉개진 딸기와 카스텔라 덩어리를 쓰레기통에 버렸다. 딸기 케이크였다고 믿을 수 없는 형체였다. 유정은 괜한 소문의 주인공이 되는 것을 피하기 위해 이 일을 남자친구와 부모님 외에는 누구에게도 말하지 않았다, 지금까지도.

유정은 자신이 살아남은 이유는 그때 502호 사람이 무슨 이유에서인진 모르지만, 때마침 문을 열고 기척을 내서일 뿐이라고 생각했다. 순전히 요행이었다. 이웃이라고 자각한 적도 없는, 가끔 데면데면 인사만 하던 게 전부인 사람이 은인이었다. 유정은 그에게 감사 인사도 못 한 채 원룸텔에서 도망치듯 서둘러 나왔다.

예정대로 교환 학생 신분으로 독일로 떠났고, 기숙사에서 생활했다. 그리고 한 학기 후, 한국으로 돌아와 안개꽃 빌라에 입주했다. 유정은 안개꽃 빌라가 여성 전용 셰어하우스여서 마음에 들었다. 기척을 내줄 사람, 문을 열어줄 수 있는 누군가의 존재가 유정에겐 무엇보다 중요했다. 이곳엔 그럴 사람이 넷이나 살고 있었다.

안개꽃 빌라에 입주할 당시 모란은 곧 비밀번호로 열고 들어오는 공동출입문을 달아준다고 약속했었다. 그런데 약속은 차일피일 미뤄졌다. 모란이 사정을 말하며 조금만 기다려 달라고 간곡하게 부탁하는데, 매몰차게 나가지 못해 반년이나 기다리게 되었다. 유정은 조만간 모란에게 꼭 다시 말해야겠다고 다짐했다. 보라가 인터넷 방송을 하고 밤늦게 배달시키는 게 아니더라도 치안 문제는 항상 불안했다.

◦ ◦ ◦

유정은 합격 소식을 기대하며 메일함을 강박적으로 자주 확인했지만, 새로 받은 메일은 유일하게 면접 본 회사의 불합격 통보뿐이었다. 떨어질 거라고 예상했기 때문에 큰 타격은 없었다. 그즈음 유정의 남자친구는 목표한 대기업에 최종 합격했다는 소식을 알렸다.

유정은 남자친구와 같이 한강 변에 있는 이탈리안 레스토랑에 갔다. 그동안 둘 다 취업 준비로 바빠서 자주 만나지 못했다. 오랜만에 보는 남자친구는 정장 재킷을 입었고, 어깨에 힘이 들어갔다. 유정은 오늘만은 남자친구를 주인공으로 만들어주고 싶었다.

한 올 흐트러짐 없이 올림머리를 한 웨이트리스가 유정이 앉은 테이블로 음식을 내왔다. 정사각형 접시에 발사믹 소스가 점점이 장식적으로 뿌려진 카프레제 샐러드였다. 초록색 루꼴라와 바질, 하얀 생 모차렐라 치즈, 슬라이스 된 빨간 토마토가 이탈리아 국기를 연상케 했다.

유정은 치즈와 토마토가 겹친 샐러드를 음미했다. 짭짤한 두부 같은 치즈와 달게 숙성된 토마토, 발사믹 식초의 신맛이 어우러졌다. 유정과 남자친구가 접시를 비우는 속도에 맞춰 웨이트리스가 시금치 양송이 수프를 애피타이저로 내왔다. 뒤이어 가리비 관자 버터구이를 비롯해 사치스럽도록 큰 접시의 매우 적은 공간만을 쓰는 음식들이 줄줄이 나왔다.

웨이트리스는 무거운 접시를 양손에 얹고 통이 좁은 치마 정장 차림으로 테이블 사이를 오갔다. 신고 있는 검정 구두는 가죽이 뻔득이는 것으로 보아 새 구두 같았다. 유정은 마치 자기 발이 아픈 기분이 들었다.

“오늘은 되게 잘 먹네. 잘 먹으니까 예쁘다.”

남자친구가 유정을 보며 흐뭇하게 웃었다.

"좋은 날이잖아."

"그래, 많이 먹어."

남자친구가 스테이크를 썰며 유정에게 말했다. 유정은 거울처럼 그의 표정을 따라 웃고 기대감 섞인 그의 얘기를 경청했다. 하지만 스테이크를 써는데 젖은 신문지를 써는 것처럼 고기가 질겼다.

그가 화장실에 간다고 잠깐 자리를 비웠을 때 유정은 명치 쪽을 짚어보았다. 속이 더부룩했다. 다이어트식만 먹다가 오랜만에 고기를 먹어서인지, 오전에 토익 시험을 치고 와 피로해서인지는 모르겠다. 토익 유효기간이 만료될 때까지 취업을 못 했다고 생각하니 초조했다. 까만 강물을 담아내는 유리창에 유정의 인상 쓴 얼굴이 비쳤다. 유정은 자기 얼굴을 보고, 들켰다는 생각이 들었다.

유정과 남자친구는 레스토랑에서 코스 요리 식사를 마치고 나와 지하철역으로 걸어갔다. 길거리 좌판에서 노파가 꽃을 팔고 있었다. 아직 밤바람이 찬데 노파는 옷을 얇게 입고 맨 바닥에 앉아 있었다.

"그러고 보니 너한테 꽃 선물한 지도 오래됐네."

남자친구는 유정이 꽃을 본다고 착각했는지, 노파에게서 튤립 한 단을 샀다. 유정은 꽃을 좋아하지 않는다고 남자친구에게 몇 번 말한 적이 있지만, 그는 까맣게 잊은 듯했다.

"아, 이럴 줄 알았으면 꽃집에서 잘 포장된 걸로 미리 사 올걸."

남자친구는 와인을 마셔서 불그레한 얼굴로 신문지에 둘둘 싸인 꽃다발을 쑥스러운 듯 내밀었다. 유정은 그가 축하받아야 하는 오늘 같은 날 꽃까지 받은 여자친구로서 기뻐해야 마땅할 것 같아 꽃다발을 품에 안고 활짝 웃었다. 윗니를 여덟 개쯤 보이고 눈웃음을 지으며.

유정의 남자친구는 유정의 진짜 미소와 가짜 미소를 구분하지 못했다. 구분할 필요가 없는지도 몰랐다. 유정은 자신은 왜 불합격했는지, 남자친구보다 뭐가 부족한지를 집요하게 생각하고 있었다.

'학벌은 비슷하고 학점, 어학 시험 성적도 내가 훨씬 높고 취업 스터디도 내가 더 열심히 한 거 같은데…….'

한편 남자친구를 진심으로 축하할 수 없는 자신이 한심했다. 남자친구는 유정의 속도 모르고 너도 곧 좋은 소식 들릴 거라고 말했다. 유정의 얼굴에 닿는 밤바람이 서늘했다. 남자친구는 유정의 어깨에 손을 두르고 유정은 그의 팔짱을 끼고 나란히 걸었다. 남들이 보기에는 다정한 한 쌍처럼 보일 터였다.

전철 안에는 사람이 드문드문했다. 유정은 품에 안은 튤립 다발을 내려다봤다. 튤립을 싼 신문지에 글씨가 빼곡했다. 익숙한 단어인데도 청년실업, N포 세대, 스펙 경쟁 등의 말이 심장은 따끔하게 어깨는 움츠러들게 했다.

“요즘 취업하기 너무 힘든데 오빠라도 좋은 소식 들려서 다행이야.”

유정이 희미하게 웃으며 말했다.

“취업문이 좁다지만 그래도 그걸 뚫고 성공하는 몇 퍼센트는 항상 있잖아. 솔직히 불황 아닐 때가 어딨고, 취업난 아닐 때가 어딨어. 그 피라미드 꼭대기가 우리가 되면 되지. 유정이 너도 좀만 더 해보면 될 거야.”

유정은 ‘우리’가 뭘까 곱씹었다.

‘오빠랑 나는 우리일까? 같이 손을 잡고 걷는 사이면, 타액을 교환하는 사이면 우리인 건가? 내가 합격하면 오빠랑 나는 우리가 되는 거야?’

유정은 면접에서 어떤 일이 있었는지 남자친구에게 얘기하지 않았었다. 같은 취업 준비생인 그에게 하소연이나 해서 짐을 더하긴 싫었다. 동병상련인 사람이 있다는 게 힘이 될 때도 있지만 버거울 때도 있으니까. 하지만 무엇보다도 서류전형에서 유일하게 붙은 회사 면접에서 처참하게 깨진 얘기 같은 건 남자친구에게조차 말하기 자존심 상했다. 그런데 유정은 이제 모르겠다. 합격하기만 하면 그가 말하는 우리가 될 수 있는지.

지하철이 달려가는 소리가 유정의 귓속을 파고들었다.

"오빠. 나 얼마 전에 에어스카이 면접 봤잖아. 면접관이 기내에서 승객이 난동 부리면 어떡할 거냐고 물어봤거든. 오빠 같으면 뭐라고 대답할 거야?"

유정은 심장이 두근거렸다.

"난동 부리는 승객 제지하고, 주변에 다른 승객들 불편하지 않도록 신경 쓰겠다고 할 거 같은데?"

남자친구는 유정에게 고개를 돌렸다.

"너는 뭐라고 대답했는데?"

"매뉴얼대로 하겠다고……. 그 회사 인재상에 친절이랑 적극성을 강조해놨길래, 그렇게 대처하겠다고 했어. 그래도 승객이 따르지 않으면 어떡하겠냐고 추가 질문이 들어와서, 일단 다른 승객들이 불편해하니까 그 문제부터 해결하고, 불편했을 고객한테는 따로 양해를 구하겠다고 말하려는데…… 시간을 너무 많이 썼다고 끊었어. 매뉴얼대로 하겠다고 한 게 잘못한 건가? 어차피 입사하면 안전교육 다 받을 텐데."

유정의 무릎 위의 튤립이 하느작거렸다. 지하철에서 습한 먼지 냄새가 났다.

"너도 알잖아, 그런 건 누굴 뽑으려고 하는 질문이 아니라 누굴 떨어뜨리려고 하는 질문인 거. 어차피 뾰족한 대답은 없으니까. 그럴수록 답변 내용 자체보단 태도로 판가름 나는 거 아냐? 친절해 보이면서도 결단력 있어 보이는 태도."

유정은 그 질문에 걸려진 사람이 바로 본인이라는 게 비참했다. 하필 왜 그런 질문이 나왔을까? 유정은 자신도 모르게 튤립을 감싼 신문지를 움켜쥐었다.

"네가 너무 안전에 대해서 걱정이 많아서 그래. 솔직히 그런 일이 잘 일어나진 않잖아."

그가 타이르듯 말했다. 유정은 말문이 막혔다. 그는 유정이 작년에 칼을 숨긴 괴한에게 쫓겼다는 것을 알고 있었다. 그것 때문에 경찰서에서 조사도 받고, 셰어하우스로 이사 오게 됐는데, 어떻게 그 일을 모르는 사람처럼 말할 수 있을까?

"다 괜찮을 거야, 유정아."

그가 침묵하는 유정의 어깨를 감쌌다. 유정은 어깨를 빼려다가 무릎 위에 놓은 튤립을 보고 멈췄다. 퀴퀴한 지하철 냄새에 꽃향기가 섞여 들었다. 오늘은 남자친구에게 특별한 날이니 기왕이면 좋게 마무리하고 싶었다.

지하철에서 내려 남자친구는 유정을 바래다주기 위해 안개꽃 빌라까지 걸어갔다. 골목길은 인적이 드물고 컴컴했지만, 남자친구와 같이 걸으니 불안하지는 않았다. 지금껏 남자친구는 유정이 호신용품을 알아보거나 주짓수를 배운다고 했을 때도, 그런 게 실제 상황에서 무슨 도움이 되겠냐며 반대했다. 어차피 남자와 여자의 힘 차이는 극복할 수 없다고. 대신 자기가 늦은 시각에는 꼭 데려다주겠다고 했다. 귀가 얇은 유정은 남자친구의 말에 설득돼 그의 말대로 했지만, 지금에 와서는 스스로가 나약하게 느껴졌다.

유정은 한숨을 푹 내쉬었다.

"내가 요즘 좀 예민한가 봐."

"취업 준비 때문에 많이 힘들지? 이해해."

그가 유정의 어깨를 토닥였다.

'오빠가 진짜 날 이해해?'

단지 취업 준비 때문에 힘든 게 아니었다. 하지만 유정은 말을 삼켰다. 싸우자는 말로 들릴 것 같아서였다. 집으로 들어가려는 유정을 그가 불러 세웠다.

"유정아, 사랑해."

"진짜?"

유정은 한 번 더 듣고 싶어서 되물었다.

"어, 당연하지!"

"나도."

계단을 올라오며 유정은 마음이 무거웠다. 그는 아마도 유정을 사랑하겠지만 유정을 이해하지는 못할 것이다. 유정 역시 그를 사랑하지만 그를 이해한다고 말할 수는 없다. 사랑을 확인받는 것처럼 이해를 확인받는 것 역시 아무렇지 않은 일로 여겨진다면, 유정도 그에게 물어봤을 텐데. 진짜 나를 이해하냐고. 하지만 유정은 물을 수 없었다.

유정은 한 번도 이름을 들어보지 못한 항공사, 어디에 붙어 있는지조차 모르는 나라의 항공사에서도 줄줄이 떨어졌다. 그러다 서류 합격한 곳은 메이저는 아니지만 이름은 들어 알고 있는 국내 저가 항공사였다.

유정은 부엌 식탁 위에서 노트북을 켜고, 내일 면접 볼 회사의 정보를 찾고 있었다. 유튜브에서 그 항공사 관련 영상을 검색하다가, 보라가 올린 랍스터 먹방 라이브 공지를 우연히 발견했다. 며칠 전에 올린 공지로, 오늘 저녁 7시에 먹방 라이브가 시작된다고 했다.

보라는 좀 전부터 정신 산만하게 식탁 주위를 서성이고 있었다. 유정이 노트북 시계를 확인하니 6시 31분이었다. 유정이 보라에게 왜 계속 서 있냐고 물어보려는데, 보라가 배를 움켜쥐고 자기 방으로 달려갔다.

잠시 뒤 유정의 휴대폰이 울렸다.

유정 언니♥ 5분쯤 뒤에 랍스터 배달 올 건데, 음식 좀 받아줄 수 있어?

나 갑자기 배탈 나서 그래ㅠㅠ

유정은 '배 많이 아파? ㅠㅠ 알겠어.'라고 자판을 치다가 멈쳤다. 랍스터를 배달받는 방법이 걱정되었다. 유정은 작년 그 일 이후로 배달을 직접 받아본 적이 없었다. 문 앞에 놓고 가라고 하고, 배달원이 갔을 때쯤 문을 열고 가지고 들어오면 되지 않을까? 그 정도면 할 수 있을 것 같은데.

한 번 해볼게.

유정이 보라에게 메시지를 보냈다.

고마워! 계산은 내 카드로 하면 돼! 식탁 위에 뒀어.

"얘는 왜 미리 계산을 안 해 놓은 거야……."

"언니, 배달받아줄 거지? 응? 나 진짜 중요한 방송이야!"

유정이 대답 없자 보라가 화장실 안에서 소리쳤다.

'맨날 정크 푸드 같은 것만 먹어대니 배탈이 안 나고 배겨?'

일이라서 어쩔 수 없긴 하겠지만. 한솔과 소미는 지금 일하는 시간이고, 나나는 연습실에서 악기 연습을 하고 있는지 전화를 안 받았다. 적어도 5분 동안은 이 집에 유정과 보라밖에 없는 게 확실했다. 보라의 설사가 멎지 않는 이상, 배달을 받을 사람은 유정밖에 없었다. 보라의 닭강정이 없어져서 방송에 차질을 빚었는데, 이번에 또 방송에 문제가 생기면 화살이 모두 자신에게 돌아올 것 같았다.

"알았어! 받아볼게!"

유정이 보라를 향해 소리쳤다. 유정은 거실을 서성이며 배달이 오기를 기다렸다. 사실, 그렇게 기다려지지는 않았지만, 도무지 가만 앉아있을 수가 없었다. 유정은 손톱을 뜯고 또 뜯었다. 오토바이 소리가 멈추고, 텅텅 발소리를 내며 누군가 집으로 올라왔다. 그 소리에 맞춰 유정의 심장도 요동쳤다. 초인종이 울렸다. 유정은 삼중으로 해 놓은 현관 잠금장치를 하나씩 풀고 간신히 음식 봉지만 받을 수 있을 정도로 문을 열었다. 검은 장갑을 낀 손이 쑥 들어와 음식 봉지를 주고 카드를 가져갔다. 유정은 카드리더기가 카드를 읽는 시간이 영원처럼 느껴졌다.

현관문 옆면을 타고 검은 얼룩이 주르륵 움직이는 걸 보고 유정의 동공이 커졌다. 검은 얼룩은 심지어 입체적이었다. 타원형 몸통의 가운데가 볼록 솟아있고 가느다란 더듬이까지 두 개 나 있었다.

"꺅!"

유정이 혼비백산해 비명을 지름과 거의 동시에 바퀴벌레가 날아올랐다. 바퀴벌레가 집 안으로 들어와서 문을 닫을 수도 없었다. 유정은 공황에 빠져 굳어버렸다. 그때 배달원이 신발을 벗었다. 유정은 남자의 얼굴을 봤다. 흔한 듯하지만 소름

끼치게도 그 치한을 닮은 얼굴, 악몽에 나오던 얼굴이었다.

탁!

유정은 찰진 타격 소리에 눈을 질끈 감았다가 떴다. 납작해진 바퀴벌레가 바닥으로 힘없이 떨어졌다. 유정이 깜짝놀라 놓쳐버린 랍스터가 바닥에서 나뒹굴고 있었다. 정신없는 유정의 시야에는 랍스터도 한 마리 거대한 주황빛 바퀴벌레처럼 보였다.

"많이 놀라셨죠? 죄송합니다!"

랍스터 봉지를 집어 던진 사람은 유정인데, 배달원이 거듭 사과했다. 그는 바닥에 떨어진 랍스터 접시들을 정리했다. 유정은 그의 얼굴을 내려다보였다. 자세히 보니 눈매도 얼굴형도 치한과는 판이했다. 왜 비슷하다고 생각했는지 의아할 정도였다. 유정은 정신을 차리고, 괜찮다며 배달원을 내보낸 후 나머지 정리를 했다. 랍스터는 모양이 흐트러졌고 같이 온 샐러드는 이미 뒤섞여 있었다.

"무슨 일이야?"

보라가 나와서 물었다. 뱃속의 폭풍이 지나갔는지 표정이 한결 평안해졌다.

"아, 랍스터 모양 다 망가졌네?"

유정은 보라가 비명을 듣고도 자기보다 랍스터를 먼저 챙기자 서운했다.

"먹는 데는 지장 없잖아. 그러게 나한테 왜 그런 걸 시켜서는……"

"먹방에서 모양이 얼마나 중요한데! 그것 때문에 내가 오늘 그릇 가게까지 다녀오고……. 아니다, 됐어."

보라가 랍스터 봉지를 들고 돌아섰다.

"너 진짜 너무한다. 넌 사람 놀란 건 안 보이고 음식 망가진 것만 보여?"

보라가 뒤돌아서 얼떨떨해하며 유정을 쳐다봤다.

"언니, 화났어?"

유정은 숙이고 있던 고개를 들었다. 머리카락이 가리고 있던 얼굴이 드러났다.

"내가 배달받는 거 무서워하는 거 알잖아. 난 무서워도 너 생각해서 받아준 건데, 넌 말을 왜 그렇게 해?"

유정이 보라 앞으로 다가가자 보라가 움찔했다.

"그동안 참았는데, 난 맨날 배달 오토바이 소리, 발소리, 목소리 때문에 자다가도 다 깨! 배달시켰으면 기다렸다 받으면 되잖아. 꼭 밤에 외간 남자가 집에 들락날락해야겠어?"

"난 평소에 언니 그냥 자는 줄 알고……."

유정의 기세에 눌려 보라의 목소리가 작아졌다.

"그 정도 노크 소리면 자다가도 다 깨거든?"

보라는 무슨 말인가 하려는 듯 입을 삐끔거리다가 다물었다.

'내가 예민하다고 하고 싶은 거겠지.'

"미안해, 유정 언니."

유정은 뭐라고 얘기했냐고 되물을 뻔했다.

"그동안 많이 불편했지? 난 그것도 모르고."

얘가 갑자기 이렇게 순순히 사과한다고?

"앞으로는 포장할 수 있는 건 포장하고, 배달받을 때는 내가 문밖에 나가서 받을게. 또 뭐 불편했던 거 있어?"

보라의 단순하고 산뜻한 태도에 유정은 열을 냈던 게 민망해져 헛기침했다. 그래도 내친김에 하고 싶었던 말을 다 하자고 마음먹었다.

"브이로그나 먹방 찍을 때 집 구조나 위치가 안 드러나게 조심해줬으면 좋겠어. 커튼을 좀 더 꼼꼼하게 치면 될 것 같은데. 세상이 흉흉하잖아. …… 부탁할게."

보라가 싱긋 웃었다.

"어려운 것도 아니네. 커튼부터 더 크고 두꺼운 거로 새로 사야겠다. 친다고 쳤는데도, 맨날 조금 남더라고. 앞으로도 불편한 거 있으면 말해줘."

"어……, 그래."

"그럼 나 방송 시간 얼마 안 남아서 들어가 볼게!"

보라가 방으로 들어가자 그제야 유정의 귓가에 쿵쾅거리는 심장 소리가 들렸다. 다 크고 나서 다른 사람에게 이렇게 소리 지르며 화낸 적은 처음이었다.

'그동안 내가 그렇게 불편했는지 몰랐다고? 아니, 모를 수가 있나……?'

"사귄 지 오래됐는데 남자친구가 꽃도 선물해주고, 언닌 좋겠다."

"취업 준비 때문에 많이 힘들지? 이해해."

부러워하던 나나와 다 안다는 듯이 말하던 남자친구가 떠올랐다. 보라에게 불만이 있어 끙끙 앓았는데, 그동안 얼마나 힘들었는지 말하고 나니 속이 후련했다. 너무 격하게 말했나 싶긴 했지만 보라는 개의치 않고 쿨하게 받아들였다. 다소 무신경한 보라의 성격이 이럴 땐 장점으로 느껴졌다.

'진작 말할걸.'

유정은 오랫동안 여유 있게 욕실을 쓰고 싶어 늦은 시간까지 기다렸다. 따뜻한 물로 샤워하고 나와 라이언 캐릭터 립밤을 바르고 헬로키티 캐릭터 무드 등을 켜고 이불 속으로 들어가 몸통만 한 무민 인형을 끌어안았다. 유정이 그 캐릭터들을 좋아해서 친구들과 남자친구가 사준 선물이었다. 그러고 보니 캐릭터들 다 입이 없었다. 입이 없는 아이들은 말로든 물어서이든 해를 입힐 수 없어서인지는 몰라도 무해하게 보였다. 그런데 현실에서는 해가 될 사람, 무해한 사람을 어떻게 가려낼 수 있을까?

‘순진한 얼굴로 이빨을 감춘 트롤이면 어떡해. 반대로 덩치가 크고 표정은 무뚝뚝한데 갈기를 잃은 사자라면? 바퀴벌레인 줄 알았는데 랍스터라면? 그건……, 맛있겠네. 무지하게.’

○ ○ ○

꿈도 꾸지 않고 깊이 잠들어서인지 일어나자 아주 개운했다. 면접장까지 가는 길, 유정은 직업을 가진 모든 사람이 새삼 대단해 보였다. 거리를 청소하는 중년의 환경미화원, 큰 핸들을 잡은 젊은 버스 기사, 몸에 익은 듯 빠릿빠릿하게 주문을 받는 유정 또래의 카페 직원……. 스쳐 지나가는 무표정한 얼굴의 직장인들이 예사로이 보이지 않았다. 이제껏 숱하게 그들을 지나쳤겠지만, 존경과 동경의 마음이 드는 건 처음이었다. 일한다는 건 대단한 성과를 내거나 유명해지지 않아도, 그 자체만으로 대단했다. 왜 지금껏 이 사소한 진리를 몰랐을까? 곧 다시 무디게 될지도 모른다고 예감하며, 유정은 아침 공기를 깊게 들이마셨다.

한 번 면접 경험이 있어서인지, 이번 면접장에서는 다른 지원자들이 긴장하고 있다는 것도 느껴졌다. 온종일 있는 1차 면접에서 유정의 조는 거의 마지막 시간대였다.

유정이 속한 조가 면접장으로 들어갔다. 면접관들은 지원자들을 보는 둥 마는 둥 지원서만 보고 있었다. 실제 심사 대상은 자기 앞의 인간이 아니라, 이 종이 속의 데이터라고 말하는 듯이. 피로에 찌든 면접관들의 얼굴에서 좀 전 회사 앞 횡단보도 앞에서 스쳐 지나갔던 회사원들, 카페에서 아이스 아메리카노를 테이크아웃해서 가던 이들의 얼굴이 겹쳤다. 고개를 끄덕이며 호응해주는 면접관도 있지만, 엄한 호랑이 같은 면접관은 시종일관 못마땅해 보였다. 다른 지원자들이 일부러 그의 얼굴을 피해 다른 면접관들만 보면서 대답하는 것 같았다. 하필 유정은 호랑이 면접관과 마주 보는 자리라 더 불편했다.

유정은 면접에 오기 전 보라가 해줬던 말을 떠올렸다.

"유정 언니. 면접장에서 무서운 심사위원 있으면, '저거 가발임.' 딱 세 번만 생각해. 그러면 마음속에서 우러나온 자연스러운 미소가 지어질 거야. 그래도 안 되면, 저 사람도 미용실 가서 12,000원 주고 머리 깎아달라고 한다고 생각해봐!"

보라는 세상 진지하게 조언했었다.

"라이언 생각해 유정아. 네가 좋아하는 라이언도 사잔데, 갈기가 없는 게 콤플렉스라며. 아무리 무서워 보여도 면접장 나가면 그냥 아저씨, 아줌마야."

보라와 소미가 앞다퉈 긴장을 풀어주려고 말했었다.

유정은 눈썹이 짙고 무표정한 심사위원을 보며 '저분은 라이언이다, 라이언이다.' 하고 자기암시를 걸었다. '여기선 이렇게 무서워 보여도 집에 가면 갈기 없는 수사자일지도 모른다.' 라고 생각하자, 유정의 인상이 전보다 자연스러워졌다.

그런데 폭탄은 라이언 면접관이 아니라 다른 면접관에게서 나왔다.

"최근에 승객이 기내에서 난동을 부린 사건에서 항공사의 대처방식이 논란이 됐는데, 어떻게 생각하세요?"

호응을 잘해주던 젊은 면접관이 물었다. 앞선 세 사람의 지원자는 모두 그 항공사를 옹호하는 쪽에 섰다. '강경 대응이 일을 키우고 오히려 다른 승객들을 불편하게 할지도 모른다.', '항공사가 난동 승객에게 소송당할 수도 있다.', '만약 승무원이 강경 대응을 했더라도, 그때는 어떻게 승무원이 손님을 상대로 그럴 수 있냐며 여론이 승무원과 항공사를 탓했을 수도 있다.' 등의 의견이 나왔다. 유정은 다른 지원자들의 얘기를 들으며 속으로 울컥했다. 기내 테러에 둔감하고, 친절을 유독 강조하는 국내 문화상 어쩔 수 없다고만 한다면 승객과 승무원의 안전을 보장해주지 못한다. 유정은 지난 첫 면접에서는 긴장한 티를 내지 않으려고 입꼬리를 애써 당겼다면, 이번에는 화를 감추려고 열심히 미소 지었다.

마침내 유정의 차례가 왔다.

"다른 지원자들이 말했던 것처럼 저 역시 친절과 서비스가 중요하다는 점에 공감합니다. 하지만 객실 승무원의 임무에는 단순한 기내 서비스뿐 아니라 기내 안전을 위한 안전 보안 업무가 포함됩니다. 해당 사건의 경우 난동을 부리는 승객에게 구금 조치를 해야 했다고 생각합니다. 기내 안전이 위협받을 시 승객을 정당한 절차에 맞게 제압해야 합니다."

유정은 다리 위에 올려놓은 주먹을 꼭 쥔 채 말했다.

"지원자가 그 상황에 있었다면 그렇게 할 수 있었을지……."

라이언 면접관이 서류에 시선을 둔 채 고개를 갸웃했다. 질문이라기보다는 혼잣말에 가까웠다. 다른 면접관들이 라이언 면접관을 쳐다봤다.

"선배 및 동료 승무원들과 힘을 합치면 충분히 가능하다고 생각합니다."

유정의 생각보다 훨씬 큰 목소리가 나왔다. 나란히 앉아있던 지원자들의 시선이 자기에게 향하는 게 느껴졌다. 자폭일까 구사일생일까?

"제가 보기에 약해 보일 수 있다는 것, 알고 있습니다. 하지만 체력을 키우기 위해서 평소 수영을 꾸준히 하고 근력 운동을 병행하고 있습니다. 또, 평소 잘 훈련되어 있다면 돌발 상황에서도 침착할 수 있다고 생각합니다. 항공기 비상선언 시에도 침착하게 잘 대처할 자신 있습니다."

유정은 힘주어 또박또박 말했다. 자세에서는 긴장한 티가 났지만, 표정과 말투에는 자신감이 느껴졌다. 라이언 면접관은 시종일관 무표정이었다. 다른 면접관이 다음 질문으로 넘어갔다.

유정은 자기가 합격에 유리한 대답을 했는지 면접관들의 반응만으로는 알 수 없었다. 라이언 면접관을 비롯한 몇몇 면접관은 포커페이스였고, 어느 지원자에게나 일관되게 상냥한 미소를 띠며 고개를 끄덕여주는 면접관도 있었다.

집으로 돌아오며 유정은 자기한테 어디서 그런 용기가 나왔을까 싶었다. 계속 면접 장면을 머릿속에서 재생했다. 자신이 다른 사람 같았다.

'아니지. 나라고 원래부터 겁 많고 소극적인 것도 아닌데.'

1년 전 사건이 없었다면, 그 모습이 당연한 유정의 모습이었을 수도 있었다. 유정은 빼앗겼던 자신의 본래 모습을 되찾은 것 같았다.

○ ○ ○

토요일 오후, 유정은 천변의 지하철역 앞에서 남자친구를 만났다. 갓 입사해 적응하는 중인 남자친구는 격무에 시달려 눈 밑에 다크서클이 내려왔다. 피곤할 텐데 주말에는 집에서 쉬라고 하는 유정에게 그래도 만나자고 한 건 그였다. 유정과 남자친구는 개나리가 핀 하천가를 걸었다. 앞코가 각진 유정의 베이지색 단화와 길고 날렵한 그의 로퍼가 비슷한 속도로 움직였다.

"저번에 면접 봤던 덴 발표 났어? 내가 정신없어서 까먹고 있었네."

"귀하의 우수한 역량에도 불구하고 제한된 합격 정원으로 인해 함께 하지 못하게 되었습니다, 라고 하네."

유정은 토씨 하나 틀리지 않고 통보 문자를 읊었다.

"아……. 면접에서 저번이랑 비슷한 질문 나왔다며. 대답 잘했다고 한 것 같은데."

"어, 저번보다 침착하고 자신감 있게 말했어. 기내 안전이 위협받을 시 승객을 정당한 절차에 맞게 제압해야 한다고."

"소신도 좋지만, 제압이라니 말이 좀 세지 않나? 아무리 그래도 같은 업곈데 비난조로 말하는 건 안 좋아할 것 같은데."

"내가 안전을 책임지는 사람이라면 그렇게 하는 게 맞는 거잖아."

유정은 걸음을 멈추고 남자친구를 쳐다봤다. 평소의 유정이라면 오빠 말이 맞다고, 그렇게 대답했으면 좋았겠다고 수긍하고 넘어갔을 것이다. 그러면 그도 다정하게 유정을 위로해줬을 것이다. 남자친구는 당황해서 얼른 다음 말을 짜내었다.

"이제 면접에서 센 척도 할 수 있고 많이 늘었네. 근데 윗사람들은 아랫사람이 고분고분하길 원해. 면접은 면접관들이 듣고 싶은 말 해주면 되는 거고. 너 생각해서 하는 말인 거 알지?"

남자친구가 미소 지으며 눈썹을 으쓱했다.

"알지."

유정은 웃지 않았다. 남자친구는 웃지 않는 애인의 얼굴이 얼마나 싸늘한지 처음 느꼈다.

"오빠는 다 좋은데, 나도 아는 걸 자기만 아는 것처럼 말하는 게 문제야."

유정이 구두 앞코를 바닥에 쿡쿡 찍었다.

"나는 너 잘되라고……."

"좀 닥쳐줄래?"

그의 입이 벌어졌다.

"오해는 하지 마. 나도 오빠 더 발전하라고 하는 말이야."

유정은 당황한 그의 표정을 보고 있자니 사이다를 마셨을 때처럼 쾌감이 간지럽게 터졌다.

"가끔은 사람들도 헬로키티처럼 입이 안 보이면 좋을 텐데. 슬플 때 보면 슬퍼 보이고, 기쁠 때 보면 기뻐 보이게……. 결국 입이 문제야."

유정이 검지로 자기 입술을 두어 번 두드렸다.

"배고프다. 밥 먹으러 가자!"

성큼성큼 앞서 나가는 유정을 그가 허둥지둥 뒤쫓았다.

김나나

D장조의 민트 초코케이크

보라의 닭강정이 없어진 지 일주일 남짓 뒤에 나나의 도미 한 박스가 냉장고에서 없어졌다. 낚시가 취미인 나나의 친할아버지가 직접 잡아서 택배로 보낸 도미라고 했다.

"오늘 점심으로 먹으려고 보니까 없는 거예요. 냉장고를 아무리 찾아도 안 보여요."

워낙 스티로폼 상자 크기가 커서 소미도 냉장고에서 본 적 있었다. 나나의 말을 듣고 소미가 도미 상자를 찾다가 현관문 앞에 있는 쓰레기봉지에서 스티로폼 상자를 발견했다. 상자는 몇 동강 난 채로 다른 쓰레기들과 한 데 뒤섞여 있었고, 생선은 그 안에 없었다. 나나는 아직 한 마리도 먹지 않아서 12마리가 고스란히 있었다고 했는데, 시중에서 도미 12마리를 사려고 하면 꽤 값이 나갈 터였다. 아까운 도미…….

해산물을 좋아하는 소미는 혀를 끌끌 차며 파스타를 만들었다. 빌라 1층의 수산유통업체가 망하고 모란이 재고 처리가 걱정이라며, 명란젓을 여러 박스 나눠준 게 아직도 남아 있었다. 하우스 메이트들은 어떻게 해야 질리지 않고 명란젓을 잘 소모할 수 있을지 고민하며 여러 가지를 시도했었다. 명란젓 계란찜, 명란젓 아보카도 비빔밥, 바게트에 발라먹기도 하고 따끈한 쌀밥 위에 올려 먹기도 했다. 오늘은 명란 파스타였다. 소미와 보라, 한솔이 부엌에서 명란 파스타를 먹고 있는데, 나나가 방에서 나왔다.

"도미 구워 먹으면 진짜 맛있는데 아까워서 어떡해."

소미가 명란 파스타를 먹으며 말했다. 주말의 아침 겸 점심으로는 간단한 면 요리가 제격이다.

"많이 해서 프라이팬에 아직 남아 있어. 같이 먹자."

보라는 한 접시를 거의 다 비웠다.

"아니에요. 입맛이 없어요."

나나가 얼굴을 찌푸리며 고개를 저었다. 나나의 시선이 냉장고에 붙은 경고문에 가 있었다.

"큰일이네, 음식이 자꾸 없어져서."

한솔이 말했다. 나나는 소파에 누워서 TV를 보고 있는 유정 옆으로 가서 앉았다.

"혹시 내가 몰랐던 이상한 주사 있는 사람 있는 거 아냐? 어제 술 마신 사람 있어?"

보라가 고개를 홱홱 돌렸다. 보라를 제외한 모두의 시선이 유정을 향했다.

"닭강정. 그래, 거기야 뭐 서울에서도 찾아가서 줄 서서 기다리는 맛집이니까 너어무 먹고 싶어서 그랬다고 쳐. 도대체 도미는 열두 마리나 훔쳐서 뭐 할 건데? 팔려고? 나나, 넌 어떻게 생각해?"

보라가 특유의 쩌렁쩌렁한 발성으로 말했다. 보라는 어제 집에 늦게 들어와서 못 봤겠지만, 나나와 소미가 만취한 유정을 부축해서 방에 들여보냈다.

“이상한 주사 있는 사람은 없지 않을까요? 환영회 때 같이 술도 마셨잖아요.”

“맥주가 어디 술인가…….”

보라가 물을 들이켰다. 유정이 말없이 일어나 TV를 끄고 방 안으로 들어갔다. 먹는 데 열중하는 걸 보니 보라는 유정이 불편해하는 것도 눈치 채지 못한 것 같았다. 소미는 보라에게 주사와 음식 절도를 연관 짓는 건 그만하는 게 좋겠다고 말하고 싶었지만, 이유를 안 묻고 수긍할 보라가 아니니 그러려면 어제 유정이 만취했었다는 것도 말해야 했다. 소미는 괜히 보라의 의심에 부채질하는 꼴이 될까 봐 입을 다물었다.

“서로를 계속 의심할 수밖에 없네요, 이대론.”

소미가 젓가락을 내려놓으며 말했다.

“세상에 못 믿을 게 사람이라잖아.”

이 상황에서 틀린 말은 아니긴 하지만, 소미는 한솔의 말이 지나치게 냉소적이라고 여겨졌다. 소미는 입 안에 밥알이 깔깔해서 물을 한 모금 삼켰다. 닭강정이 없어진 건 사소한 해프닝일 수도 있다고 생각했다. 값비싼 물건이 없어진 것도 아니고, 집에 도둑이 든 흔적이 있는 것도 아니었다. 음식 도둑을 찾는다고 해도 당장 뭘 어떻게 할지 정해진 것도 없었다. 그러나 두 번째 도난이 발생한 지금은, 어쩌면 사소한 문제가 아닐 수도 있다는 생각이 들었다. 지금만 해도 셰어하우스 공기가 얼음처럼 차갑게 얼어붙었다.

'범인을 잡으면 서로를 향한 의심을 멈출 수 있겠지? 왜 시연 씨가 이 집을 나갈 수밖에 없었는지도 알 수 있지 않을까?'

음식 도난은 어쩌면 빙산의 일각, 더 큰 사건의 실마리일지도 모른다는 생각이 들었다.

○ ○ ○

도시락 단체 주문일 때만 소미가 스쿠터를 타고 배달 나가는데, 오늘은 용신대학교 문화관 건물에 단체 주문이 있었다. 모란이 소미에게 배달만 마치고 퇴근하라고 해서 소미는 콧노래를 부르며 용신대학교로 스쿠터를 몰았다.

소미가 양손에 도시락 봉지를 들고 건물 안으로 들어섰다. 문화관 안은 행사가 있는지 웅성거렸다. 벽면에 붙은 '용신대학교 음악대학 신입생 연주회' 포스터를 보고서야 소미는 나나가 신입생 연주회를 앞두고 연습을 하던 게 생각났다. 정확한 날짜는 말 안 해줘서 몰랐지만 말이다.

도시락 배달을 끝낸 후 왠지 그냥 돌아가기는 아쉬웠다. 소미는 기왕 여기까지 온 김에 응원이라도 해주려고 나나가 있을 대기실로 향했다. 그때 키가 크고 마른 체형의 중년 여성이 빠른 걸음으로 소미를 지나쳤다. 잔머리 하나 용납하지 않는 물결 진 단발머리는 헤어스프레이를 얼마나 많이 뿌렸는지 크루아상처럼 바삭, 아니 파삭해 보였다.

소미가 나나에게 전화를 걸려는데, 검은 원피스를 입고 반묶음 머리를 한 나나의 뒷모습이 보였다. 나나는 크루아상 부인을 마주하고 서서 엄마라고 불렀다. 소미는 본의 아니게 나나가 엄마에게 꾸지람 듣는 장면을 목격했다.

"일단, 바나나 꼭 먹고 연주회 잘 끝마쳐."

나나 엄마는 바나나가 담긴 통을 나나에게 건네고 또각또각 걸어갔다. 다행히 나나는 소미를 발견하지 못한 듯했다. 소미는 나나를 만나는 걸 포기하고 돌아섰다. 엄마에게 혼나서 저기압일 텐데 굳이 만나서 좋을 거 없을 듯했다. 소미는 소변이 마려웠고, 대기실 바로 옆 여자 화장실에는 드레스 입은 음대생들로 줄이 길어 소미는 조금 떨어진 옆 화장실까지 갔다. 소미가 화장실에서 볼일을 보고 있는데 발소리가 들렸다. 화장실 칸 아래로 익숙한 연보라색 구두가 움직였다. 색깔이 특이해서 기억하는데, 나나의 구두였다. 연보라 구두는 옆 칸으로 들어갔다가 곧바로 화장실을 나갔다. 물 내리는 소리조차 들리지 않았다.

'혹시 옆 칸 변기가 막혀 있어서 아예 안 쓰고 나간 건가?'

소미는 볼일을 마치고 옆 칸을 확인하러 갔다. 아니나 다를까 변기 뚜껑이 닫혀 있었다. 소미는 불길한 예감으로 최대한 손가락을 멀리 뻗어 변기 뚜껑을 들어 올렸다. 변기는 샘처럼 맑은 물만을 담고 있었다. 락스로 뽀득뽀득 갓 닦은 듯 어찌나 새하얀지, 전시장에 내놔도 될 것 같았다.

'그럼 화장실엔 왜 온 거지?'

소미의 시선이 두루마리 휴지로 갔다가 휴지통으로 갔다. 휴지통에는 다른 쓰레기 하나 없이 노랗게 잘 익은 바나나만 버려져 있었다. 조금 전 나나의 엄마가 투명한 통에 바나나를 줬었는데. 왜 한 입만 먹고 바로 버렸을까? 엄마가 주는 바나나는 먹기도 싫다 그건가? 소미가 봤을 때도 나나의 엄마는 깐깐해 보였다. 그렇게 대하면 애가 숨 막히는 것도 당연했다.

소미는 손에 있는 물기를 털면서 화장실을 나왔다. 계단을 내려가려는데 맞은편에서 나나의 엄마가 계단을 올라오는 것이 보였다. 현란하게 물기를 털던 소미의 손이 느려졌다. 소미는 크루아상 부인을 뒤돌아봤다. 불길한 예감은 틀리지 않았다. 크루아상 부인은 소미가 나온 화장실로 향했다. 왜 하필 저 화장실로 가는 거야. 한산한 화장실은 이렇게 인기가 좋다.

소미는 발소리를 죽여 후닥닥 크루아상 부인을 쫓아가, 화장실 칸으로 들어가려는 크루아상 부인 앞을 가로막았다.

"잠시만요, 잠시만요! 제가 물 내리는 걸 깜박해서요!"

'나나의 흰 피부와 쌍꺼풀 없이 가로로 긴 눈이 엄마를 닮았구나.'라고 소미는 생각했다.

소미는 칸 안으로 들어가 문을 잠갔다. 두루마리 휴지를 둘둘 말아 바나나 위에 휴지 무덤을 만들었다. 이제 구태여 화장실 쓰레기통을 파보지 않는 이상 나나 엄마가 바나나를 발견하게 될 일은 없다. 소미는 뒤샹의 '샘'을 닮은 변기의 물을 내렸다. 콰르르 시원한 소리가 울려 퍼졌다. 소미가 나오니 크루아상 부인이 버터 바른 크루아상처럼 부드러운 표정을 지었다. 다 이해한다는 듯이. 소미는 어색하게 웃어 보인 후 꽁무니를 뺐다.

"웬 오지랖이냐, 이게."

소미가 중얼거렸다.

소미는 모든 사람이 범인이 될 수 있다는 가정하에 범행 동기를 역추적했다. 음식을 도난당한 보라와 나나도 용의선상에서 제외하지 않았다.

'혹시 닭강정과 도미를 훔친 사람이 나나일까? 하지만 바나나는 자기 거여서 버렸다고 해도 문제가 되진 않지만, 닭강정은 보라 건데 나나가 보라에게 앙심을 품을 만한 일이 있었을까? 도미는 나나네 할아버지가 보내주신 건데, 전화 통화하는 걸 들었을 때는 사이가 나빠 보이지 않았다. 그럼 유정이가? 만약에 그랬다면 왜일까? 본인은 다이어트 때문에 맛있는 걸 못 먹는데, 다른 하우스 메이트들이 먹는 꼴이 싫어서? 보라가 유튜브 하는 게 불만이어서? 하지만 유정은 보라에게 의심받을 걸 뻔히 알면서도 범행을 감행할 만큼 대담해 보이진 않는다. 혹시 보라나 한솔 언니가 범인일 가능성은 없을까? 보라는 밤낮이 바뀌어 있어 모두 잠든 밤사이에 몰래 음식을 훔치기 유리하다. 그렇다면 보라의 닭강정이 없어졌다는 건 자작극이 되는 건데, 광고비가 걸린 데에 그런 무리수를 뒀을까? 또, 한솔은 하우스 메이트들에게 왠지 벽을 두는 것 같다. 다른 사람이 안개꽃 빌라를 나가기를 바라고 있지 않을까? 다른 사람들을 나가게 만들어 혼자 셰어하우스를 쓰기 위해서 이런 소동을 벌인 거라면? 하지만 그렇게 추측할 근거는 없다.'

모두가 범인인 것 같기도 하고 아닌 것 같기도 했다. 이래서야 범인을 잡을 수 없었다. 소미는 하우스 메이트들이 각자 어떤 음식을 좋아하고 싫어하는지, 다른 하우스 메이트들에게 불만은 없는지, 숨기거나 거짓말하는 건 없는지부터 알아보기로 했다. 그러면 음식 도둑을 잡을 수도, 최소한 음식 도난을 멈출 수는 있을지도 모르니.

○ ○ ○

나나는 택배 상자를 열어 새로 산 라벤더색 구두를 신발장 안에 모셔놓고, 현관에 나와 있는 하우스 메이트들의 신발을 둘러봤다. 나나의 아디다스 스니커즈, 유정의 검은 펌프스, 소미의 투박한 러닝화, 뒤축을 꺾어 신은 보라의 컨버스 하이, 한솔의 갈색 로퍼가 있었다. 그리고 현관 구석에는 남자 정장 구두 한 켤레가 가지런히 놓여 있었다. 나나는 쭈그리고 앉아 주인을 닮은 신발을 봤다.

키가 크고 다부진 체형의 소미는 발도 하우스 메이트들 중 가장 커서, 소미의 신발은 디자인이 무난함에도 존재감이 컸다. 소미가 거의 매일 신는 검정 운동화는 두툼하고 투박한 디자인에 오래 신어서 발목 닿는 부위가 닳아 있었다. 많이 오래 걸어야 하는 날, 편하게 발을 보호해줄 것 같은 믿음직스러운 신발이었다. 이 운동화를 신고 상·하의 세트 트레이닝복을 입고 출근하는 소미에게는 사냥 태세를 갖춘 표범 같은 카리스마가 흘렀다. 보라의 신발은 활동성과 스타일 두 마리 토끼를 잡은 보라색 컨버스 하이다. 톡톡 튀는 색감에 특이한 방식으로 묶은 신발 끈이 개성을 드러냈다. 후드티나 맨투맨, 디스트로이드 진 같은 캐쥬얼을 주로 입는 평소 스타일과도 잘 어울렸다. 무엇보다 보라의 물건은 색깔만 봐도 보라의 것임을 알 수 있었다. 보라색 컨버스 하이, 보라색 맨투맨, 보라색 머그잔 등. 보라색이면 십중팔구 보라의 물건이었다. 한솔은 뉴트럴 색상의 비슷비슷한 로퍼를 번갈아 신으며 깨끗하게 관리했다. 모두 특징이 없는 것이 특징이었다. 지금 현관에 나와 있는 갈색 로퍼는 세월의 흔적은 있지만 단정하고 단단해 보였다. 어느 정도는 편하면서 격식을 차릴 때 신는 로퍼는 나긋하고 예의를 중시하는 한솔의 성격과 닮았다. 나나는 한솔이 거실에서 돌아다니면, 발소리만으로 한솔인 것을 알아차리곤 했다. 유일하게 한솔만 집안에서 슬리퍼를 신기 때문이다. 슬리퍼가 바닥에 닿을 때 나는 자분자분한 발소리에서도 한솔의 진중한 성격이 느껴졌다.

마지막으로 나나의 시선이 유정의 펌프스로 향했다. 나나는 평소에는 운동화를 주로 신고 연주할 때는 흔들리지 않도록 낮은 굽의 구두만 신었다. 그래서 더 유정의 펌프스에 혹했다. 사극에 나오는 중전마마같이 단아한 외모의 유정이 이 구두를 신을 때면 왠지 위태롭고 매혹적인 분위기가 생겼다. 안개꽃 빌라에 있는 모든 신발 중 유정의 펌프스가 가장 아름답지 않을까? 아니, 펌프스는 세상에서 가장 아름다운 구조물 같았다. 가는 굽과 뾰족한 앞코의 실루엣, 깊이 파진 발등은 귀족적이며 관능적이었다. 펌프스에 한 번만 발을 넣어보면 안 될까? 공교롭게도 유정은 나나와 발 사이즈도 같았다.

유정은 나나가 꿈꾸던 대학 생활을 하고 있었다. 예쁘게 꾸미고 다니고 예쁘게 연애도 하는. 유정은 외출할 때면 현관에서 꽃향기가 나는 향수를 뿌렸는데, 나나는 현관에 남은 잔향을 좋아했다. 다른 한편으로 보라도 부러웠다. 학교에 가지 않고 늦게까지 술을 마시기도 하고, 부모님 눈치 안 보고 밤늦게 야식을 먹기도 하는 자유로운 삶. 둘의 삶을 딱 반반씩 섞어서 살면 좋을 텐데. 남들이 부러워할 만한 알콩달콩한 연애를 하고, 하고 싶은 일을 찾아서 돈도 벌고, 자유분방하게 놀고, 가족들에게도 당당하게 내세울 수 있는 삶. 그럴 수 있을까?

나나는 유정의 펌프스에 발을 넣어보지 않고 가지런히 정리했다.

○ ○ ○

나나가 부엌의 타원형 식탁에서 유정과 마주 앉았다. 나나가 라면을 끓이러 부엌에 나왔을 때는 이미 유정 혼자 소주를 2병째 마시고 있었다.

“언니 그렇게 마시면 속 버려요.”

“술은 원래 깡 소주야.”

유정의 눈꼬리가 마시마로 인형처럼 축 처졌다.

나나는 가장 자신 있는 음식인 콩나물 라면을 끓였다. 이상하게도 라면은 낮보다 밤에, 기쁠 때 보다는 기분이 가라앉을 때 더 끌렸다. 둘 다 음의 기운이자 밤의 기운이 있어서일까, 라면은 소주와도 궁합이 좋았다. 음악으로 치자면 단조가 아닐까? 라면과 소주, 밤이 합쳐지면 길티 플레저가 되기에 충분하다.

라면 그릇에서 뜨거운 김이 올라왔다. 국물을 한 숟갈 떠먹으니 나나의 온몸에 찌르르한 전기가 돌았다. 대파와 콩나물로 우려낸 국물은 해양심층수처럼 깊고 시원했다. 면을 빨아들이니 면발이 입술을 치고 올라와 입 안에서 탱글탱글하게 유영했다. 나나 옆에서 유정도 정신없이 라면을 먹었다. 유정은 어찌 보면 즐거움보다는 죄책감을 채우기 위해서 소주와 라면을 흡입하고 있는지도 모른다.

"너는 술 안 마셔?"

"내일 일찍 연습하러 나가거든요. 신입생 연주회가 얼마 안 남아서."

유정이 "할 수 없지."라며 자작했다. 한 잔 두 잔 술이 들어가자 유정은 속 얘기를 풀어냈다. 나나는 얼결에 유정의 얘기를 들어주게 되었다. 오늘 유정은 마지막 한 곳에서도 서류 불합격 통보를 받았다고 했다.

어느새 소주가 다 떨어졌다. 나나는 라면에 밥까지 말아 먹고도 배가 고팠다. 정확히 말하면 위는 꽉 찼지만, 그보다 조금 위 어딘가가 텅 빈 느낌이었다. 나나는 음식이, 유정은 술이 부족했다.

둘은 술과 음식을 사러 밖으로 나갔다. 나나에게 팔짱을 낀 유정이 조금 비틀거렸다. 나나는 자기에게 기대는 유정 때문에 중심을 잡으려 애쓰며 걸었다.

"어, 야옹이다!"

나나가 발걸음을 멈췄다. 편의점으로 가는 골목길 전봇대 아래에서 고양이가 거리를 비추듯 두 눈을 빛냈다. 턱시도를 빼입은 듯 가슴과 발끝을 제외한 온몸이 까맣고, 코와 입 주변은 우유가 묻은 것처럼 하얬다. 나나는 고양이가 놀라지 않도록 적당한 거리를 두고 자세를 낮췄다. 경계 태세를 보니 가까이 다가가면 달아날 것 같았다.

"헉, 귀여워라. 새끼 고양이네."

유정이 나나 뒤에 서서 말했다.

"배고프지? 추워서 어떡해. 언니! 저 편의점에서 고양이 사료 사 올 동안만 얘 지켜봐 줄 수 있어요?"

나나가 소곤거렸다.

"어? 어. 그럼 빨리 다녀와."

유정이 양 겨드랑이 사이에 손을 넣은 채 말했다. 나나는 편의점으로 뛰어갔다. 고양이 먹이와 술, 과자를 사서 돌아오니 유정은 정확히 아까 그 자리에서 망부석처럼 서 있었다.

"고마워요, 언니."

나나는 사료와 생수를 담은 그릇을 고양이 앞에 놓았다. 턱시도 고양이는 처음에는 냄새만 맡다가 코를 박고 먹기 시작했다. 나나는 물끄러미 턱시도를 바라보다 조심스레 거리를 좁혀 녀석의 등을 쓰다듬었다. 녀석은 먹는 데 정신이 팔려 나나는 신경도 안 썼다. 턱시도 고양이는 페퍼보다 몸집이 훨씬 작았다. 페퍼는 나나의 남자친구, 주안이 키우는 페르시안 친칠라 고양이다. 나나와 주안은 파주에서 같은 교회를 다니다가, 둘 다 대학에 진학하며 서울로 이사 왔다. 주안의 자취방에 처음 갔을 때는 닭장같이 좁고 답답한 공간에서 고양이를 키운다고 생각했는데, 지금은 나나가 더 작은 방에 살고 있다. 그래도 주안의 원룸은 집이라기보다는 방에 가까운 느낌이었고, 나나는 공용공간을 쓸 수 있어서 덜 답답했다.

"애 사람 되게 좋아한다. 언니도 와서 만져볼래요?"

나나가 턱시도 고양이를 쓰다듬으며 유정을 올려다봤다.

"난 괜찮아."

"길고양이여도 그루밍해서 깨끗한데."

고양이들은 혀로 수시로 몸을 핥으며 자기 몸을 깨끗하게 유지한다고 들었다. 그때 턱시도가 유정 쪽으로 걸어와 꼬리를 쳐들고 유정 주위를 빙그르르 돌았다. 유정은 왼쪽 팔로 오른쪽 팔꿈치를 감싼 채 구두 앞코로 아스팔트 바닥을 툭툭, 두드렸다.

“언니한테 자기 냄새 묻히려나 봐요. 영역표시 같은 거래요.”

턱시도 고양이는 다시 나나 앞에 발라당 누워서 애교를 부렸다. 나나가 일어설 기미가 없자 유정은 나나 조금 뒤쪽에 쭈그리고 앉았다.

“여기 와서 지낼만해?”

“네, 여기가 원래 집보다 더 제 공간 같아요. 불편한 것도 있지만.”

“뭐가 불편한데?”

불편함에 초점을 맞춘 얘기는 아니었는데, 유정은 거기에 꽂힌 듯했다. 오히려 유정이야말로 불편했던 게 아닐까 싶었다.

“아무래도 혼자 사는 것만큼 편할 순 없죠.”

“불편한 거 있으면 언제든지 편하게 얘기해. 아마 이렇게 말해도 말 안 하겠지? 실은 나도 그래서.”

나나가 유정의 말을 듣고 웃었다. 나나는 유정이 자기의 속마음을 다 안다는 듯 말해주자 가까워진 것 같았다. 나나는 말을 할까 말까 고민하다가, 아침에 소미의 휴대폰 알람 소리 때문에 잠에서 깼다고 말했다. 바로 깨지 않는지 알람이 꽤 오래 울렸다. 유정은 바로 옆방이라 자기 방에서도 잘 들린다고 하며 자기가 소미에게 잘 말해주겠다고 했다. 둘은 동갑이니 아무래도 나나가 직접 소미에게 말하는 것보다는 편할 것 같았다.

"언니는 뭐 불편한 거 없어요?"

시끄러울까 봐 바이올린 소리를 줄여주는 약음기를 항상 끼고 연습하지만, 그래도 거슬릴 수 있었다. 아니면, 최근에 음식이 두 건 없어진 얘기를 할지도 몰랐다.

"딱히……. 혼자 살 때보다는 훨씬 나아. …… 다행히 시연 언니도 나갔고."

유정이 덧붙인 뒷말은 아주 작은 소리였지만 나나는 귀가 밝은 편이라 들을 수 있었다. 시연이란 이름은 생소했다.

'전에 살던 사람이겠지? 혹시 그 사람이랑 사이가 안 좋았던 걸까?'

"뭐가 다행인데요?"

"어? 아……. 네가 이사 와서 다행이라고. 같이 사는 집에 좋은 사람이 들어와서."

유정이 당황한 얼굴로 긴 머리를 만지작거렸다. 머리카락 사이로 진주 귀걸이가 흑갈색 종이에 싸인 화이트초콜릿처럼 반짝였다.

'좋은 사람이 들어와서 다행이라는 말은, 안 좋은 사람이 들어온 적이 있었단 얘긴가?'

"저도 언니들이랑 같이 지내서 좋아요."

나나는 시연과 유정의 사이가 궁금했지만, 공동생활을 할 때는 적당히 모르는 척 넘어갈 줄도 알아야 한다고 외할머니가 했던 말을 떠올리며 더 묻지 않았다. 나나는 턱시도가 사료를 다 먹고 난 빈 일회용 그릇을 주워 일어섰다. 유정이 나나에게 다시 팔짱을 끼자 소독약 같은 소주 냄새가 풍겼다.

도어락 열리는 소리가 나고 소미가 들어왔다. 소미는 식탁에 엎어져 있는 유정과 술병들을 발견하고 눈이 휘둥그레졌다.

"엄청 취했네."

"말리는데도 말을 안 들어서……. 유정 언니 오늘 서류 발표 났거든요."

나나가 뒷말은 작게 속삭였다. 소미가 유정을 방으로 옮기려고 유정의 양팔을 들었다.

"이거 놔, 나 말짱해!"

유정이 혀가 꼬부라져서 말하며 소미의 팔을 뿌리쳤다. 유정은 눈을 감은 채로 웅얼거렸다.

"나만 왜 이렇게 힘들까? 소미 너는 항상 당당하고, 보라랑 한솔 언니는 자기가 하고 싶은 일 하고 있고, 나나는 아직 스무 살밖에 안 됐고……. 다 각자 잘하고 있는데, 나는……"

유정이 복받치는지 말을 더 잇지 못했다. 나나는 유정이 그렇게 생각하고 있는 줄은 꿈에도 몰랐다.

'언니는 성적도 좋고 착하고 얼굴도 예쁘잖아요! 난 항상 언니같이 되고 싶었는데. 내 미래는 언니 같았으면 좋겠다고

생각했는데, 언니가 그렇게 말하면…….'

"유정이 너도 잘하고 있잖아."

나나가 할 말을 고르고 있는 사이 소미가 말했다.

"아니야, 나 너무 막막해. 나도 남들이랑 비교하기 싫어. 근데 자꾸 비교되는 걸 어떡해. 왜 나는 비교하는 성격인 거야!"

유정의 감은 눈에서 눈물이 한 방울 굴러떨어졌다. 나나는 울컥했다.

"1등은 자기 자신과 경쟁하지만 2등, 3등은 1등의 뒷모습만 보면서 쫓아갈 수밖에 없잖아요. 자기 자신과 경쟁, 그런 건 1등이나 하는 말이죠. 꼴찌가 자기 자신과의 싸움이다, 그런 말 해봐요. 다들 비웃지."

"맞아, 재수 없어."

유정이 눈을 게슴츠레 뜨고 훌쩍거렸다.

"나나 너는 왜?"

소미가 의아하다는 듯 나나를 봤다. 그제야 나나는 자기가 너무 많은 얘기를 한 것 같았다. 한번도 하우스 메이트들에게 집안 얘기나 바이올린 얘기를 한 적 없었다. 알고 지낸 지 이제 한 달 된 하우스 메이트들뿐 아니라 친한 친구들에게조차 속 얘기는 잘 하지 않았다.

"'집안을 천천히 망하게 하려면 자식한테 음악을 시켜라.' 라는 말 알아요?"

소미가 고개를 저었다. 유정은 거의 의식을 잃은 것 같다.

"그만큼 돈이랑 뒷바라지가 엄청 필요해서 그래요. 저희 집은 저랑 언니가 다 바이올린을 하는데 언니는 재능이 있어서 부모님이 투자한 보람 있지만, 전 아니거든요."

"너도 되게 잘하던데."

소미의 표정에서 순수한 마음이 느껴졌다. 소미는 음악 전공자가 아니니 그 정도도 충분히 잘한다고 생각할지 모른다. 하지만 프로의 세계까지 갈 것 없이 나나의 실력은 전공생 중에서도 특출나지 않았다. 예술 분야에서 특출나지 않은 건 아무런 의미도 없었다. 그런 생각이 매일매일 나나를 짓눌렀다. 한 유명 바이올리니스트는 섬세한 소리를 내는 '과르니에리'를 발사믹 소스를 가득 친 스테이크에, 파워풀한 음색의 '스트라디바리우스'를 흰 살 생선요리에 비유했다. 과르니에리와 스트라디바리우스는 현악기계의 양대 산맥으로 수십억 원을 호가하는 명기이니 그런 훌륭한 요리에 격이 맞는 것이다.

"우리 언니 바이올린 소리가 미디엄 레어로 구운 등심 스테이크면, 제 소리는 그 옆에 곁들이는 구운 감자 정도 될까요. 있으면 먹지만 굳이 찾아 먹진 않는, 흔하디흔한 맛."

나나의 언니 선호는 이름부터 선호였다. 부모가 선호할 자식이라고 미리 도장 찍어 놓은 것처럼.

"스테이크가 맛있긴 하지."

소미가 말했다. 비전공자인 소미에게 쉽게 설명하기 위해 음식 비유를 들었지만, 막상 소미가 수긍하니 나나는 입 안이 썼다.

“최고급 소고기는 스테이크 해 먹는 게 제일 맛있지만, 감자는 쪄먹어도 구워 먹어도 튀겨 먹어도 맛있잖아. 감자전은 또 얼마나 맛있어?”

나나는 얼떨떨해서 소미를 응시했다. 아무리 음식으로 비유했지만, 이걸 또 음식으로 받을 줄은 몰랐다.

“그러니까, 뭐든 할 수 있지 않을까? 좀 무난하고 부족해 보이는 재료가 오히려 활용도는 높잖아.”

그렇게 말하는 소미는 성장 만화의 주인공 같았다. 어떤 역경이든 씩씩하게 헤쳐 나갈 자신감이 있는.

나나는 소미의 말이 와닿지는 않았지만, 성의를 생각해서 애써 웃어 보였다.

○ ○ ○

신입생 연주회 날이다. 신입생 연주회는 교수들과 선배들에게 눈도장을 찍을 기회라고들 했다. 치열한 입시가 끝난 지 채 몇 달 되지도 않았는데, 또 경쟁에 돌입해야 했다. 나나는 공연장 대기실에 가서 악기 음정 튜닝을 했다. 자기들끼리 수

다를 떠는 신입생들도 있지만, 대부분은 새 학기 특유의 조용한 분위기였다. 나나는 같은 예고를 나와서 그나마 친근한 예은과 가벼운 대화를 나누었다. 연습은 얼마나 했냐, 손은 풀렸냐 같은 얘기였다.

소리가 울려서 휴대폰을 확인하니 주안에게서 메시지가 와 있었다.

민트 초코케이크는 다 팔렸대. 기다려야 한다는데, 그냥 초코케이크 사 가도 되지?

주안이 연주회에 오겠다고 해서 나나는 꽃다발 대신 케이크를 부탁했었다. 꽃다발은 못 먹지만 케이크는 먹을 수 있으니 훨씬 좋은 선물이었다. 달콤한 걸 먹으면 연주할 때 필요한 에너지 보충에도 좋을 것 같았다.

안 돼. 꼭 민트 초코여야 해.

나나는 조금 기분이 나빠 고집을 부렸다.

넌 그 치약 맛 나는 게 뭐가 맛있냐?

나나는 못마땅해 하는 주안의 표정이 그려졌다.

엄밀히 따지면 민트에서 치약 맛이 나는 게 아니라 치약에서 민트 맛이 나는 거지! 내가 며칠 전부터 민트 초코가 먹고 싶다고 그렇게 말했는데.

휴대폰 자판을 치는 나나의 입이 점점 나왔다.

알았어, 기다렸다 사 갈게.
전에 몸살 났을 때 신경 못 써줘서 아직도 삐졌어?
그땐 바빠서 그랬다고 했잖아. ㅠㅠ

한 달 전쯤인 3월 초에 주안에게 전화해서 몸이 으슬으슬 춥고 배가 아프다고 했더니, 주안은 약국 가서 약 사 먹으라고 건성으로 말하고 전화를 끊었었다. 그게 속상하긴 했지만 나나도 오늘까지 그 얘기를 하고 싶은 건 아니었다.

주안은 그 뒤로 지금까지 동아리 회식이다, 신입생 환영회다 하며 보자고 해도 몇 주째 시간도 내주지 않았다. 나나도 자존심이 구겨질 대로 구겨졌다. 마음 같아서는 그렇게 귀찮으면 여기 오지 않아도 된다고 하고 싶었지만 한 번만 참기로 했다. 누구 남자친구는 데이트 끝나고 항상 바래다주고 꽃 선물도 해주던데, 비교하기 싫어도 비교가 되었다. 하지만 주안도 처음부터 이랬던 건 아니다. 연애 초에는 주안도 자기처럼 민트 초코를 좋아하는 줄 알았을 정도다. 아이스크림 파인트 한 통을 민트 초코 맛으로만 주문하면서 주안은 자기가 제일 좋아하는 맛도 민트 초코라며 씩 웃었었다.

잘 안되는 부분 위주로 연습하고 있는데, 주안이 도착했다고 해서 나나는 대기실 밖으로 나갔다. 막상 주안을 보자 서운한 맘이 눈 녹듯 녹았다. 요즘에는 주안이 편한 옷 입은 모습만 봤는데 연주회라고 코트를 빼입고 나타났다. 주안이 나나의 연주를 보러 온 건 처음이었다. 이전에는 항상 엄마와 동행했기에 나나는 주안에게 연주회에 오지 말라고 했었다. 엄마와 아빠는 나나가 연애 한번 안 하고 대학생이 된 줄 알고 있었다.

"여기, 네가 좋아하는 민트 초코 케이크. 20분이나 기다렸다 오느라 늦은 거니까 좀 봐줘."

나나는 싱글벙글 웃음이 났다. 다른 무엇도 아닌 민트 초코 케이크가 먹고 싶었다. 상쾌함과 달콤함이 절묘하게 조합돼서 먹어도, 먹어도 질리지 않는 건 민트 초코밖에 없다.

나나는 어렸을 때부터 가족들과 민트 초코를 같이 먹어서 다른 사람들도 다 민트 초코를 좋아하는 줄 알았다. 민트 초코가 호불호가 갈리는 음식이라는 걸 나중에 알고 난 후에는 오히려 좋았다. 남들과 다른 취향을 가졌다는 것도 그렇지만, 민트 초코를 좋아하는 사람을 만나면 더 반갑고 동질감이 들었다. 왠지 다른 것도 잘 맞고 잘 통할 것 같은 기분이었다.

"연주회 끝나고 우리 맛있는 거 먹으러 가자."

나나는 한 손으로 케이크 상자를 든 채 다른 손으로 주안의 손을 끌어 잡았다.

"좋지. 맥주 한잔 할래?"

주안이 술잔을 꺾는 손짓을 했다. 나나가 고개를 내저었다.

"안 돼. 오랜만에 같이 카페 가자. 할 말 있어."

나나는 케이크 상자를 들고 대기실로 들어왔다. 홀 케이크를 담는 크고 투박한 상자와 달리, 조각 케이크를 담는 상자는 아담하고 접힌 모양새가 섬세했다. 상자를 여는 양옆 부분은 모양이 꼭 쫑긋한 고양이 귀 같았다. 펌프스가 가장 아름다운 구조물이라고 했던 건 취소다. 케이크 상자야말로 가장 아름다운 구조물이 아닐까?

단단한 종이상자를 여니, 그 안에 갇혀있던 시원한 케이크 냄새가 선명하게 다가왔다. 민트색의 케이크는 동화 속에 나올법했다. 민트 생크림이 매끄럽게 펴 발라진 케이크 위에는 초코칩이 뿌려져 있었다. 나나는 사이사이 민트 생크림이 들어간 초코 시트를 포크로 한번에 깔끔하게 떠내 입 안에 넣었다. 초코 시트는 촉촉하고 초코칩이 꾸덕꾸덕하게 씹히며 진한 달콤함과 약간의 쌉싸름함이 느껴졌다. 곧바로 민트 생크림이 뒤섞여 들어오며 입 안 가득 화한 상쾌한 맛이 남는다. 정신을 차리니 조각 케이크의 반이 사라졌다. 떨리던 마음도 어느새 진정되었다. 나나는 포크에 묻은 민트 생크림을 핥아 먹고 활을 잡았다.

바이올린 활이 미끄러지지 않도록 활 털에 송진을 발랐다. 바이올린 하드 케이스 위에도 송진이 뿌옇게 떨어졌다. 나나는 떨어진 송진을 천으로 닦았다. 방금 묻은 송진은 닦였지만, 예전에 굳은 송진은 지워지지 않았다. 왼손이 자주 꼬였던 부분 위주로 연습을 하는데, 끼낑거리는 소리에 손가락뿐 아니라 달팽이관에서도 쥐가 날 것 같았다.

그때 전화가 왔다. 엄마였다. 전화를 받으니 대기실 앞에 와 있다고 했다. 나나는 휴대폰을 귀에 댄 채 대기실 바깥으로 나왔다. 트렌치코트 허리끈을 꽉 졸라맨 엄마가 복도에 서 있었다.

"너는 왜 엄마한테 연주회 한다고 말을 안 해. 내가 그 얘길 예은 엄마한테 들어야겠어?"

예은은 나나와 같은 예고를 나온 용신대학교 음악대학 신입생이다. 어떨 때는 나나와 예고 친구들보다도 엄마들끼리 더 많은 얘기를 공유하는 것 같았다. 나나는 엄마들의 네트워

크를 너무 무시한 자신을 탓했다.

"뭐 중요한 연주회도 아니고, 이번엔 내가 알아서 할 수 있을 것 같아서."

경력이 되는 콩쿠르도 아니고, 점수를 매기는 입시 시험도 아니었다. 엄마까지 신경 쓸 필요 없다고 생각했다. 학교 강당에서 진행돼 여느 때처럼 엄마가 차로 태워줘야 할 필요도 없었다.

"그래도 그렇지. 스무 살 됐다고 네가 막 어른 같아?"

엄마가 나나를 쏘아봤다.

"청심환은 먹었어?"

나나는 긴장을 많이 하는 편이어서 중요한 연주 전에는 꼭 청심환을 먹었다. 안 먹었다고 사실대로 말하면 엄마가 혼낼 것 같았지만 나나는 이실직고했다.

"아니, 못 먹었어."

나나는 고개를 숙인 채 눈만 들어서 엄마를 쳐다봤다. 주눅 든 딸의 모습에 조금 마음이 누그러졌는지, 엄마는 잔소리 대신 플라스틱 밀폐 용기를 내밀었다. 투명한 통 안에는 바나나가 들어있었다.

"일단, 바나나 꼭 먹고 연주회 잘 마쳐."

엄마는 할 말이 많은 듯했지만, 손 풀어야 하는데 시간 아깝다며 얼른 대기실로 들어가 보라고 했다. 항상 나나의 뒷모습을 보는 건 엄마 쪽이었는데, 이번에는 엄마가 먼저 몸을 돌려서 멀어져갔다. 또각또각 구두 소리를 내며 팔자걸음으로 걷는 엄마의 몸이 좌우로 흔들렸다.

나나는 바나나를 보자 연주회 날이라는 실감이 강해졌다. 엄마는 중요한 연주 날마다 바나나를 챙겨줬다. 운동에 필요한 에너지원을 얻고 근육 경련을 막기 위해 운동선수들은 경기 전 바나나를 섭취하곤 하는데, 바이올린 연주도 그 못지않게 팔과 손 근육을 쓰기 때문이었다. 나나가 일곱 살이던 해에 나간 첫 콩쿠르부터 올해 초, 음대 입시 실기시험까지 엄마는 10년 넘게 바나나 챙기는 일을 한번도 빼먹지 않았다. 엄마는 성실한 매니저였다. 나나는 바나나를 그다지 좋아하지 않지만, 엄마의 정성을 생각해서 그리고 연주에 도움이 된다고 해서 매번 의무적으로 먹었다. 하지만 오늘은 민트 초코케이크를 먹었더니 바나나가 전혀 끌리지 않았다.

바나나는 한 입만 먹고 쓰레기통으로 들어갔다.

나나는 무대 뒤에서 앞 순서 학생의 연주를 들으며 대기하고 있었다. 나나가 빠르게 고음 기교를 부릴 때는 소리가 찢어지듯 날카로웠는데, 이 연주에서는 완성된 요리에 마지막으로 설탕을 뿌리듯 소리가 섬세하고 감미로웠다. 같은 1학년이라는 게 믿기지 않게 깊고 풍부한 소리였다. 물론 미디엄 레어로 구운 등심 스테이크 같은 선호의 연주에는 못 미치겠지만.

연주가 끝나고 나나가 무대에 올랐다. 공기가 한겨울 날의 그것처럼 차가워서 민소매 리틀 블랙 드레스를 입은 팔에 소름이 돋았다. 연주할 곡은 시벨리우스 바이올린 협주곡 3악장으로, 핀란드 작곡가의 곡이었다. 나나는 활을 쥔 채 눈을 감고 시벨리우스가 살았던 북유럽의 자연환경을 떠올렸다. 얼음 호수를 둘러싼 자작나무 숲이 펼쳐지고, 입 안에서 민트초코의 상쾌한 향이 느껴졌다. 나나는 눈을 뜨고 피아노 반주에 맞춰 힘차게 활을 그었다. 얼음 호수 위를 스케이팅하듯 활이 바이올린 현 위를 질주했다.

"네 음악에는 영혼이 안 느껴져, 기교만 있고."

언니 선호는 나나의 연주를 듣고 그렇게 지적했었다. 음악을 잘 표현하기 위해서는 많은 연습량과 기교도 중요하지만, 작곡가와 음악을 깊이 이해하는 게 더 중요하다고 설교했다. 그때 나나는 그런 얘길 누가 모르냐며 뾰로통했지만, 지금은 처음으로 음악을 느끼는 게 무엇인지 알 것 같았다.

나나가 자신 있게 활을 긋는데 '탕' 소리가 나며 바이올린 E현이 끊어졌다. 나나가 연주를 멈추자 피아노 반주도 멈췄다. 광활한 공연장의 객석은 청중이 채웠고 무대에는 나나 혼자였다. 자신에게로 쏟아지는 청중의 시선에 나나는 좁은 공간에 갇힌 듯 가슴이 조여 왔다. 다리가 후들거렸다. 계단을 두세 칸씩 밟으며 무대를 내려가 바이올린 케이스에서 여분의 바이올린 줄을 꺼냈다. 줄을 항상 가지고 다니지만, 무대에서 끊어진 적은 처음이었다.

"재가 김선호 동생이라며?"

"생각보다 별로네. 음악 재능은 언니 쪽에 몰아줬나 봐."

"교수님이 김선호는 노력하는 천재라고 하시던데? 김나나는 사실 그렇게 노력하는지도……."

나나가 줄을 가는데 무대 뒤편에서 대기하고 있던 동기들이 속닥거렸다. 나나의 심장이 더 빠르게 뛰었다.

나나가 다시 무대에 서자 박수가 쏟아졌다. 청중을 기다리게 한 후여서 우레 같은 박수 소리도 부담스러웠다. 나나는 연주를 멈춘 지점 바로 뒤부터 연주를 시작했지만, 연주에 제대로 몰입할 수 없었다. 첫 번째 연주와 공기의 흐름이 완전히 달랐다. 모두가 너 얼마나 잘하나 보자 지켜보고 있는 것 같았다.

'얼른 끝났으면…… 제발…….'

어깨가 굳고 손에 힘이 들어갔다. 손바닥이 땀으로 젖었지만, 연주 중에는 닦을 수 없었다. 필름이 끊긴 것처럼 이후의 기억은 없다. 연주가 끝나고 박수 소리에 나나의 정신이 돌아왔다. 나나는 빽빽한 청중석을 눈으로 훑었다. 의례적인 박수

일 뿐 좋은 연주에 뒤따라오는 흥분이나 감탄은 없었다. 예상했던 일이지만 마음이 차게 식었다. 수많은 사람 속에서 엄마의 얼굴이 눈에 들어왔다. 엄마는 손뼉 치고 있으면서도 표정은 꾸짖는 듯했다. 나나는 청심환과 바나나 없이 치른 첫 무대를 망치고 말았다.

연주회가 끝난 뒤, 대기실 앞 복도는 신입생들과 그들의 가족으로 북적였다. 나나의 엄마도 굳은 얼굴로 나나를 찾아왔다. 나나는 자기에게 다가오는 주안과 눈이 마주쳤다. 나나는 주안에게 오지 말고 숨으라는 신호를 보냈다.

나나가 약속이 있다고 하는데도 엄마는 막무가내로 나나를 차에 태웠다. 나나는 엄마 차를 타고 가면서 주안에게 오늘 못 볼 것 같다고 메시지를 보냈다. 엄마의 굳게 다문 입술에서 분노가 느껴졌다. 엄마는 나나가 연주를 망쳐서 화가 난 것 같았지만, 운 나쁘게 줄이 끊어졌으니 나나도 변명거리는 있었다. 줄이 끊어지기 전까지는 모든 게 완벽했기에 더 억울했다.

엄마가 모는 세단이 빨간 불에 멈춰 섰다. 엄마가 못 참겠다는 듯 정적을 깼다.

"너 바른대로 말해. 그 애랑 언제부터 만났어?"

나나의 심장이 내려앉았다. 머리가 빠르게 굴러갔다.

'엄마가 어떻게 알았을까? 그냥 친구 사이라고 해? 아니면 입시 끝나고 만나기 시작했다고 할까?'

신호 대기가 끝나고 차는 다시 주행했다.

"다 들었으니까 시치미 뗄 생각하지 마. 예은 엄마가 딸내미 남자친구 생겼냐고 축하한댄다. 너희 둘이 같이 영화관에서 팔짱 끼고 있는 거 봤대. 허, 참! 만나도 하필 그런 애를……."

나나는 엉뚱하게도 이 순간 대기실 앞에서 엄마가 먼저 뒤돌아섰던 게 이해되었다. 흔들리는 표정을 감추기 위해서였을 것이다. 연주회 직전에 딸을 동요시키지 않으려고. 엄마는 그런 사람이었다.

"걔가 뭐가 어때서."

"박주안 껄렁하기로 교회에서 소문난 애잖아. 공부도 못 하고, 문신하고, 예배에도 불성실하고, 걔네 부모만 해도 그래!"

엄마는 더 열거할 수 있다는 듯 숨을 들이켰다.

"그게 무슨 나쁜 소문이야? 공부 좀 못할 수도 있고, 성인이니까 타투 할 수도 있지. 예배는 나도 잘 안 듣는데, 그럼 나도 나쁜 소문 돌겠네?"

"얘가, 아주 단단히……. 교회에서 만난 애면, 고등학교 때부터 만났다는 거잖아. 얼마나 만났어."

"2년 정도 됐어."

나나는 가슴에 멘 안전띠를 양손으로 잡았다. 거짓말할 수 있는데도 오기가 생겨서 하지 않았다.

"엄마는 네가 그동안 열심히 악기 연습하는 줄 알았는데. 네가 어떻게 엄마한테 이럴 수가 있어?"

"걔랑 연습이랑 무슨 상관이야."

"상관없긴! 다른 거에 한눈팔 새 없이 연습에 매진했어야지! 그러고도 부족한데!"

엄마의 목소리가 크레셴도로 커졌다. 차가 파주를 가리키는 표지판 쪽으로 빠졌다. 나나는 집으로 간다고 생각하자 숨이 막혀서 차창을 내렸다.

"아까 연주할 때는 왜 집중력이 흐트러진 거야? 처음에는 괜찮았잖아. 걔가 와있어서 그래?"

엄마는 바이올린 하는 딸 둘을 뒷바라지하며 귀만큼은 전문가 못잖게 트였다. 처음 연주 때 나나의 연주가 좋았다는 것도 당연히 알아챘다.

나나는 무대 뒤에서 언니와 비교하는 말을 듣고 정신적으로 무너졌고, 오래 기다린 청중의 기대치를 충족시켜야 한다고 생각하자 부담감에 집중할 수 없었다고 사실대로 말하지 못했다. 엄마가 언니 핑계를 댄다고 생각하는 것보다 싫은 건 없었다. 나나가 입을 다물자 엄마는 모든 문제를 남자친구와 결부시켰다. 엄마의 말 속에서 주안은 천하의 한심한 놈이었고 나나는 배신자가 되어 있었다. 그래도 나나는 반박하지 않았다. 어차피 말해도 듣지도 않을 테니까. 차가 흔들려서 멀미가 날 것 같았다.

집에 도착해 엄마는 아빠에게 주안에 대한 편견을 늘어놓았다. 아빠는 하필 그런 놈을 만나냐며 난색이었다. 나나는 옷도 갈아입지 못하고 거실에서 엄마 아빠의 꾸중을 들었다.

"언니가 남자친구 생겼다고 했을 때는 안 그랬잖아."

나나는 눈을 내리깔고 말했다. 언뜻 순응처럼 보일 수도 있지만, 사실 엄마 아빠 얼굴을 보고 싶지 않아서였다.

"걔가 선호 남자친구랑 같아? 선호 남자친구는 엘리트 코스 밟고 있는 피아니스트야. 네 언니 독일에서 혼자 유학 생활하는데, 남자친구 있으면 덜 외롭고 좋지."

엄마는 전혀 다른 문제라는 듯 선을 그었다.

"선호는 고등학교 때 연습밖에 몰랐다. 너는 고등학교 때부터 걔 만났다며. 그 중요한 시기에 다른 일로 집중력 흩어지는 게 말이나 돼? 네 엄마가 얼마나 뒷바라지했는데 미안하지도 않아?"

아빠도 거들었다. 이럴 때는 두 사람이 죽이 잘 맞았다. 엄마한테 연습실 간다고 속이고 주안을 만나러 간 적도 있긴 하지만, 몇 번뿐이었다. 들킬까 봐 잘 만나지도 못했는데, 연애했다는 이유로 이런 취급을 받는 건 억울했다.

"너 걔랑 계속 만나면 당장 이번 달부터 용돈 끊을 거야."

엄마가 으름장을 놓았다. 나나는 기막혀서 엄마를 쳐다봤다가 아빠를 봤다. 아빠는 허공을 응시한 채 표정에 흔들림이 없었다.

"나 걔랑 못 헤어져."

"우리가 너한테 어떻게 했는데, 네가 이래?"

그 말이 꼭 밥값도 못하는 둔재는 쥐 죽은 듯이 순종하고 살라는 말처럼 들렸다. 그래야 연민의 대상이라도 되니까.

나나는 탁자 위에 있는 바이올린 케이스를 내려다봤다. 바이올린을 시작하지 않았다면 언니와 비교당할 일도 배신 소리를 들을 일도 없었을 것이다. 나나가 바란 헌신이 아니었다. 나나는 바이올린 케이스에서 악기를 꺼내 한 손으로 들었다. 나나의 부모는 나나의 돌발행동에 아연실색해서 나나를 쳐다봤다. 나나는 바이올린을 바닥에 던져버리려고 팔을 높이 들었다.

악기사에서 이 바이올린을 살 때가 생각났다. 시험 연주를 해보고 엄마와 나나는 아름다운 나뭇결과 풍부한 소리에 홀렸다. 거금을 주고 바이올린이 나나의 품에 들어왔다. 악기를 한 십수 년의 세월 동안 기쁜 순간은 그리 많지 않았지만, 그날만은 순수하게 기뻤다. 열심히 연습해서 언니만큼 뛰어난 바이올리니스트가 될 거라고 다짐했었다.

나나는 악기를 던지지 않고 케이스에 넣어 집 밖으로 나왔다. 엄마가 나나를 붙잡으려 했으나 아빠가 그동안 너무 곱게만 키웠다며, 돈 떨어지면 돌아오게 되어있다고 엄마를 말렸다. 나나는 서울로 가는 버스를 탔다. 승객들이 말쑥하게 차려입고 바이올린 케이스를 들고 탄 나나를 신기하다는 듯 쳐다봤다. 버스는 그녀가 나고 자란 익숙한 동네를 달렸다. 나나가 어렸을 때부터 다닌 교회의 첨탑이 군청색 하늘 위로 솟아 있었다.

○ ○ ○

나나가 주안에게 처음 눈길이 간 건, 엄마가 주안을 보고 혀를 끌끌 찼던 때였다. 목사님이 설교하는 동안 주안은 손을 아래로 내리고 몰래 휴대폰 게임을 하고 있었고, 주안의 대각선 뒤에 앉은 엄마와 나나에게는 그 모습이 무척 잘 보였다.

주안은 신앙심이 깊지 않았지만, 교회에 오면 친구들도 있고 드럼도 칠 수 있어서 취미 생활처럼 교회를 다니고 있었다. 나나 역시 엄마 손에 이끌려온 교회이기 때문에, 정숙하기 짝이 없는(적어도 그런 척은 하는) 다른 아이들보다는 주안 쪽이 동류로 보였다. 그때까지만 해도 나나와 주안은 인사만 하던 사이였다. 그러다 열일곱 겨울, 성탄절을 준비하던 교회에서 나나는 오랜만에 주안을 마주쳤다. 찬 공기 중에서 오래된 가구에서 나는 나무 냄새가 났다.

"어, 너 여기 멍들었어."

주안이 작은 눈을 크게 뜨며 나나의 왼쪽 턱 아래를 가리켰다. 살에 바이올린이 닿다 보니 거무스름하게 멍이 들곤 했다.

"응, 알아."

나나의 대수롭잖은 태도에 주안이 더 불끈했다.

"너 어디서 맞고 다니냐? 일진 이런 애들이야?"

"아니."

나나는 주안의 말에 황당했다. 다들 입시에 바빠서 남을 괴롭힐 여력도 없는 아이들이었다. 나쁜 마음을 먹고 괴롭힌다고 해도 이렇게 겉으로 다 드러나는 방식을 쓸 리는 없다.

"그럼, 혹시 너네 아빠가……?"

주안의 표정이 더 심각해졌다. 나나는 회초리로도 한번 맞아본 적 없었기에, 주안의 추측이 터무니없어서 웃음을 터뜨렸다.

"바이올린 하다가 생긴 멍이야. 악기랑 닿으니까."

"아, 그럼 훈장 같은 거네."

주안의 표정이 확 밝아졌다. 지금 보니 웃는 모습이 꽤 귀염성 있었다. 나나는 다들 이 정도로는 연습하니 피부가 약해서 생긴 멍일 뿐 자랑스럽게 여긴 적은 없었다. 하지만 주안의 말을 들은 후론 종종 애정 어리게 멍을 만져보곤 했다.

주안은 나나의 노력을 인정해준 유일한 사람이었다. 잘 알지도 못하면서. 그런데 잘 알지도 못하는 애가 해준 그 한마디가 왜 그렇게 와닿는지 알 수 없었다. 나나와 주안은 서로 호기심을 가지고 만나다가, 이듬해 초부터 사귀었다. 나나는 주안이 없었으면 그 숨 막히는 시절을 버틸 수 없었을 거라고 생각했다.

버스가 목련이 흐드러진 가로수길을 지났다. 안개꽃 빌라까지 가는 길은 멀어서 꽤 오래 생각에 잠겼는데도 아직 환승 지점까지 가지 않았다.

○ ○ ○

용돈을 끊는다는 나나 부모의 으름장은 빈말이 아니었다. 나나와 주안은 만날 때마다 주안의 자취방에서 시간을 보냈다. 장모종 고양이인 페퍼의 털 뭉치가 굴러다녀도, 아무도 방을 청소하지 않았다. 침대에 나란히 누워 둘은 각자 휴대폰만 들여다봤다. 나나는 주안이 찍어준 연주회 사진을 보고, 주안은 SNS를 했다. 주안의 SNS 피드에 뜨는 사람들은 대부분 대학교 사람들이었다. 나나가 안 보는 척 얼핏 봤을 때 여자 지인들의 사진도 많이 보였다.

"이거 봐. 연주회 때 신은 라벤더색 구두, 예쁘지?"

나나가 주안의 옆으로 휴대폰을 들이밀었다. 대학 입학 후 하는 첫 연주회를 위해 고심해서 고른 신발이었다. 사기 전 무슨 색으로 살지 주안의 의견도 물었었다.

"라벤더색이 민트색 같은 건가?"

주안은 사진을 쳐다보지도 않고 물었다.

"아니, 음…… 연보라 비슷해."

말을 오랫동안 하지 않아서 목이 잠긴 소리가 났다. 라벤더를 연보라로 치환해서 말할 때 흩어져버린 의미들처럼 나나와 주안 사이에도 전달될 수 없는 것들이 있었다. 주안의 어깨와 옆구리에서 알싸한 파스 냄새가 났다. 택배 상하차 알바를 시작했다더니 익숙하지 않은 일에 몸이 축나는 것 같아 나나는 마음이 쓰였다.

"우리 엄마 아빠한테 정식으로 허락받는 거 어떻게 생각해?"

주안은 답이 없었다. 나나는 주안의 얼굴을 쳐다보기가 겁났다.

"허락하시겠냐? …… 나 같아도 허락 안 해."

주안이 자조적으로 픽 웃자 나나의 마음이 쓰렸다. 나나도 나름 용기 내서 어렵게 한 말이었다. 나나가 주안과 사귄다고 했을 때 엄마가 차 안에서 주안에 대해 늘어놓았던 말들, 주안의 부모에 관해서 교회에 도는 소문들이 생각났다. 침을 삼키는데 목울대가 따끔거렸다.

"그럼 우린 언제까지 그냥 이래?"

나나는 주안을 향해 모로 누웠다.

"나한테 마음의 준비를 할 시간을 좀 줘."

주안이 누워서 천장을 보며 말했다.

"얼마나?"

"한 달…… 아니면, 보름?"

주안의 눈빛은 공허해 보였다. 흥정하는 듯한 태도에 나나의 미간이 찌푸려졌다.

"그냥 그때 거짓말하지 그랬어. 나랑 사귀는 거 안 들켰으면 용돈도 안 끊겼고, 이 고생 안 해도 됐잖아. 부잣집 따님이."

엄마가 만나도 하필 그런 애를 만나느냐고 할 때, 걔가 뭐가 어때서 그러냐고 항변하지 말 걸 후회되었다. 주안은 엄마랑 아빠가 말한 '그런 애'일지도 몰랐다. 그런 애 때문에 이딴 고생을 하고 있었다.

나나가 주안을 뚫어져라 쳐다봤지만, 주안은 나나를 못 본 체 등을 돌렸다. 나나는 주섬주섬 짐을 챙겼다.

"나 아이스크림 사러 갈 거야."

나나는 현관문으로 가며 주안을 보지 않고 얘기했다. 화해의 마지막 신호였다. 같이 가자, 주안의 그 말을 기다렸다. 예전에는 나나가 아이스크림 사러 간다고 하면 주안은 주저 없이 겉옷을 챙기며 같이 가자고 말했었다. 그런데 주안은 대답이 없다.

나나는 혼자 아이스크림 한 통을 사서 안개꽃 빌라로 갔다. 방에서 나는 잡냄새를 없애기 위해 향초를 켰다. 민트 초코 아이스크림 한 통을 우걱우걱 해치웠다. 아이스크림을 먹고도 체할 수 있는지는 몰라도, 뱃속에서 아이스크림이 녹지도 않고 얹혀 있는 것 같았다. 속이 시렸다.

ㅇ ㅇ ㅇ

"집에다가는 헤어졌다고 말하고, 용돈 받으면 안 돼? 어차피 집도 머니까 일일이 감시하실 수도 없잖아."

나나가 할 만한 아르바이트를 앱에서 같이 찾아보다가 보라가 말했다.

"저희 엄마 아빠 보통 분들이 아니시거든요. 휴대폰 검사해서 두 눈으로 확인해야 믿을 분들이에요."

더욱이 나나는 바이올린을 부수려고까지 하고 집을 뛰쳐나온 터라 다시 집에 손 벌리기는 자존심 상했다. 소미가 전공을 살려서 바이올린 연주 아르바이트를 하는 건 어떠냐고 물었지만, 나나는 바이올린은 안 하고 싶다고 했다. 나나의 친구 중에는 예식장이나 교회에서 연주 아르바이트를 하는 아이들도 있었지만, 나나는 일부러 그런 곳에는 지원하지 않았다. 바이올린을 하지 않았다면 어땠을까? 나나는 그런 삶이 쉽게 상상되지 않았고, 이제부터라도 그런 삶을 그려보고 싶었다.

나나가 무슨 아르바이트를 해야 할지도 모르겠다고 막연해하자, 소미가 아르바이트 앱에서 이런저런 일자리를 추천해줬다. 수능 원서 사진을 이력서 사진으로 내걸고 아르바이트에 지원했다. 이력서에 쓸 아르바이트 경력이 하나도 없어서 벌써 주눅이 들었다. 유정은 웃는 낯에 침 못 뱉는다며, 면접에 가서 무조건 '스마일' 하라고 조언했다. 소미는 "나는 성실하고 무엇이든 배울 자세가 되어있고 성격 좋은 사람이다."를 세 번 제창하라며 자기를 따라 하게 시켰다. 한솔은 패기 있게 하면 좀 미숙해 보여도 좋게 보일 거라고 했다. 언니들에게 응원받으니 나나도 좀 자신감이 생겼다. 하지만 나나의 패기는 딱 면접 결과를 듣기 전까지였다. 아이스크림 가게는 힘이 약할 것 같다고 불합격, 영화관은 알바 경험이 없다고 불합격, 옷 가게는 나나가 입고 간 옷을 쓱 훑어보더니 옷 입는 센스가 좋은 사람을 찾는데, 자기네 느낌과는 안 맞는 것 같다고 떨어뜨렸다. 과연 둘러보니 그 옷 가게 안에 나나가 입은 것처럼 평범한 옷은 하나도 없었다. 나나는 면접 본 곳에서 모두 떨어졌다. 취업도 아니고 아르바이트 자리 하나 구하는 것도 이렇게 힘들다니, 이래서 돈을 언제 벌 수 있을까? 나나가 우울해하고 있으니 동병상련인 유정이 옆에서 나나를 토닥였다.

나나는 매일 새로운 곳에 지원서를 넣었고, 용신대학교 교내 매점에서 면접을 보러 오라는 연락을 받았다. 일손이 급했는지 나나가 알바 경력이 없는 것을 문제 삼지도 않고, 바로 첫 출근 날짜를 잡았다. 나나는 일을 구해서 기쁜 한편, 계산대 앞에 길게 줄 선 손님을 보니 걱정되었다. 사장은 나나에게 첫 출근 날까지 보건증을 발급받아 오라고 지시했다. 요식업에서 일하기 위해서는 위생에 문제가 없음을 입증하는 보건증을 발급받아야 한다는 것을 나나는 처음 알았다.

보건소에서 직원이 나나에게 긴 면봉을 줬다. 질병이 있는지 검사하기 위해 면봉을 항문에 넣어 대변을 채취해 오라고 했다. 나나는 자기가 제대로 알아들은 게 맞는지 면봉을 들고 생각에 잠겼다. 그럼 세상의 수많은 요식업계 종사자들이 이 일을 거쳤단 말인가? 그런데 왜 아무도 말을 안 해줬지? 돈을 벌기 위해서는 이런 굴욕을 거쳐야 하는 거였다. 나나는 검사를 마친 후 이 충격적인 사실을 말해주지 않은 사람들을 이해하게 되었다. 아무래도 대놓고 얘기하기에는 사적이고 부끄러운 경험이었다.

보건소에 다녀온 후 보건증을 발급받기까지 닷새가 걸렸

는데, 나나가 매점에서 잘리는 데도 딱 그만큼 걸렸다. 손님이 한번에 몰릴 때 빨리 쳐내지 못했고, 5일째 되는 날에는 호빵을 기계에서 빼다 놓쳐서 바닥에 떨어뜨렸다. 나나를 밀어내고 사장이 계산하는 동안 나나는 바닥에 떨어진 호빵을 주웠다. 호빵이 닿은 손등에 작은 화상을 입었지만, 엄살 부리는 것 같아 티 낼 수도 없었다.

일한 지 사흘까지만 해도 처음이니 그럴 수 있다던 사장도 그런 일이 벌어지자, 될성부른 잎이 아니라고 생각했는지 조용히 나나를 불렀다. 여기보다 덜 바쁜 곳에서 아르바이트를 해보면 어떻겠냐고 했다. 여기는 손님이 많고 바쁜 곳이라 좀 더 빠르고 능숙한 사람이 필요하다고. 나나는 얼굴이 화끈거려 고개를 푹 숙이고 그저 "네……."만 반복했다. 집에 돌아오는 길, 약국에서 연고를 사서 화상 부위에 발랐다. 참기름에서 추출한 연고의 성분 때문에 손에서 진한 참기름 냄새가 났다.

나나는 아르바이트에서 잘린 후 피아노 전공 선배에게 연주 아르바이트에서 사람 구하지 않느냐고 연락했다. 친한 사이도 아닌데 이런 일로 연락하는 것이 겸연쩍었지만, 찬밥 더운밥 가릴 처지가 아니었다. 선배는 자기가 일하는 예식장의 피아노 3중주에서 바이올린 연주자가 곧 그만둘 예정이라 마침 후임자를 구하고 있다고 했다. 나나는 선배의 소개로 예식장 매니저에게 연주 동영상을 보냈다. 이후 매니저가 면접을 보러 오라고 했고, 나나는 바로 아르바이트 면접에 붙었다.

아르바이트 첫날 아침. 평소에는 보라 다음으로 늦게 일어나는 나나지만 오늘은 한솔 다음으로 일찍 일어났다. 한솔은 부엌에서 모닝커피를 내리는 중이었고, 나나의 첫 출근 날인 걸 알고 있던 소미와 유정도 부스스 일어나 거실로 나왔다. 보라는 어제 새벽까지 TV를 보다가 거실 소파에서 그대로 잠들었는지 소파에 누워 있었다. 나나를 뺀 모두가 트레이닝복이나 잠옷 차림이었다.

"이렇게 보니까 어른 같다."

검정 정장 원피스를 차려입은 나나를 보고 한솔이 감탄했다. 유정은 나나가 나가기 전 불러 세우더니 올이 나갈 수 있다며 여분 스타킹을 챙겨줬다.

"돈 잘 벌고 와!"

소미와 유정이 나란히 서서 나나를 향해 손을 흔들었다.

"네! 집 잘 보고 있어요, 언니들!"

나나는 손을 흔들며 인사하고 집 밖으로 나왔다.

나나에게는 스무 살 인생에 제 손으로 처음 돈을 버는 날이었고, 신랑 신부와 그 가족들에게는 일생일대의 날이었다. 나나를 비롯한 앙상블은 식전부터 연주를 시작했고, 바이올린을 켤수록 긴장된 나나의 손은 점점 풀렸다. 앙상블을 이루는 세 사람의 호흡도 잘 맞았다. 나나는 주목받지 않고 연주하는 일이 처음이라 낯설었다. 하객들이 수런수런 말하는 소리에 연주자들의 사소한 실수는 티도 나지 않았다.

"잘 살겠다는 마음으로 감사 인사를 드리겠습니다. 신랑 신부 인사!"

사회자가 외치고 신랑 신부가 양가 부모에게 인사를 올렸다. 앙상블은 영화 〈러브 레터〉의 오리지널 사운드 트랙으로 잘 알려진 〈Child hood days〉를 연주했다. 신부 아버지와 신랑 어머니는 감개무량한지 눈시울을 붉혔다. 정작 당사자인 신랑 신부는 식장에서 울지 말자고 약속이라도 한 듯 활짝 웃었다. 신부 측 맨 앞줄에 앉은 신부 언니가 아들을 안은 채 훌쩍거렸다. 나나는 자신이 결혼하는 모습을 상상했다. 자기 결혼식 때도 엄마 아빠나 언니가 울까 생각했다. 다른 사람은 몰라도 엄마는 은근히 눈물이 많으니 울 것 같았다. 나나는 코끝이 찡해졌다.

축가가 끝난 후 나나는 축하 연주를 하기 위해 홀로 신랑 신부 앞으로 나갔다. '실수하지 말자, 실수하지 말자.' 속으로 되뇌었다. 피아노 반주에 맞춰 나나는 〈라라랜드〉 오리지널 사운드 트랙 〈Another Day of Sun〉을 연주했다. 경쾌하고 낭만적이고 환희에 찬 곡이었다. 신입생 연주회에서 모두의 주목을 받으며 정적을 뚫고 바이올린을 켤 때와는 사뭇 달랐다.

지금은 나나가 아니라 신랑 신부가 주인공이었다. 꼭 주인공이 되지 않더라도, 어떤 사람의 인생에서 배경음악을 연주할 수 있는 것도 멋진 일 같았다.

곡이 중반에 달했을 때, 맨 앞줄에서 엄마 무릎에 앉아있던 남자아이가 나나 쪽으로 아장아장 뛰어왔다. 아이를 놓친 신부의 언니가 황망한 표정으로 아이에게 손을 뻗었지만 이미 닿지 않는 거리였다. 이 말썽꾸러기는 바닥에 넘어지며 손에 들고 있던 요구르트를 나나의 다리에 쏟았다. 신부 언니는 서둘러 아이를 낚아챈 후 미안함에 어쩔 줄 몰라 했다. 나나는 출근 첫날임이 무색하게, 괜찮다고 눈인사한 후 이런 경험은 백 번도 더 있다는 듯 동요 없이 연주를 이어 나갔다. 하객석에서 아이의 돌발행동에 웃음이 나왔다가 이내 잦아들었다. 아이의 이모인 신부는 아이 쪽을 향해 코를 찡긋한 미소를 지은 후에, 신랑의 손을 맞잡았다.

'바이올린을 배우길 잘한 것 같아.'

처음으로 그렇게 생각했다. 나나는 아이가 울음을 터뜨리지 않아 줘서 고마웠다. 아이는 엄마 품에 꽁꽁 묶여 발만 리듬에 맞춰 까닥거렸다. 신랑 신부는 서로 손을 잡고 축하 연주를 들었다. 연인의 입꼬리는 연주를 듣는 내내 올라가 있었지만, 눈빛에서는 기쁨 외에도 다양한 감정이 읽혔다.

뒤 타임 예식이 시작하기 전 쉬는 시간에 나나는 화장실에

가 젖은 스타킹을 갈아 신었다. 유정이 준 여분의 스타킹이 있어서 다행이었다. 예식은 저녁 시간 전에 모두 끝났다.

나나는 피곤해서 버스를 타자마자 빈자리부터 찾아 앉았다. 나나는 문득 오늘 하루 동안 주안에게 한번도 연락하지 않았다는 걸 깨달았다. 평소에는 하루에 전화만 대여섯 번이었고, 그보다 훨씬 자주 메시지를 보냈다. 거의 항상 나나가 먼저 연락했고 그럴 때마다 주안은 단답형으로 대답했다.

여러모로 기념할만한 날이라고 생각하며, 나나는 붐비는 버스 안에서 바이올린 가방을 끌어안았다.

남보라

떡볶이와 마리아주

"아직이야?"

남색 세로줄 무늬 재킷을 입은 소미가 현관에 서서 보라를 향해 목청을 높였다.

"다 했어, 다 했어. 이제 나가!"

보라가 블라우스와 슬랙스에서 체크무늬 H라인 원피스로 갈아입고 나왔다. 어느 쪽이든 평소에 보라가 입는 스트릿 스타일과는 180도 달랐다. 금발을 단정하게 묶어서 평소 긴 머리에 가렸던 피어싱들이 드러났다. 소미는 20분 만에 준비를 끝냈는데 보라는 2시간이 넘게 걸렸다.

"누가 보면 네 결혼식인 줄 알겠다."

소미의 말에 보라가 머쓱한지 혀를 빼꼼 내밀었다. 소미는 체인 백을 달랑거리며 뛰어나가는 보라의 뒤를 따랐다. 둘은 보라가 부른 택시를 타고 예식장으로 향했다. 보라는 창밖 풍경을 보며 들뜬 표정이었다. 소미는 라디오에서 흘러나오는 시즌송에 맞춰 손가락을 까닥거렸다. 줄지어 선 가로수와 화사한 옷을 입고 나들이 나온 사람들 사이로 벚꽃 잎이 흩날렸다. 차창에 투명한 햇살이 부서졌다.

소미가 보라와 결혼식장에 가는 건, 일주일 전 보라가 뜻밖의 부탁을 했기 때문이다.

"혼자 가기 좀 부담스럽거든. 동아리 선밴데 동아리 안 나간 지 오래돼서 딱히 같이 갈만한 사람도 없고……, 뷔페도 혼자 먹어야 할 거 아냐. 안 그래도 먹방 시작한 후로 나 먹는 거 쳐다보는 사람도 많은데. 축의금은 내가 많이 낼 테니까, 언닌 그냥 나랑 같이 가서 밥만 먹고 오면 돼!"

항상 거침없고 밝은 보라도 밥 먹는 자리에선 다른 사람들의 눈치를 본다니 의외였다. 소미는 결혼식장 뷔페에서 먹는 '혼밥'이 레벨이 높은가보다 생각했다. 어쨌든 소미로서는 공짜 뷔페를 먹고 오는 일이니 나쁠 게 없었다. 무엇보다 보라와 다니다 보면 음식 도둑에 대한 단서를 얻기 쉬울 것 같아 흔쾌히 승낙했다.

보라는 예식장에 도착하자마자 신부 대기실을 찾았고 소미도 따라갔다.

"언니, 안녕하세요."

보라가 과장된 하이톤 목소리를 냈다.

"어머, 보라구나? 바쁜데 와줘서 고마워. 유튜브 잘 보고 있어!"

신부는 보라가 정말 올 줄은 몰랐다는 듯 놀라워하면서도 반가워했다. 소미를 알게 된 첫날부터 말을 놨던 보라인데 존댓말을 쓰는 걸 보니 둘은 그리 친해 보이지 않았다. 소미가 신부와 보라의 투 샷을 휴대폰으로 찍어주는데, 보라의 어색한 포즈에서도 그게 느껴졌다. 신부의 대학 동기 여자 무리가 기다리고 있어서 보라는 얼른 사진을 찍고 빠졌다.

보라는 누굴 그렇게 찾는지 목을 빼고 예식장 로비를 돌아다녔다. 보라에게 인사하는 사람이 거의 없어서 내내 보라와 소미 단둘이 있었다. 다른 사람들은 서로 인사를 하고 대화를 나누느라 바빠 보였다.

"누구 찾는 사람 있어?"

"아, 동아리 사람. 안 왔나 봐."

식이 시작하기 직전 둘은 홀 안으로 들어섰다. 늦게 들어가니 앉을 자리가 없어서 소미와 보라는 신부 측 맨 뒷자리에 서서 결혼식을 지켜봤다. 키가 작은 편인 보라는 사람들에 가려 멀리서는 보이지도 않을 것 같았다. 예식이 끝나고 가득 찼던 하객석이 점점 비자, 소미는 보라가 찾던 사람이 누군지 알 수 있었다.

긴 곱슬머리를 하나로 묶은 뒤통수가 보였다. 시연은 신부 대기실에 인사 왔던 대학 친구 무리 중 한 사람과 담소를 나누고 있었다. 소미는 시연의 허스키한 목소리를 듣자 한 달여 전 통화 내용이 또렷이 되살아났다.

기념사진을 찍기 위해 시연을 비롯한 신부의 친구들이 우르르 앞으로 나갔다. 보라가 마지막으로 대열에 합류하고, 소미는 자리에 남아 그들을 지켜봤다. 보라는 시연보다 두 줄 뒤였다. 사진 기사의 지시에 맞춰 열이 정리되고, 사람들이 옷매

무새를 다듬었다. 고양이 눈매처럼 아이라인을 올려 그려서인지 무표정한 보라의 얼굴은 다소 새침하고 뚱해 보였다.

“자, 다들 활짝 웃어주세요. 스마일!”

카메라 플래시가 터졌다. 활짝 웃자 보라의 인상이 금세 개구지게 변했다. 카메라 앞에 서는 사람이어서인지 유독 미소가 자연스러웠다. 소미는 벽에 등을 기대고 섰다. 시연에게 묻고 싶은 게 많았다. 시연은 누구 때문에 안개꽃 빌라를 떠났을까? 그리고 지금은 안전해졌을까? 소미의 다리에 힘이 들어갔다. 지금 기회를 놓치면 영영 돌아오지 않을지도 모른다. 소미는 종이쪽지에 자기 휴대폰 번호와 꼭 연락 달라는 말을 휘갈겨 썼다. 오늘 얘기를 들을 수 없다면 이 쪽지만이라도 전달해야 한다.

“수고하셨습니다!”

사진 촬영이 끝나고, 소미보다도 먼저 보라가 시연에게 다가갔다. 시연은 귀신이라도 본 듯 얼굴이 하얗게 질려서 서둘러 자리를 떠났다. 소미와 보라 모두 시연을 쫓아갔다. 엘리베이터 앞에 사람들이 무리 지어 기다리고 있자, 시연은 계단 쪽으로 뛰어갔다. 소미의 옥스퍼드화가 딱딱한 바닥을 울렸다. 시연을 쫓던 보라가 계단 앞에서 멈추자 소미도 보라 뒤에서 멈췄다.

“시연 언니!”

보라의 목소리가 계단에서 메아리쳤다. 시연은 뒤돌아보지 않고 구두를 신은 발로 계단을 뛰어 내려갔다. 시연의 발소리가 점점 멀어져갔다. 쪽지는 여전히 소미의 손에 있었다.

보라는 예식의 꽃, 뷔페에 와서도 표정이 뚱했다. 김밥, 탕수육 따위를 담아왔지만 거의 줄어들지 않았다.

"아, 떡볶이 먹고 싶다. 김밥은 떡볶이 국물에 푹 찍어 먹어야 하는데."

보라가 김밥을 집은 젓가락을 힘없이 내려놨다.

'이렇게 맛있는 걸 많이 두고 웬 떡볶이 타령?'

소미는 살얼음이 언 육회를 서걱서걱 씹으며 말했다.

"떡볶이는 내가 다음에 사줄게. 비싼 거부터 먹어."

"그치, 본전 뽑아야지?"

보라가 킬킬 웃었다. 보라와 시시덕거리며 농담할 날이 얼마 남지 않았을지도 모른다고 생각하니 소미는 마음 한편이 서늘해졌다. 그러나 협박범이 누구인지 진실을 밝혀야 했다.

보라는 시연이 결혼식에 올 줄 예상했을 것이다. 친하지도 않은 사람의 결혼식에 굳이 온 이유는 시연을 만나기 위해서가 아닐까? 필사적으로 도망치는 사람과 뒤쫓는 사람, 두려워하는 사람과 두려움을 모르는 사람이 있었다.

"맛보라랜드 맞죠? 저희, 언니 팬인데 혹시 사인 하나만 해주실 수 있으세요?"

종이와 펜을 든 여고생 둘이 다가와 말을 건넸다. 소미는 보라가 나름 인기 유튜버인 건 알았지만, 이런 자리에서 보라의 팬을 만날 줄은 몰랐다.

"나 오늘 태어나서 제일 얌전하게 하고 왔는데, 어떻게 알아봤어요? 당연히 해줘야죠. 이름이 뭐예요?"

보라가 고른 치열을 드러내며 활짝 웃자 여고생들의 긴장한 얼굴이 밝아졌다. 보라는 팬의 이름을 쓰다가 실수해서 새 종이에 다시 사인해준 것 외에는 프로 유튜버답게 능숙했다.

소미는 육회, 초밥, 생선회를 담은 첫 번째 접시를 깨끗하게 비우고 새 접시를 담으러 일어났다. 뷔페에서 음식은 신선한 것에서부터 기름지고 무거운 것 순으로 먹는다는 나름의 규칙을 따랐다.

"벌써 다 먹었어?"

"넌 아직도 그대로네?"

"초밥 밥알이 건조해져서 맛없어."

뷔페 초밥이 대개 그렇긴 해도 이 정도면 나쁘진 않은 편이었다. 보라는 방송을 찍으며 맛있는 걸 많이 먹을 테니, 대량 생산해서 오래 쌓아두는 뷔페 초밥이 성에 안 차는지도 몰랐다. 소미가 두 번째 접시를 담아왔을 때, 보라는 초점 없는 눈으로 사인을 실수한 종이를 잘게 찢고 있었다. 균일하게 잘게 찢은 종이가 테이블 위에 수북이 쌓였다.

소미는 빨간색 리본이 생각났다. 왜 빨간 리본과 찢어진 흰 종이를 연결 지을 생각을 그동안 못 했을까? 집에 돌아가면 안개꽃 빌라 근처 문구점부터 싹 돌아야겠다고 생각했다. 가슴이 두근거렸다.

ㅇ ㅇ ㅇ

보라가 지나가듯 했던 말을 기억하고 소미가 떡볶이를 사 왔다. 뷔페에서 소미가 다음에 떡볶이를 사주겠다고 말하긴 했지만, 이렇게 금방 지킬지는 보라도 몰랐다. 보라는 부엌 식탁에서 별 기대 없이 떡볶이를 한 입 먹고, 눈이 커져서 몸을 앞으로 기울이고 다시 한 입 먹었다.

"이거 어디서 샀어?"

소미가 말한 가게 이름은 보라가 찾던 떡볶이집은 아니었다. 정좌하고 다시 제대로 먹어봤다. 그 떡볶이보다 깊은 맛이랄까 감칠맛 같은 게 부족하긴 했지만, 그동안 먹어 본 떡볶이 중에서는 가장 비슷했다. 골똘히 생각에 잠겨 떡볶이를 먹는 보라에게 소미가 왜 그러냐고 물었다.

"내가 찾는 떡볶이집이 있거든."

모퉁이 떡볶이 사장님이 가게 이름을 바꿔 다른 자리에서 장사를 다시 시작했을 수도 있다는 생각에 보라는 소미와 같이 소미가 떡볶이를 사 온 도로변 노점상에 갔다. 보라와 소미를 맞이하는 주인아주머니는 모퉁이 떡볶이집 사장님보다 훨씬 젊어 보였다. 그래도 보라는 혹시 관련이 있을까 희망을 품었다.

"혹시 이 동네 시장 뒤편에 있었던 모퉁이 떡볶이라고 아세요? 저랑 아는 언니가 거기 단골이었는데. 떡볶이 맛이 거기랑 되게 비슷해서요."

떡볶이 노점상 주인은 모퉁이 떡볶이와 아무 관련이 없는 사람이었다. 보라는 아쉬운 마음으로 소미와 함께 발걸음을 돌렸다.

"거기 떡볶이가 그렇게 대단해? 도대체 어떤 떡볶이길래."

어디서부터 어떻게 설명해야 할까? 보라는 깊은숨을 내쉰 후, 긴 설명을 시작했다.

모퉁이 떡볶이는 간판이 빛바랬고 내부가 테이블 네 개로 꽉 차는 작은 가게였다. 겨울날 포장 주문을 하고 밖에서 기다리면 주인아주머니는 추운데 안에서 기다리라고 말하며 어묵 국물을 담은 종이컵을 쥐여주는, 정 많은 분이었다. 의자는 포장마차 의자처럼 등받이가 없는 플라스틱이었고, 벽면은 다녀간 이들의 낙서로 빼곡했다. 벽에 적힌 낙서를 읽다 보면 갓 만든 떡볶이가 나왔다. 그 가게에 처음 갔을 때 보라는 저렴한 가격에도 불구하고 접시에 수북이 쌓여 나오는 양을 보고 놀랐다. 떡볶이 색깔은 태양초 고춧가루처럼 새빨갰다. 보라가 집에서 만들면 어떻게 해도 멀겋고 텁텁한 색이 되는데 여긴 신기할 정도로 선명하고 빨갰다. 새빨간 가래떡을 젓가락으로 가르면 속은 뽀얬다. 바나나는 원래 하얗다는 것처럼 당연하지만 의외였다. 매콤달콤하지만 쌀떡 때문인지 맑은 맛이 나는 게 특징이었다. 먹다가 매운맛이 점점 올라오면, 서비스로 주는 어묵 국물을 마셔서 혀를 달랬다.

특별한 재료가 있다거나 화려하지는 않지만, 신기하게도 계속 생각나는 음식이었다. 보라는 웬만하면 갔던 곳에 또 가기보다는 새로운 곳에 가는 편이지만, 그곳은 1년 반 전에 처음 간 뒤로 수시로 갔다. 그러다 작년 초, 오랜만에 다시 갔을 때 그 자리에는 다른 가게가 들어서 있었다. 어딘가로 옮겼는지 아예 장사를 접은 건지 확인할 길도 없었다. 그 떡볶이 맛을 잊지 못해 각지의 떡볶이를 찾아다녔다. 떡볶이를 직접 만들어 보기도 하고 유명한 떡볶이 맛집이란 곳은 다 가고 지방 원정도 마다하지 않았지만, 그 떡볶이 맛은 찾을 수 없었다.

기왕에 사 온 떡볶이, 먹는 모습이나 찍어 올리자고 생각해 첫 먹방을 찍었다. 그때까지만 해도 메이크업 영상, 브이로그 등 여러 가지를 시도해봤지만 이렇다 할 반응은 없을 때였다. 유튜브 알고리즘의 간택을 받아 떡볶이 먹방 영상의 조회 수가 폭발했고, 내친김에 먹방을 더 찍어 올렸다.

보라는 궁극의 맛을 찾기를 포기한 후에도 계속 다른 음식들로 먹방 콘텐츠를 만들었고 1년 만에 구독자 이십만 명의 유튜버가 되었다. 보라의 고향, 무주군의 인구가 이만 오천 명이 채 안 되는 걸 생각하면 믿기지 않을 만큼 큰 수치였다. 모퉁이 떡볶이는 유튜버로서 성공하게 해주었다는 면에도 고마운 존재였다. 그런데 소미가 사 온 떡볶이에서 그 비슷한 맛이 났다. 제일 중요한 떡의 식감과 양념 빛깔이 비슷했다. 자르르 흐르는 윤기에서 짐작하듯 적당히 달고 무겁지 않았다.

"말로 설명이 다 안 돼. 거긴 먹어봐야 아는데!"

"나랑 같이 찾아보자."

"언니는 왜?"

"궁금하잖아. 맛있는 건 다 먹어본 네가 못 잊는 떡볶이면 엄청날 거 아냐. '죽기 전에 세상에 맛있는 건 다 먹어보자.'가 내 신조거든. 그리고 그 떡볶이 맛의 비결을 찾으면, 나중에 창업해서 대박 날 수도 있고."

"언니, 창업 생각 있었어?"

보라가 반색하고 소미를 봤다.

"앞날을 슬슬 생각해봐야지, 나도."

저 말은 딱히 구체적인 계획은 없다는 뜻이다.

"가게 차리면 홍보는 걱정하지 마, 언니. 하우스 메이트 특권으로 무료로 해줄게!"

"든든하네."

소미의 표정이 짧은 순간 굳었다가 돌아왔다. 소미는 침묵 후에 입을 열었다.

"모란도시락에 고등학교 선생님이 손님으로 왔는데, 빨간 카드가 꽂힌 카네이션 바구니를 놓고 간 적이 있어. 다행히 바로 돌아와서 찾아가셨는데, 제자가 임용고시 합격했다고 선물한 거래."

보라는 자신보다 한 뼘쯤 더 큰 소미를 올려다봤다. 갑자기 웬 카네이션 얘기일까?

"그때 나는 언제쯤 내 길을 정해서 주변 사람들한테 당당하게 말할 수 있을까, 그런 생각을 했어."

소미가 담담한 목소리로 말했다.

"우리 다 지금이 인생에서 정거장 같은 시기네."

"그러게."

보라와 소미는 횡단보도 앞에 서서 불이 바뀌기를 기다렸다.

○ ○ ○

보라는 소미와 함께 수도권에 있는 떡볶이 맛집을 찾아 나섰다. 면허가 있는 소미가 카셰어링 앱으로 차를 빌렸다. 보라가 전에 가본 곳은 제외했고, 인터넷에 올라온 후기를 보고 모퉁이 떡볶이와 비슷해 보이는 곳들로만 추렸다. 토요일부터 월요일 사흘 동안 떡볶이 맛집을 순회하며 둘은 점심, 저녁으로 떡볶이만 먹었다. 전에 보라 혼자 다닐 때와 비교해 소미 덕분에 기동력이 확보되어 하루에도 여러 곳을 갈 수 있었고, 음식을 남기는 일도 줄었다.

마지막 날인 월요일. 두 사람은 떡볶이 애호가들 사이의 성지라고 불리는 떡볶이 맛집에 갔다. 방문할 가게 목록의 마지막이었다. 평일이고 식사 시간이 아닌데도 손님이 줄을 섰다. 가게 문을 열고 손님이 나올 때마다 매운 고춧가루 냄새가 코를 찔렀다. 10분쯤 줄을 서 있다, 보라가 줄에서 빠져나왔다.

"언니, 여긴 아니야. 냄새가 달라."

"냄새만 맡고 어떻게 알아? 그래도 여기까지 왔는데 좀만 기다려 보자."

"냄새가 너무 매워. 모퉁이 떡볶이는 먹다 보면 매운맛이 올라오긴 하지만, 첫 느낌부터 이렇게 노골적으로 맵지는 않거든."

"그런가? 난 잘 모르겠는데……."

"내 코를 믿어 봐. 난, 전 애인들도 다 냄새로 기억해."

보라가 그렇게까지 말하니 소미도 수긍하고 차에 올라 시동을 걸었다.

첫사랑의 기준도 다양하겠지만, 향기를 기억할 수 있는 사람을 기준으로 삼자면 보라의 첫사랑은 중학교 2학년 때 같은 반 아이였다. 주말에 공공도서관에서 마주 앉아 공부할 때, 그 아이에게서 인공적인 향수 냄새가 풍겼다. 공부하러 오면서 머리 아플 정도로 향수를 뿌리다니, 지금 생각해보면 웃음이 나지만 그때는 호감의 징표 같아서 내심 기뻤다. 시시하게도 사귀고 나서 얼마 되지 않아 그 아이가 전학 가며 자연스레 연락이 끊겼다. 그 후로 보라는 여러 남자를 사귀었고, 모두의 향을 기억했다. 끌리는 향과 좋은 향이 늘 일치하지는 않았고, 보라는 늘 좋은 향보다는 끌리는 향의 사람과 만났다. 좋은 향이야 집에만 들어와도 맡을 수 있으니까.

"그럼 하우스 메이트들 냄새도 다 알아?"

소미가 운전하며 말했다.

"응. 언니는 멘톨 샴푸 쓰잖아."

"어떻게 알았어!"

소미가 보라를 곁눈질했다.

"앞에 봐, 앞. 나 개코라니까."

보라는 소미와 화장실을 따로 써서 소미의 욕실용품을 직접 본 적은 없지만, 전에 소미가 머리를 감고 나와 물기를 털 때 강한 멘톨 향을 맡은 적이 있었다. 유정에게는 니치 향수의 장미 향과 로드샵 헤어 오일의 파우더리한 코코넛 향이 뒤

섞인 향이 났다. 비싼 향수를 써도 싸구려 향기가 섞여서 고급스럽게 느껴지지 않았다. 말해줄까 생각도 했지만, 상대가 기분 나빠할 수도 있어 참고 있었다. 나나는 민트 초코 초콜릿과 빵, 아이스크림을 달고 사는데, 민트 향의 룸 스프레이를 쓰는지 나나의 머리카락과 옷에 민트 향이 배어 있었다. 한솔은 화장품이나 욕실용품 전부 무향을 사용하는지, 공용으로 쓰는 섬유유연제 향이 어렴풋하게 나는 것 외에 다른 냄새는 나지 않았다. 다만 전에 한솔의 이불을 빌려 덮었을 때. 늦은 오후의 햇볕처럼 따스한 냄새가 났다. 인공적이지 않고 은은한 냄새였다.

"진짜 개코네. 그럼 이사 간 하우스 메이트 향도 기억해?"

소미가 운전대를 잡은 채 전방을 보며 말했다.

"그런 사람도 있고, 아닌 사람도 있고."

보라는 차창에 팔꿈치를 기댔다. 왠지 소미가 시연 얘기를 꺼낼 것 같았다.

"시연 씨 향은 어땠는지 기억나?"

"아니. 까먹었어."

시연의 향을 기억한다. 다크 초콜릿 향과 머스크 향이 주를 이루는 향수 냄새에 담배 냄새가 섞인 독특한 향.

"시연 씨 말이야. 오늘 왜 우리를 보고 도망갔을까?"

'오늘 왜 너를 보고 도망갔을까?'

보라는 소미의 말이 그렇게 들렸다. 결혼식장에 같이 간 이후로 소미가 시연에 대해 말을 한 적이 없어서 신경 쓰지 않는 줄 알았더니 아니었다.

"글쎄. 원래 낯을 많이 가리는 언니라……, 오랜만에 보니까 어색했나?"

"지금은 서로 연락 안 하겠네?"

소미가 핸들을 부드럽게 꺾었다.

"어. 다른 언니들하고도 마찬가지일걸? 하우스 나가면 끝인 거지 뭐."

소미의 질문이 끊겼다. 차 안에는 둘 뿐이고 여기서 벗어날 수도 없다. 소미와 결혼식에 같이 간 게 패착이었다. 동아리 선배에게 모바일 청첩장을 받고 보라는 신부와 친한 시연이 하객으로 오리라고 예상했다. 결혼식에 같이 갈 사람은 공짜 뷔페라고 하면 모르는 사람의 결혼식이어도 쉽게 따라갈 만한 사람이면서 눈치가 없어야 했다. 보라나 시연과 친해서도 곤란했다. 세 가지 조건을 모두 충족하는 사람이어서 소미와 동행했는데, 예상치 못한 일이 벌어졌다. 시연이 자신을 경계하고 기피할 건 예측했지만 사람이 많은 곳에서, 게다가 소미까지 있는데 그렇게 대놓고 도망칠 줄은 몰랐다. 그래도 시연은 이사 가기 전 하우스 메이트들 앞에서는 보라와의 사이에 아무 일도 없는 척했었다. 물론 보라도 연기에 충실했다.

결혼식에 간 날도 그럴 생각이었는데 계획이 어그러졌다. 보라는 나름의 사회적 체면이 있지 사람들 앞에서 본심을 드러내지는 않는다. 그런데 시연은 보라를 보자마자 못 볼 거라도 본 듯 계단을 내달렸다. 자칫하면 슬링백 구두가 벗겨질 상황이었지만, 앞뒤 안 가리고 도망치기 바빴다.

보라와 소미는 소득 없이 떡볶이 원정을 끝내고 집으로 돌아왔다. 현관에 신발이 나와 있지 않은 것으로 보아 집에 아무도 없는 것 같았다. 소미는 떡볶이를 먹으러 다니며 계속 보라의 설명을 듣다 보니 보라의 인생 떡볶이와 비슷하게 만들 수 있을 것 같다고 말했다. 보라는 이미 지치고 의욕이 떨어졌다. 보라는 급하게 보내야 할 이메일이 있다고 둘러대고 방에 들어갔다. 라탄 스탠드만 켜서 조도를 어둡게 하고 침대에 누웠다.

그때 나나의 방 다음으로 보라의 방이 부엌과 가까워서, 방문틈으로 떡볶이 냄새가 스멀스멀 들어왔다. 지난 며칠 동안 떡볶이만 먹었는데 소미는 질리지도, 지치지도 않는 걸까? 보라는 벌떡 일어나 부엌으로 나갔다. 소미가 앞치마를 멘 채 냄비 바닥을 주걱으로 젓고 있었다.

“이제 그만 하자, 언니. 떡볶이 찾는 거.”

소미가 보라를 돌아봤다.

"마지막으로 한 번만 먹어봐."

그 떡볶이 맛을 재현하는 게 그렇게 쉬웠다면 이렇게 고생하며 돌아다니지도 않았을 것이다. 보라도 이미 여러 번 집에서 시도해봤지만 실패했었다. 조리법이 간단하고 일상적으로 먹는 음식일수록 역설적이게도 그 맛을 재현하기는 어렵다는 걸 소미는 모르는 것 같았다. 하지만 마지막이라니 먹어보고 그 맛이 안 난다고 하면 소미도 그땐 포기할 것이다. 보라는 알겠다고 하고 뒷정리를 도우려고 소미 옆으로 갔다. 냉장고에 있던 화이트 와인이 조리대에 놓여 있었다. 와인 병을 들어보니 전보다 무게가 가벼웠다.

"이게 왜 여깄어?"

"멸칫국물 낼 때 맛술 대신 썼는데."

숟가락으로 국물을 맛보던 소미가 말했다.

"언니 것도 아닌데 그냥 쓰면 어떡해!"

보라의 목소리가 쩌렁쩌렁 집 안을 울렸다. 소미가 어안이 벙벙한 얼굴로 보라를 쳐다봤다.

"유정이한테 물어보니까 써도 된다고 해서 썼지. 시연 씨가 두고 간 거라고. 다 쓰진 않았어."

보라가 병을 흔들자 남아 있는 와인이 출렁거렸다. 찬장에 있던 와인 잔도 식탁에 나와 있었다. 시연이 급하게 이사 가며 그냥 두고 간 것들이었다. 보라가 입술을 깨물었다. 흥분하고 말았다. 스스로 생각해도 최악이다.

"미안해, 소리 질러서. 나중에 마시려고 아껴뒀던 거거든……."

"미안한 거 알면 다행이고. 앉아."

소미가 턱짓으로 의자를 가리켰다. 보라는 기왕 이렇게 된 거 그냥 다 마셔버리자며 화이트 와인을 남김없이 잔에 따랐다. 떡볶이에서 모락모락 김이 피어올랐다. 보라는 새빨간 떡볶이를 입 안에 넣었다. 소미가 옆에서 고추장을 쓰지 않고 고춧가루를 써서 개운한 맛을 냈다고 설명했다.

"어때?"

소미가 물었다. 보라는 천천히 떡을 씹었다. 떡이 치아에 달라붙었다 떨어졌다.

"맛없어?"

보라가 신중하게 젓가락에 묻은 떡볶이 양념을 쪽 빨아먹었다. 보라와 소미가 같이 갔던 가게의 떡볶이도 대부분 맛있었다. 다만 보라가 찾던 그 맛이 아닐 뿐. 분명히 이 떡볶이에 어떤 재료가 들어가는지 보았고, 별다른 재료도 비법도 없었다. 근데, 왜 비슷하지? 달고 상쾌한 화이트 와인 향이 코끝을 감쌌다. 보라는 떡볶이를 한 입 먹고 화이트 와인을 마셨다. 달콤한 화이트 와인이 떡볶이의 매운맛을 덜어주었다. 겹겹이 피어난 뜨겁고 강렬한 맛에 깨끗하고 차가운 맛이 내려앉았다. 흰 함박눈이 소복이 내려앉은 동백꽃처럼. 뜨거운가 하면 차가웠고 매운가 하면 달콤했고 묵직한가 하면 가벼웠다.

"이 맛이야. 그 떡볶이 같아."

보라는 뭉클해져서 소미를 봤다. 작년에 먹었던 모퉁이 떡볶이의 맛이었다.

"와인 때문에 그 맛이 났나 봐. 그때도 떡볶이랑 같이 먹었거든, 화이트 와인을."

보라는 와인을 한 모금 마셨다. 모퉁이 떡볶이를 시연과 처음 먹은 날에도 화이트 와인을 곁들였다. 소미도 와인과 떡볶이를 함께 먹더니 맛있다며 눈을 번쩍 떴다.

"어떻게 지금까지 몰랐지? 그것도 모르고 1년 넘게 찾아다녔어."

보라는 기쁨과 허탈함이 교차했다. 의심도 하지 않고 떡볶이 재료나 조리법 때문에 맛이 다르다고 생각했었다.

"모를 수도 있지. 그래도 그동안 유튜브도 대박 나고 맛있는 것도 많이 먹었잖아? 나도 덕분에 맛있는 떡볶이 질리게 먹었어. 밀떡이 한 군데도 없는 건 좀 아쉬웠지만."

보라는 능청스럽게 말하는 소미를 골똘히 쳐다봤다.

'소미 언니는 저 와인이 맛의 비결인 걸 알고 일부러 쓴 걸까, 아니면 우연히 맞아떨어진 것일 뿐일까? 나도 몰랐던 걸 언니가 알았다는 건 말도 안 되는데…….'

떡볶이 그릇을 깨끗이 다 비우고 보라는 마지막 잔으로 소미와 건배했다.

“고마워, 언니. 내 인생 떡볶이랑 진짜 비슷했어. 아마 그 사장님이 돌아와도 이것만큼 똑같이는 못 만들걸?”

보라가 헤헤 웃었다. 마냥 기쁠 거라고 생각했는데, 조금 허무하고 왠지 슬펐다. 가슴 속이 뻥 뚫리고 차가운 소용돌이가 치는 것 같았다.

“나 너한테 할 말이 있어.”

“뭔데?”

보라는 소미의 어떤 소원이라도 다 들어줄 수 있을 것 같은 기분이었다. 아주 비싼 밥을 여러 번 사서라도 보답하고 싶었다. 소미가 무덤덤한 얼굴로 주머니에서 카드를 꺼내 식탁 위에 내려놓았다. 빨간색 봉투 덮개에 같은 색의 공단 리본이 달린 카드였다.

“이 카드 알지?”

이제 보니 소미는 먹성 좋은 곰이 아니라 피 냄새를 맡고 온 늑대였다. 보라는 손에 들고 있던 와인 잔을 식탁 위에 내려놓았다.

“어디서 난 거야?”

“샀지, 문구점에서. 너도 거기서 샀을 거 같은데.”

“이걸 왜 나한테 보여주는데.”

“2월 말이나 3월 초쯤에 시연 씨한테 이 빨간 카드를 보냈지?"

시연의 이름이 나오자 보라의 입가가 일그러졌다. 소미가 말을 이었다.

"치즈 덕분에 알았어. 3월 초에 치즈가 빨간 공단 끈을 가지고 놀고 있더라고. 치즈가 쓰레기봉지를 찢고 그 안에 든 리본을 꺼내왔을 거야. 봉지 주변에는 잘게 찢어놓은 종이 한 줌이랑 노란 머리카락이 떨어져 있었어. 빨간 끈, 찢어진 종이를 하나로 합칠 생각을 못 했는데, 손님이 가게에 놓고 간 카드를 보고 알았어. 아, 치즈가 리본을 풀어서 긴 끈이 된 거구나. 큰 봉지에 여러 사람의 쓰레기봉지를 같이 담아두는데, 네 봉지가 찢어졌을 거야. 우리 집에 노란 머리인 사람은 너밖에 없으니까. 전에 나나 방에 살던 윤수경이란 분은 검은 단발이라며."

보라는 이사 간 수경의 머리카락 색깔까지 조사하는 소미의 철두철미함에 놀랐다. 소미가 조금 남은 화이트 와인을 마저 마셨다. 보라의 심장이 쿵쾅거렸다.

"시연 씨한테 이 카드 줬었지? 뭐라고 했어?"

"그런 거 준 적 없어. 왜 내가 시연 언니한테 그 카드를 줬다고 생각해? 시연 언니 방 쓰레기봉지가 아니라 내 봉지에서 나온 거라며."

"일단 네 습관. 넌 종이에 글을 쓰다가 틀리면 종이를 균일하고 잘게 찢는 습관이 있더라. 뷔페에서 사인 실수한 종이도 그렇게 했었고. 그때 쓰레기봉지 밑에도 비슷한 모양으로 찢긴 종이가 한 줌이나 있었어. 나도 그렇게 찢어보니까 한두 장 찢어서는 그만큼 양이 안 나왔어. 다섯 장 정도 찢으니까 한 줌 정도 되던데. 다른 하우스 메이트들을 관찰하니까 실수한 종이를 찢는 습관이 있는 사람은 없었어. 게다가 그 정도로 균일하고 잘게 찢는 사람은 흔치 않지."

보라는 순간 숨 쉬는 걸 잊었다. 결혼식장 뷔페에서도 소미가 자기를 관찰하고 있었다고 생각하니 목덜미에 솜털이 곤두섰다. 소미는 이어서 말했다.

"웬만해선 카드를 다섯 장이나 찢을 일은 잘 없지 않아? 네가 쓴 카드는 남이 보면 안 되는 내용이었겠지. 종이가 두꺼워서 찢기도 힘들던데, 그걸 그 정도 양으로 찢어놓은 거 보면 단지 습관인 게 아니라 철두철미한 뒷정리 같은 느낌도 들었어. 그리고 똑같은 카드를 다섯 장이나 주는 것도 이상해. 너라면 긴 얘기를 쓰려고 할 때 카드를 여러 장 쓰겠어, 편지를 쓰겠어?"

"한번에 얘기해줄래?"

보라는 이를 꽉 깨물고 말했다.

"넌 카드를 여러 장 받은 게 아니라, 여러 장 쓰면서 글을 고쳤을 거야. 게다가 그때 찢어진 쓰레기봉투에서 빨간 카드

봉투는 안 보였거든. 그러면 자기가 받은 카드를 버린 게 아니라 쓰다가 버렸을 거라는 게 신빙성 있지. 네가 직접 대면하거나 휴대폰 메시지를 보낸 게 아니라 카드를 썼단 게 좀 특이하다곤 생각하는데……. 오히려 카드 받는 사람이 시연 씨라고 생각하니까 자연스럽게 느껴졌어. 시연 씨가 좀 아날로그, 레트로 그런 스타일이잖아."

보라는 소미가 시연과 일주일 밖에 같이 살지 않았는데, 짧은 시간에 시연의 성향을 정확하게 파악해서 놀랐다. 아마 소미는 시연의 이삿짐이나 부엌에 놓고 썼던 빈티지 유리컵에서 유추했을 것이다. 아니면 무채색의 빈티지 패션에서든지. 시연은 지포 라이터, 휴대용 CD 플레이어, 만년필 같은 향수를 불러일으키는 물건들을 즐겨 썼다. 보라가 갓 이사 왔던 재작년 크리스마스에는 하우스 메이트 전원에게 카드를 써 주기도 했다.

"난 네 카드를 받고 시연 씨가 이사 갔을 거라고 생각해. 그게 시연 씨가 결혼식장에서 널 보고 피한 이유고."

찾아보면 소미의 논리에도 허점이 있겠지만, 술기운과 당황이 겹쳐서 아무 생각도 나지 않았다. 이럴 땐 정색하고 반박하기보다 긍정도 부정도 아닌 모호한 태도로 넘어가는 게 최선이었다.

"와우, 안개꽃 빌라에 명탐정이 있었네."

"인정해주는 거야?"

소미는 빈정거림에도 전혀 타격받지 않은 표정이다.

"그 말이 맞다고 쳐. 언니가 끼어들 일이 아니잖아?"

보라는 소미를 노려봤다.

'부탁하지도 않았는데 떡볶이 원정에 나설 때부터 속셈을 알아봤었어야 했는데…….'

"안개꽃 빌라에서 일어난 문제이기도 하잖아."

"여기서 뭐 얼마나 살 건데. 여기 제일 오래 산 사람이 2년 산 한솔 언니야. 언니는 모란도시락에서 평생 일할 거야?"

소미가 대답이 없자 보라는 승기를 잡았다고 생각해 내처 말했다.

"여기 들어온 것도 모란도시락이랑 가까워서잖아. 언니도 자기 길 정해서 주변 사람들한테 당당해지고 싶다며. 유정 언니도 졸업반인데 대학 졸업하고 나면 다른 데로 이사 가겠지. 나도 돈 좀 더 모으면 이사 갈 집 알아볼 거고 당장 일주일 뒤에 누가 나가고 들어올지도 모르는 거야. 시연 언니도 그랬을 뿐이고. 그냥 잠시 거쳐 가는 곳일 뿐이야, 여긴."

기억력은 이럴 때만 쓸데없이 좋아서 보라는 소미에게 들었던 얘기까지 끌어왔다. 자기 길을 정하고 싶다고 말할 때 소미의 얼굴은 진지했었다. 보라는 소미에게 동요하는 기색이 없어서 왠지 안심했다.

"네 탓 하려는 거 아니야. 둘 사이에 오해가 있으면 풀어야 할 것 같아서 그래."

보라는 자기가 쏘아붙여서 소미가 화낼 줄 알았는데 담담해 보였다. 다른 사람의 약점을 잡아서 공격하면 보통 이에는 이, 눈에는 눈으로 상대도 맞받아쳤다. 진흙탕 싸움이 되면 누가 먼저 선빵을 날렸고 누가 더 잘못했고는 중요치 않아지고, 그냥 쌍방폭행이 된다. 그리고 그게 보라가 바란 거였다. 그런데 소미가 그렇게 나오지 않자 보라는 더 미안해졌다.

"오해가 있어도 상대방이 피하면 내가 뭘 할 수 있는데!"

보라의 목소리가 의자 끄는 소리와 겹쳐서 들렸다. 보라의 목소리에서 물기가 묻어났다.

"내가 알아서 해. 신경 끊어."

보라는 방으로 들어가 문을 잠갔다.

보라는 방으로 들어오자마자 책상 서랍을 열었다. 투명한 액세서리 함에 실반지, 귀걸이, 실버 목걸이 같은 것들이 들어있다. 액세서리 함 뒤쪽으로 손을 뻗어 빳빳한 카드 봉투 다섯 장을 꺼냈다. 네 장에는 빨간 공단 리본이 붙어있고, 나머지 하나에는 끈이 없다. 리본이 접착력을 잃고 떨어져서 올해 3월 초에 쓰레기통에 버렸었다. 보라는 빨간 카드들을 심장이라도 되는 듯 소중히 서랍 속에 넣었다. 심장이 쿡쿡 쑤셨다.

작년 추운 겨울날, 보라와 시연은 모퉁이 떡볶이에서 떡볶이를 산 후 동네 마트에서 화이트 와인을 사서 집으로 돌아왔다. 시연은 공무원 월급에 와인바나 레스토랑에 자주 가는 건 무리고, 집에서 마시면 와인을 싸게 많이 마실 수 있어서 좋다고 했다. 보라는 시연이 추천해준 대로 떡볶이와 와인을 같이 먹었다. 설령 맛이 없더라도 표정 연기를 해야겠다고 생각했는데 의외로 잘 어울렸다.

"와인이라고 스테이크 썰 때만 마시라는 법 있어? 화이트 와인이랑 떡볶이도 마리아주(mariage)가 좋거든."

마리아주는 프랑스어로 '결혼'이라는 말인데, '와인과 어울리는 음식 조합'이라는 의미로 쓰인다고 시연이 알려줬다. 화이트 와인은 이름에 화이트가 붙은 것 답지 않게, 흰색이 아니라 투명하고 은은한 연둣빛이었다. 코앞에 와인 잔을 가져가자 청포도 향기가 물씬 풍겼다.

보라는 처음에는 떡볶이와 와인을 음미하며 먹다가 한 잔 두 잔 비워갈수록 와인과 떡볶이 맛이 한데 뒤섞여 구별되지 않았다. 그건 그것대로 좋았다. 화이트 와인은 달콤하고 쓴맛이 하나도 없어서 음료수 같았는데 그래도 술은 술이어서, 마실수록 점점 공중에 붕 떠 있는 듯 몽롱해졌다. 잡다한 이야기는 안줏거리로 적당했고, 보라와 시연은 떡볶이를 바닥까지 긁어 먹었다. 시연이 늦었다고 이만 들어가 자자고 했을 때야 보라는 시간이 많이 흘렀다는 것을 깨달았다.

그 후 모퉁이 떡볶이가 문을 닫았고, 보라의 인생 떡볶이 찾기도 시작되었다. 얼떨결에 먹방 유튜버가 되었고 남자들도 끊이지 않고 만났다. 짧고 가볍게.

안개꽃 빌라에 들어오고 1년 동안 보라에게 시연은 그저 하우스 메이트였다. 시연과 함께 먹었던 떡볶이 맛을 잊지 못해 백방으로 찾아다니면서도 시연에 대한 마음은 사계절이 다 가도록 자각하지 못했다. 그저 말이 잘 통하는 언니라고 생각했다.

시연에게 처음 전율을 느낀 순간은 같은 음악을 좋아한다는 걸 우연히 알게 되었을 때였다. 냉장고에 있는 캔맥주를 꺼내려고 부엌으로 갔는데, 시연은 와인 병과 와인 잔, 나초를 챙기고 있었다. 시연이 살짝 열어놓은 방문 틈으로 익숙한 노래가 흘러나왔다. 차벨라 바르가스의 〈라 요로나(La Llorona, 우는 여인)〉라는 멕시코 민요였다. 차벨라 바르가스는 멕시코의 초현실주의 화가인 프리다 칼로의 동성 연인이기도 했다. 술에 취한 듯 울부짖는 가수의 목소리가 보라의 가슴을 휘젓고 지나갔다. 시연의 방문이 닫히고 노랫소리가 들리지 않게 된 후에도 보라는 노래를 흥얼거렸다. 남들은 잘 모르는 곡인데 같은 노래를 좋아하다니 신기했다. 문틈 사이로 시연의 이면을 조금 엿본 기분이 들었다.

그 후 두 달 뒤, 보라는 세탁기에서 젖은 빨래를 꺼내다가 열쇠고리를 발견했다. 명함 크기의 투명한 아크릴판에 초현실주의 그림이 인쇄된 열쇠고리였다. 푸른 하늘을 배경으로 비현실적인 구도에 착시효과를 일으키는 사물, 파스텔 색감이 꿈꾸는 듯한 분위기를 자아냈다. 열쇠고리에는 아무것도 달리지 않았다. 누군가 열쇠고리를 옷 주머니에 넣은 채로 빨래를 돌리고 세탁기에 떨어진 열쇠고리를 못 보고 옷만 가져간 것 같았다. 보라는 휴대폰 카메라로 열쇠고리 사진을 찍어서 하우스 메이트들이 있는 단체 메신저 방에 올려 주인을 찾았다. 묻지도 않았는데, 시연이 차 열쇠에 달려고 새로 산 거라고 말하며 열쇠고리를 가져갔다.

'어떤 화가의 그림일까? 시연 언니가 초현실주의 그림을 좋아하나?'

보라가 그림에 조예가 깊은 건 아니지만 유명한 그림은 아닌 것 같았다. 찍어둔 사진으로 구글에 이미지 검색을 했고, 단 한 개의 검색 결과로 한 SNS 게시글이 나왔다. 닉네임 아포가토의 SNS에는 전시회에서 찍은 실물 캔버스 작품 사진과 짤막한 감상이 올라와 있었다. 보라는 시연의 열쇠고리 사진과 SNS 속 작품 사진을 비교했다. 캔버스의 오른쪽 아래에 적힌 SKY라는 글자도 열쇠고리에 있던 것과 같았다.

보라는 손가락으로 화면을 내리며 아포가토의 다른 게시물들도 읽었다. 아포가토는 좋아하는 음악 플레이리스트(보라가 어깨너머로 들었던 시연의 플레이리스트와 같았다)를 쓰기도 하고, 와인 추천 글, 퀴어 커뮤니티와 커밍아웃한 레즈비언 인플루언서의 글을 공유하기도 했다. 타인의 일기장을 훔쳐보는 것 같은 죄책감이 들었지만 멈출 수 없었다. 어차피 인터넷에 공개한 글인데 뭐 어떠냐는 자기합리화를 했다.

'오늘 공연 연습이 잘 돼서 기분 좋다.'는 짤막한 글이 새로 올라왔다. 거기에 다른 계정이 '화이트 스모크 최고'라고 댓글을 달아 놓았다. 그 계정을 클릭해서 들어가자 최근 게시글로 사회인 밴드 화이트 스모크의 소극장 공연 일정이 나왔다. 시연이 음악을 즐겨 듣긴 하지만, 밴드를 하고 있다는 얘기는 전혀 못 들었다. 어떤 포지션일까? 기타일까, 보컬일까, 아니면 드럼? 시연 앞에서 혹시 노래 부르는 거 좋아하냐고, 아니면 악기 연주를 좋아하냐는 말이 목구멍까지 차올랐지만, 꾹꾹 눌렀다. SNS에서의 자아를 현실의 지인에게 들킨 걸 알면 시연이 좋아할 리 없었다. 보라는 화이트 스모크의 공연이 궁금해서 밤잠을 설쳤다. 결국 마스크와 모자로 모습을 가리고 공연을 보러 갔다.

사실 하늘 그림과 음악 취향, 와인 취향은 우연의 일치일 뿐 아포가토가 시연이 아닐 가능성도 있었다. 보라는 시연이 아포가토인지 두 눈으로 확인하고 싶었다. 공연장의 흰 스모그가 걷히자 시연이 나왔다. 공연의 클라이맥스에서 시연은 안토니우 카를루스 조빙의 〈The Girl From Ipanema(이파네마에서 온 소녀)〉를 불렀다. 보사노바 장르의 잘 알려진 노래로, 시연의 매력적인 중음과 잘 어울렸다. 청중은 어둠 속에 지워지고 스포트라이트 속의 시연은 자유로워 보였다. 어느새 보라는 서울의 소극장에 서 있는 게 아니라, 파스텔 톤의 올드카를 타고 라틴 아메리카의 해안도로를 드라이브하고 있었다. 조수석에는 시연이 타고 있었다. 검은 슬립 드레스를 입은 시연이 창턱에 한쪽 팔을 걸치고 노래를 흥얼거렸다. 그의 부스스한 곱슬머리가 바람에 날렸다.

"And when she passes, I smile, but she doesn't see."
난 그녀를 향해 미소 짓지만, 그녀는 보질 않네요.

노래와 어우러지며, 시연의 표정과 움직임은 재즈처럼 느긋하고 감미로우며 웃음소리는 삼바처럼 흥겨웠다. 보라는 무대를 잘 보기 위해 높은 워커를 신고 2시간여째 서 있단 것도 까맣게 잊었다.

한동안 보라의 플레이리스트는 공연 세트 리스트에 잠식당했다. 노래마다 시연에 대한 기억을 아로새겼다. 원곡을 들을수록 시연의 목소리로 불렀던 커버 곡이 그리웠다. 시연의 조금 허스키하면서 감미로운 목소리가 좋았다. 바닐라 아이스크림 같은 피부, 넓은 미간과 작고 낮은 코, 부스스한 긴 머리, 무채색의 옷이 좋았다. 초콜릿, 라즈베리, 코코넛, 머스크 향수 냄새에 담배 냄새가 옅게 밴 특유의 향도. 입술 옆 참깨 같은 작은 점을 뺄까 요즘 고민하던데, 빼지 말라고 그게 매력이라고 꼭 말해줘야겠다고 별렀다.

'별것도 아닌데 왜 시연 언니가 점을 빼야겠다고 했을 때 바로 그 말을 못 했을까?'

마음이 커지자 들키고 싶지 않아서 더욱 조심스러워졌다.

공연장에 다녀온 후 마음을 표현하고 싶다는 욕망이 생겼다. 문구점 앞을 지나칠 때마다 빨간 카드가 눈길을 붙들었다. 그냥 지나치기를 여러 날. 보라는 빨간 봉투에 공단 리본이 달린 카드를 샀다. 쓰다가 마음에 안 들어 종이를 찢고 또 다시 쓰기를 반복했다. 끙끙 앓던 여러 밤이 여섯 번째 카드 한 장에 궁색하게 담겼다.

시연이 퇴근 후 거실 소파에 잠시 코트를 얹어뒀을 때, 보라는 아무도 모르게 코트 주머니에 카드를 찔러 넣었다. 이후 시연은 보라를 계속 피해 다녔고 카드를 받은 지 대략 보름 만에 안개꽃 빌라에서 나갔다. 시연이 시간이 나지 않는다고 해서 송별회마저 하지 못했다. 보라는 시연이 이사 간 후에 조심스럽게 연락해봤지만, 시연은 보라의 메시지를 확인조차 하지 않았다. 결혼식에서 시연을 마주치면, "언니 혹시 그 카드 보고 오해 같은 거 한 건 아니지?" 하고 눙치며 넘어가려고 했다. 한껏 꾸미고 할 말도 미리 연습했는데, 막상 시연을 만났을 때는 준비했던 말을 꺼내지도 못했다. 시연이 보라를 보자마자 도망쳐버렸기 때문이다. 시연은 구두를 신고 계단을 뛰어 내려갔고 보라는 멈춰 섰다. 뒤쫓아 가면 시연이 더 서두르다 행여 계단에서 다치게 될까 봐, 포기할 수밖에 없었다. 구두 소리만큼 해명의 가능성도 멀어졌다.

보라는 짐을 챙겨 친구 집으로 갔다. 가장 들키고 싶지 않은 약한 면을 소미에게 들켜 집에 있기 괴로웠다. 친구 집에 있는데 소미로부터 메시지가 계속 왔다. 보라는 소미의 번호를 차단하고 술을 진탕 마셨다.

숙취로 온종일 시체처럼 뻗어 있다가 저녁쯤부터 정신이 돌아왔다. 밤늦게 보라의 휴대폰으로 전화가 걸려 왔다. 친구네 집에 누워있던 보라는 발신인 이름을 보고 믿을 수 없어 눈을 비볐다. 끊길까 봐 재빨리 전화를 받았다.

- 남보라! 너 소미 씨한테 대체 무슨 말을 한 거야?

시연이 높은 톤으로 웅얼거렸다. 보라는 오랜만에 듣는 목소리가 반가워서 울컥했다. 보라는 목이 메어 큼큼 헛기침을 하고 겨우 목소리를 냈다.

- 나 소미 언니한테 언니 얘기한 거 없어.
- 뭘 모른 척이야? 내가 레즈비언인 거 알고 있다고 협박하는 카드도 줬으면서! 소미 씨가 나한테 전화한 것도 몰랐다고?

보라는 소미가 시연과 오해를 풀어보라고 했던 게 생각나 이마를 짚었다.

- 언니, 내가 쓴 카드는 그런 게 아니라……. 오해하고 있는 거 같은데 만나서 얘기해. 지금 어디야?
- 너 다른 사람들한테 말하기만 해봐! 네가 사람들한테 말하면, 나도 인터넷에 익명으로 유튜버 남보라가 성적 지향 아우팅했다고 다 밝힐 거야. 그러면 너도 매장이야!

시연은 술에 취한 듯 불분명한 발음으로 말을 쏟아냈다. 거리에서 전화하고 있는지 시끌시끌한 소리가 섞여 들렸다. 전화가 뚝 끊긴 후에도 보라는 이해가 되지 않아 휴대폰을 든 채로 꼼짝 않고 서 있었다.

'내가 자기를 좋아하는 게 부담스러워서 이사 간 게 아니라 아우팅 당할까 봐 이사 간 거였어?'

보라가 시연에게 세 번이나 전화를 걸었지만, 모두 신호음 소리만 이어졌다. 이 밤에 만취한 상태로 길거리에 있을 시연이 걱정되었다. 보라는 전화를 걸며 손톱을 물어뜯었다. 다시 전화했을 때, 전화가 연결되는 소리가 들렸다.

- 여보세요. 정시연 씨 휴대폰입니다.

보라는 낯선 남자 목소리에 움찔했다.

- 안녕하세요.
- 정 주무관님 화장실 가서 제가 대신 받았어요. 저는 직장 동료인데, 혹시 친구분 되세요? 지금 주무관님이 많이 취해서…….
- 네, 친구 맞아요. 제가 지금 데리러 갈게요.

보라는 시연의 동료가 알려준 가게로 출발했다. 택시를 타고 가면서 소미의 번호에 건 차단을 풀고 소미에게 전화했다. 소미는 기다리고 있었던 것처럼 신호음 세 번 만에 전화를 받았다. 시연의 번호를 어떻게 알아냈냐고 물어보니, 안개꽃 빌라에 시연 앞으로 택배가 왔다고 둘러대고 모란에게 물어봤다고 했다. 보라는 소미가 그렇게까지 한 이유가 궁금해서 물었다.

- 미안해. 둘이 오해하고 있는 게 분명한데 당사자들은 그걸 모르니까…….

- 무슨 오지랖이야, 이게 진짜. 내가 언니 때문에 시연 언니한테 무슨 말까지 들었는지 알아? 시연 언니가 날 어떻게 오해하는지 아냐고!

보라가 울먹거렸다.

- 어? 나랑 통화했을 때는 안 그랬는데…….
시연 씨가 뭐래?

소미가 당황한 목소리로 말했다.

- 망했어. 일단 나 시연 언니한테 가고 있으니까 나중에 얘기해.

보라는 훌쩍거리며 눈물을 손등으로 벅벅 닦았다.
가게에 도착하니 회식은 파하고 고깃집 앞에 시연과 남자

동료만 서 있었다. 남자는 두어 달 전 보라가 행정복지센터에 일이 있어서 방문했을 때 시연의 옆 창구에 있던 직원이었다. 물론 그는 수많은 민원인 중의 한 사람이었던 보라를 기억 못 하겠지만.

"빨리 오셨네요."

남자 동료가 보라를 보고 말했다. 보라는 가게 외벽에 기대 눈을 감고 있는 시연의 옆으로 갔다. 시연의 얼굴을 가까이서 보자 마음이 아렸다.

"언니 많이 마셨어요?"

"요즘 스트레스받는 일이 많은가 봐요. 저도 이렇게 취한 거 처음 봤어요. 근데 정 주무관님 댁은 아세요?"

"대충요. 정 안 되면 저희 집에서 하루 재우면 되니까요."

사실 시연의 집이 어딘지는 몰랐다. 보라는 시연의 팔을 자기 어깨에 둘러 부축했다. 걱정하는 시연의 동료에게는 택시를 타고 갈 거라 괜찮다고 말했다. 시연의 동료가 잘 부탁한다고 말하고 떠나자 시연이 보라의 팔을 뿌리쳤다.

"네가 여길 왜 왔어?"

시연은 눈을 게슴츠레 뜨고 보라를 봤다. 취기로 시연의 뺨이 장밋빛처럼 붉었다.

"걱정되니까 왔지."

보라는 듣는 사람이 없는지 주위를 둘러봤다.

"그리고 언니가 아우팅인지 뭔지 그런 말도 안 되는 소리를 했잖아."

시연이 어이가 없다는 듯 웃었다.

"아직도 발뺌하는 거야? 내가 인터넷에 글 쓴다는 말이 무서웠긴 한가 봐? 그럼 그 카드는 뭐고 내 SNS 훔쳐보고 공연장까지 따라서 온 건 뭔데?"

"훔쳐봐서 미안해. 근데 아우팅하려고 그런 게 아니라……, 좋아해서 그랬어."

온몸의 피가 얼굴로 솟는 것 같았다.

"뭐?"

시연이 갑자기 큰 소리를 내서 보라는 움츠러들었다. 이제 엎질러진 물이었다. 보라는 시연의 얼굴은 쳐다보지도 못하고 주절주절 말을 꺼냈다.

"언니 좋아해서 그랬어. 좋아하지도 않는데 한밤중에 여기까지 달려오겠어? 대여섯 번 고쳐 써가며 그런 카드를 쓰고? 그건 내가 언니 좋아해서……."

보라는 말을 이을 수 없었다. 시연이 보라의 입을 손바닥으로 틀어막아서였다. 시연 특유의 향기가 났다. 다크 초콜릿과 머스크 향, 라즈베리 향 등이 어우러진 향수 냄새와 옅은 담배 냄새가 섞인 냄새. 보라는 담배 냄새를 싫어하지만, 시연의 그 향만은 그리웠다. 풋사랑의 어지러웠던 플로럴 향 이후 보라가 처음으로 그리워한 여자의 향기였다.

시연은 보라의 입을 막은 채로 거리를 두리번거렸다. 네온사인이 지저분한 거리에 삼삼오오 사람들이 지나다녔지만, 시연과 보라에게는 관심이 없었다. 보라의 입술에 닿는 시연의 손이 얼음장처럼 찼다. 시연은 늘 손발이 차서 보라를 걱정시켰었다. 보라는 시연에게 손목을 잡혀 골목 안쪽으로 이끌렸다.

"나 지금 술 다 깼거든? 그러니까 장난치지 말고 똑바로 말해."

시연의 입김이 보라에게 닿았다. 장난이라는 말이 보라의 가슴을 찔렀다.

"카드 쓴 거 후회했어. 난 내가 좋아하는 게 부담스러워서 언니가 이사 간 줄 알았어. 결혼식장에서 나 피한 것도 그래서고."

시연은 한 손으로 보라의 어깨를 움켜쥔 채 미간을 찡그렸다.

"네가 나한테 준 카드가, 협박하려고 쓴 게 아니야?"

보라는 '프리다 칼로와 차벨라 바르가스가 연인이었던 것과 언니가 그 노래를 들었던 게 우연은 아닐 거야.'라고 적었었다.

"내 마음을 그냥 조금 티 내고 싶었어, 부담스럽지 않을 정도로만. 근데 너무 서툴렀던 것 같아."

시연은 혼란스러워 보였다. 어색한 정적을 거리의 소음이 채웠다. 보라는 이제 시연이 자기를 어떻게 생각하든 괜찮았다. 마음은 아프겠지만, 그건 받아들일 수 있었다.

"언니한테 부담 주려고 고백하는 거 아니야. 사과하고 싶었어. 언니, 이제 도망칠 필요 없다고. 나 언니한테 해 입히려는 사람 아니니까."

보라는 떨리는 목소리로 말했다. 차마 시연을 쳐다보지 못하고 시연의 어깨쯤을 바라봤다. 시연이 보라의 어깨를 잡았던 팔을 내려놓았다. 긴장이 조금 느슨해졌다.

"안 믿기지? 내가 갑자기 여자 좋아한다고 하니까."

"너무 갑작스럽긴 하다."

시연이 허공을 보며 대답했다. 시연은 이제 분노는 가시고, 침착하게 상황을 되짚어 보는 것 같았다.

"나 여자 좋아한다고 말한 사람 언니가 처음이야. 비밀로…… 해줄 거지?"

사실 여자를 좋아하는 게 아니라 그냥 시연을 좋아하는데, 시연이 여자였던 건지도 모르겠다. 하지만 세상 사람들은 남자도 사랑하고 여자도 사랑하는 보라를 있는 그대로 받아들이지 못할 것이다.

"그건 당연한 거지."

시연의 눈에 불꽃이 일었다.

"아까 유튜버 남보라가 어쩌니 폭로하겠다고 한 건, 술김에 한 말이야. 그리고…… 너 같은 사람도 있어."

시연의 목소리가 나지막해졌다. 보라의 심장이 콩닥거렸다.

"너같이 자기 성향 늦게 아는 사람도 있다고. 여자가 여자 좋아하는 거 하나도 안 이상한 거야. 근데, 그거랑 상관없이 넌 좀 이상한 앤 거 같긴 해."

보라가 입을 삐죽 내밀었다. 그러나 마음은 가벼웠다. 항상 가슴 속을 짓누르던 돌덩이가 산산이 부서졌다. 시연이 이제 술이 다 깨서 혼자 갈 수 있다고 하는데도, 보라는 대리기사가 올 때까지는 같이 있어 주겠다고 고집을 부렸다. 둘은 시연이 주차해둔 곳까지 나란히 걸어갔다. 10여 분쯤 걸리는 거리였다.

"소미 언니한테 고맙다고 해야겠다. 소미 언니가 언니한테 전화 안 했으면, 언니가 나 입단속 시키려고 전화할 일도 없었을 거 아냐."

보라는 올라가는 입꼬리를 애써 내리려고 애썼다.

"소미 씨한테 미안하다고 전해 줘. 소미 씨 잘못도 아닌데 전화할 때, 내가 너무 화낸 것 같아."

"소미 언니가 뭐라고 했는데?"

보라는 고개를 돌려 눈높이가 같은 시연을 봤다.

"내가 계단으로 뛰어 내려갈 때, 보라 네가 일부러 나를 놔

주는 거 같았대. 내가 빨리 뛰어가다가 다칠까 봐. 말도 안 되는 소리 하지 말라고 화냈는데, 소미 씨가 하도 자기 직감을 믿어보라고 하길래. 네가 나를 싫어하면 여전히 나랑 같이 갔던 떡볶이집을 찾고 그리워하겠냐면서. 아무리 그 음식이 맛있어도, 싫어하는 사람이랑 먹었던 음식이라면 그렇게 열심히 찾을 것 같지 않다고. 소미 씨 말 듣고 오늘 일에 집중이 하나도 안 되고, 혹시나 해서 너한테 전화한 거야. 그 말이 맞아?"

시연이 빨려 들어갈 것 같은 갈색 눈동자로 보라를 쳐다봤다. 보라는 고개를 끄덕였다.

"응……."

어느새 시연의 소형차가 주차된 도로변에 도착했다. 시연이 자기 차를 타고 가라고 해서 보라는 못 이기는 척 시연의 차에 올라탔다. 둘은 시연의 차 뒷좌석에 앉았다.

"그래서 그렇게 찾아다녔는데, 맛있는 떡볶이집 있었어?"

시연이 대뜸 물었다. 잊고 있었다. 시연이 대단한 떡볶이 덕후인 걸.

"어! 먹방도 안 하고 꼭꼭 숨겨 둔 데 있는데 다음에 같이 가자. 내가 살게, 김떡순 패키지로. 나 이제 돈도 잘 벌어."

"거기가 어딘데?"

"에이, 어디서 정보만 빼내시려고요."

보라가 씩 웃으며 말했다.

"맛없기만 해봐."

그때 보라의 옆 창문을 누가 똑똑 두드렸다. 대리기사가 도착해서 밖에 서 있었다. 시연이 대리기사에게 차 열쇠를 건넸다. 아무것도 달려 있지 않은 열쇠였다.

"저번에 그 하늘 그림 열쇠고리 안 달았네?"

"어……. 잃어버렸는데 그냥 안 찾으려고."

시연의 눈빛이 왠지 쓸쓸해 보였다. 대리기사가 차에 시동을 걸고 출발했다. 미세한 진동이 전해져왔다.

보라는 나나 이전에 3개월 동안 안개꽃 빌라에 살았던 수경이 미대생이라는 게 뇌리에 스쳤다. 작가가 누구인지도 알 수 없는 초현실주의 그림. SKY, 수경 윤, 윤수경의 이니셜. 열쇠고리 그림 속 오른쪽 아래에 적혀 있던 SKY가 작가의 서명이라고 하면 말이 되었다. 그러고 보니 시연이 전시회 사진을 SNS에 올린 일자가 올해 1월 말인데 수경도 그즈음 졸업했으니, 용신여대 졸업전시회에서 찍은 사진 같았다. 공교롭게도 수경은 시연이 이사 나가기 일주일 전, 해외 유학을 가게 되었다며 안개꽃 빌라에서 나갔다. 시연이 수경과 비밀 커플이었다면 보라가 단체 메신저 방에 열쇠고리 사진을 올린 거나 카드를 준 게 아우팅을 하겠다는 협박처럼 느껴졌을 수도 있다. 머릿속의 퍼즐이 빠르게 맞춰졌다. 시연이 자기에게 단지 껄끄러움이 아니라 공포감을 느꼈던 게 이해되었다.

시연은 수경과 헤어진 걸까? 열쇠고리를 찾지 않겠다는 시연의 결연한 목소리는 그렇게 짐작하게 했다.

보라는 천천히 숨을 들이마시고 내뱉었다. 슬그머니 피어나는 기대를 누르고 지금은 시연의 옆자리에(비록 중간에 공간을 두긴 했지만) 앉을 수 있는 사이가 된 것에 만족하기로 했다. 안개꽃 빌라로 향하는 길, 시연의 휴대폰과 블루투스가 연결된 차량 오디오에서 보사노바 음악이 흘러나왔다.

○ ○ ○

소미는 보라가 시연과 오해를 풀었다는 말을 듣고 제 일처럼 좋아했다. 소미는 보라가 쓴 카드 내용이 궁금한 듯했지만, 묻지는 않았다. 보라도 아무리 소미에게 신세를 지긴 했어도 그 얘기까지 할 순 없었다. 다행히 소미가 눈치가 없는 건지 성소수자에 대한 사회적 편견이 지켜주는진 몰라도, 소미는 우정을 회복하는 데에 자기가 일조했다고 뿌듯해했다. 소미는 자기 고등학교 친구 무리 중에도 절연했다가 나중에 오해가 풀리고 더 사이가 좋아진 친구들이 있다고 묻지도 않은 얘기를 줄줄이 했다. 보라는 들으면서 미소를 참았다. 소미가 정확하게 추리해낼 때는 소름이 돋을 정도였는데 지금의 소미는 먹을 거 좋아하고 덩치 큰 곰 같은 언니로 돌아왔다. 보라는 어느 쪽의 소미이든 좋았다.

그간 편집해놓았던 영상은 올렸지만, 랍스터 먹방 이후 오랜만에 유튜브 라이브 하는 날이다. 메뉴는 노점상에서 산 떡볶이와 화이트 와인. 보라는 음식이 카메라에 잘 잡히도록 얼굴 높이에 음식을 세팅하고 조명을 켰다. 방문 바깥쪽에 'On Air' 사인도 켜놨다.

"안녕하세요, 츄라잉들. 맛보라랜드 보라입니다!"

보라의 밝은 인사로 방송이 시작되었다.

"오늘은 떡볶이를 먹어보려고요. 짠! 화이트 와인도 같이 준비했어요. 떡볶이랑 와인이어서, 의외라고 생각하시는 분도 계실 것 같은데 요게 은근히 궁합이 좋거든요."

보라는 친구들과 대화하듯이 시청자들과 대화하고 맛을 설명했다. 방송 시간이 20분을 넘어가자 시청자 수가 많아지면서 '평소에는 매운 걸 많이 먹어서 봤는데, 오늘은 별로 맵지도 않은 걸 먹네.', '다른 유튜버에 비해서 먹는 양이 너무 적은데 왜 인기 있는지 모르겠음.', '떡볶이랑 어울리지도 않게 무슨 와인이냐. 초심 잃었네.' 같은 불만 댓글이 올라왔다.

"다음에는 좀 더 매운 음식, 빡센 걸로 먹어볼게요. 오늘은 이렇게 좀 쉬어가듯이 편안하게 한 번 가보려고요. 봐주시는 모든 분 감사합니다!"

보라가 유연하게 대처하자 공격한 네티즌들을 비판하는 채팅이 와르르 올라왔다. 이런 분위기의 라이브도 괜찮다며 보라를 지지하는 의견도 많았다. 맛보라랜드의 구독자 애칭인 '츄라잉' 중 진성 팬 군단은 웬만한 매니저 부럽지 않았다.

"떡볶이랑 와인 조합은 친구가 알려줘서 좋아하게 되었어요. 지금도 그 친구랑 같이 먹었던 떡볶이에 와인이 최고인 거 같아요. 음식은 누구랑 먹는 지도 중요하잖아요."

라이브 방송 시청자들이 떡볶이에 얽힌 자기 추억을 채팅으로 얘기했다.

"많은 분이 공감하시네요. 누구랑 먹었는지에 따라 그 음식에 대한 인상도 달라진다고."

보라가 빠르게 올라가는 실시간 채팅들을 읽었다.

"초등학교 때 친구랑 같이 가던 떡볶이집을 지금은 딸내미랑 같이 간다는 분도 있고, 애인이랑 떡볶이집에서 헤어졌는데 거기는 아직도 못 간다는 분도 있고, 쌀떡이 좋냐 밀떡이 좋으냐로 선배랑 싸우다가 그 선배가 남편이 되었다는 분도 계시네요."

보라가 웃었다.

나랑 먹었던 떡볶이를 계속 기억해주는 사람이 있다는 것도 기분 좋은 일이에요.

보라는 빠르게 올라가는 채팅들 속에서 한 채팅을 읽고 미소 지었다. 시연의 닉네임이었다.

“오늘 방송이 여러분에게 떡볶이에 대한 좋은 기억으로 남기를 바랄게요. 떡볶이에 대한 안 좋은 기억을 제가 없애 드릴 순 없지만, 아주 조금이라도 그 기억이 희석되었으면 좋겠어요. 츄라잉들, 오늘도 저랑 같이 먹어줘서 고마워요!”

시그니처 클로징 멘트를 끝으로 보라의 방송이 종료되었다.

육소미

훈제연어
주의보

유정이 자기 주변 사람들은 다 무서운 걸 못 본다며, 소미에게 같이 공포영화를 보러 가지 않겠냐고 물어왔다. 소미와 유정은 소미가 일 끝나는 시간에 맞춰 영화관에 갔다. 유정은 무서운 장면이 나올 때마다 옆에 있는 소미의 팔을 꽉 붙잡으며 고개를 돌린 채 소리만 들었다. 소미는 그렇게 무서워하면서도 이 영화를 보러오자고 한 유정이 신기했다.

유정이 흡사 롤러코스터 타듯 현실감 넘치게 영화를 보면서 팝콘에 손도 못 대는 동안 소미는 쉬지 않고 팝콘을 씹었다. 사실 소미는 공포영화를 선호하지는 않아서 영화 자체보다도 오랜만의 영화관 나들이에 설렜다. 엘리베이터 문이 열렸을 때부터 사정없이 후각 수용체를 자극하는 달달하고 고소한 캐러멜 팝콘 냄새도 좋았고, 온종일 서서 일하느라 피곤했는데 푹신한 의자에 편안히 앉아서 여가를 즐길 수 있는 점도 좋았다.

엔딩 크레딧이 오르자 유정은 비로소 소미에게 꼈던 팔짱을 풀었다.

"이 감독 천재가 봐. 진짜 재밌지 않았어?"

유정이 영화관에서 걸어 나오며 말했다. 영화의 3분의 1은 안 본 것 같은데 어디서 그런 걸 느꼈을까? 하지만 소미는 속마음대로 말하진 않고 맞장구쳤다.

밖은 어둑어둑했다. 유정은 버스를 타고 집으로 가는 길에 휴대폰으로 영화 해석을 찾아보고 소미에게도 말해줬다. 아까 눈을 감고 본 부분과 이스터 에그, 비하인드 스토리 같은 것들을 그런 식으로 보충하는 것 같았다.

유정에게 영화 해석을 듣고 나니 좀 전 유정의 말대로 감독이 천재 같았다. 오히려 영화 본편보다 유정이 들려주는 얘기가 더 흥미로웠다. "또 다른 건 없어?" 하고 물으면 유정은 "잠시만, 어! 있다." 하고 정보의 바다에서 낚아 올린 얘기들을 전해줬다.

"공포영화 보고 와서 그런가, 좀 으스스하다."

유정이 안개꽃 빌라 앞 어둑한 골목길을 걸으며 말했다. 소미도 왠지 그렇게 느끼며 안개꽃 빌라로 들어섰다. 계단의 센서 등이 칠흑 같은 어둠 속 한 칸을 밝혔다.

소미가 현관문을 열고 집 안으로 들어서자 텅 빈 거실에는 TV 소리가 흘러나오고 있었다. 화면에는 어두침침한 돼지농장 안, 좁은 스툴에 갇힌 돼지가 수십 마리 있었다. 나오고 싶다는 듯 돼지들이 핑크빛 주둥이를 쇠 스툴 사이 공간으로 내밀었다. 화면이 전환되고 돼지 울음소리가 멈추자 구토하는 소리가 들렸다. 이번엔 소리의 진원지가 TV가 아니었다.

"웩, 우에엑."

소미는 소리를 쫓아, 왔던 방향을 역행해 현관 오른쪽에 있는 화장실로 갔다. 들어올 땐 미처 보지 못했는데, 화장실 문이 조금 열려 있었다. 구토 소리에 이어 첨벙거리는 물소리가 들렸다. 소미는 조심스레 화장실 문을 밀었다. 화장실 문 가까이 서 있는 보라의 뒷모습이 보였다. 소미는 보라를 지나쳐 안으로 들어갔다. 나나가 변기를 붙잡고 토하고, 한솔이 나나의 등을 두드려주고 있었다. 시큼한 토사물 냄새에 소미는 콧등을 찡그렸다. 보라는 헛구역질이 올라오는지 입을 막더니 화장실 밖으로 뛰쳐나갔다. 덩달아 비위가 상한 것 같았다.

똑똑 노크 소리에 이어 유정의 목소리가 들렸다.

"무슨 일이야? 어디 아파?"

"저 괜찮아요. 다들 나가주세요."

나나가 쉰 목소리로 말했다. 화장실에 남아 있던 한솔과 소미가 밖으로 나가고 화장실에는 나나 혼자 남았다. 나나가 얼마 안 있어 화장실에서 나오고, 한솔이 들어가서 쉬고 있으라며 나나를 방으로 들여보냈다. 이게 무슨 아수라장인지 소미는 가늠이 되지 않았다. TV 화면은 푸른 하늘을 담고 있었다. 조금 전 컴컴한 돼지농장을 비추던 게 믿기지 않을 만큼 평화로운 풍경이다. 소미는 리모컨을 찾아 TV를 껐다. 소파 위에 놓인 한솔의 휴대폰에는 영상이 여전히 재생되고 있어서 소미가 일시 정지를 눌렀다.

소미, 유정, 한솔, 보라 네 사람이 거실 소파에 둘러앉았다.

"나나 몸이 안 좋아요? 아니면 과음했대요?"

유정의 물음에 한솔이 고개를 저었다.

"아픈 건 아닌 것 같아. 같이 TV 보다가 갑자기 화장실로 뛰어 들어갔어."

한솔이 혼란스러운 얼굴로 흘러내린 머리칼을 쓸어 올렸다. 정적이 감돌았다. 무거운 정적을 이기지 못하고 보라가 말을 꺼냈다.

"애가 그 영상 보고 충격받은 거 아냐?"

"전체 관람가야. 잔인한 장면도 거의 없어. 나나랑 내가 본 건 그런 부분도 아니었고."

한솔이 말했다.

그럼 왜 나나는 다큐멘터리를 보다가 화장실로 뛰어 들어가서 구역질했을까?

"내가 휴대폰으로 보고 있으니까 나나가 뭐 보냐고 궁금해해서 TV에 연결해서 같이 본 거야. 토할 줄은 정말 몰랐어……."

"언니도 많이 놀랐겠어요."

소미는 놀랐을 모두를 추스르고 싶었다. 한솔이 한숨을 길게 내쉬었다. 유정도 놀랐는지 가슴에 양손을 모아 얹고 있었다.

"동물보호 다큐멘터리 보는 건 언니 자윤데, 꼭 거실에서 봐야 해? 다른 사람이 어쩌다 볼 수도 있잖아."

보라가 조심스레 말을 꺼냈다.

"저게 다른 사람들이 봤을 때 문제가 될 만한 내용이라고 생각 안 했어. TV 볼 때는 거실에 나나랑 나밖에 없었고."

한솔의 목소리는 변함없이 침착했다.

"다들 어떻게 생각해?"

보라가 물었다.

"저도 충격받은 것까진 아니지만, 거실에 아무도 없고 TV에 그런 영상이 나와서 좀 놀랐어요."

소미가 말했다.

"너희 다 일일이 다른 사람 허락 맡고 뭐 볼지 정한 적 없잖아. 내가 보기엔 훨씬 더 잔인하고 선정적이고 시끄러운 것도 너네 많이 보던데?"

한솔이 금속테 안경을 추켜올렸다. 소미는 뜨끔했다. 한솔이 야근하는 날, 네 사람은 19금 딱지가 붙은 문제작이자 화제작인 영화를 거실에 모여서 본 적 있었다. 유혈이 낭자한 장면도 있었고, 살색이 화면 가득 차는 베드 신, 귓전을 때리게 시끄러운 액션 신도 있었다. 그때 마침 집에 들어온 한솔은 TV 화면을 힐긋 보더니 말없이 자기 방에 들어갔다.

"그땐 저희가 과했던 거 같아요. 근데 언니가 별말 없어서 불편해하는지 몰랐어요."

유정이 말했다.

"지금부터 규칙을 만들면 되지 않을까요? 제 생각엔 잔인하거나 다른 사람이 충격받을 수 있는 영상은 거실에서 보는 걸 자제하는 게 좋을 것 같아요. 꼭 보고 싶으면 허락을 먼저 구하면 되고요. 나머지 네 사람 전부한테."

소미는 양손을 비비며 짐짓 활기차게 말했다. 한솔은 묵묵부답이다. 공기 중에는 한 시간여 전 보라가 배달시켜 먹은 삼겹살 냄새가 아직 떠돌아다녔다. 소미는 돼지들이 옴짝달싹도 못 한 채 갇혀 있는 돼지농장과 나나가 토하는 모습을 방금 봤는데도 그 냄새를 맡자 배고프단 생각부터 드는 자신이 어이없었다.

"맹세코 너네한테 죄책감을 심어주려고 그 다큐멘터리 튼 거 아니야. 그건 나나한테도 마찬가지고. 그래도 너희가 불편해할 수 있으니까 앞으로 채식 관련 영상은 개인적인 공간에서만 볼게. 앞으론 너네도 거실에서 TV 볼 때 신경 써줬으면 좋겠네."

한솔이 더할 말 있냐는 듯 세 사람을 봤다.

"나나한테는 내가 전달할게."

한솔이 소파에서 일어났고 소동은 일단락되었다. 다큐멘터리에 잔인한 장면은 거의 없다고 말했던 한솔도 불편했을 수 있다는 점은 인정했다.

소미는 한동안 잔인함과 불편함의 차이에 대해서 생각했다.

○ ○ ○

다음날, 소미가 화장실에서 양치하고 있는데 누가 노크했다. 소미가 문을 열어주자 나나가 들어왔다. 바쁜 아침 시간에는 자연스레 화장실을 같이 쓰곤 했다.

"언니, 저 오늘 1일이에요."

나나가 칫솔에 치약을 짜며 경쾌하게 말했다.

"뭐? 누구랑!"

어디에 있었는지 보라가 용케 듣고 달려왔다.

"그래, 잘 생각했어. 잠수 탄 놈은 싹 잊고 좋은 사람 만나."

"하, 유정 언니……. 내가 비밀이라고 했는데."

소미는 그제야 말실수했음을 깨달았다. 한동안 나나는 식음을 전폐하고 공허한 얼굴을 한 채 TV를 보다가도, 빨래를 널다가도 툭툭 눈물을 떨구곤 했다. 워낙 힘없이 비실대서 다들 무슨 큰일이 있구나, 짐작했다. 유정이 나서서 조심스레 물어보니 나나는 남자친구가 전화도 안 받고, 카톡도 안 읽는다고 털어놨다고 했다.

"네 얼굴에 다 쓰여 있었거든? 나 실.연.당.했.음.이라고."

보라가 검지를 스타카토로 움직이며 말했다.

"하여튼 제가 말하는 1일은 그런 게 아니라요. 저 채식 시작 1일째라고요. 바로 비건부터 하면 좋겠지만, 일단 고기부터 끊으려고요."

보라의 큰 눈이 더 커졌다.

"돼지고기, 소고기, 닭고기, 치킨, 탕수육, 보쌈 다?"

'근데 치킨이 닭고기고, 탕수육과 보쌈이 돼지고기에 포함되는 거 아닌가?'

소미는 속으로 생각했다.

"네. 어류, 해산물도요. 이제 락토 오보 채식할 거예요."

"락토…… 뭐?"

소미가 흰 치약 거품을 문 채 되물었다.

"채식 중에서 고기는 안 먹는데, 유제품이랑 난류는 먹는 걸 락토 오보라고 그래. 비건에서 우유까지 허용하는 게 락토, 락토에서 계란까지 허용하는 게 락토 오보야."

한솔이 부엌에서 점심 도시락을 에코백에 챙겨 나오며 대신 대답했다. 한솔에게는 나나가 이미 말해줬는지 한솔은 놀란 기색이 없었다.

한솔이 출근하고 소미, 보라, 유정은 놀란 심경을 토로했다.

"아무리 그 영상이 충격적이어도 그렇지, 어떻게 바로 채식주의자가 되지?"

"나이가 어려서 감수성이 우리보다 예민해서 그런가."

"나나 동물 좋아하잖아. 동물 좋아하는 사람들이 채식도 많이 하고 그러던데."

내심 소미는 나나의 결심이 얼마나 오래갈까 싶었다. 그러나 소미는 나나가 일주일 넘도록 고기는 물론 육수가 들어간 냉면, 조개가 들어간 된장찌개조차 안 먹는 걸 보고 인정해야 했다. 나나와 한솔은 거의 매일 둘이 저녁을 해 먹었다. 채식주의자는 샐러드 같은 생채소를 주로 먹을 줄 알았는데, 쌈밥, 봄나물 파스타, 들깨두부탕, 채소를 구워서 따뜻하게 먹는 웜 샐러드 같은 다양한 채식 요리를 먹었다. 유정은 다이어트 때문에 일반식을 잘 먹지 않았고, 보라는 밤낮이 뒤바뀐 생활 패턴과 많은 밥 약속 때문에 소미와 식사 시간이 맞지 않았다. 남은 도시락 가게 반찬들을 종종 받아와서 소미 혼자 먹는 날이 이어졌다.

비가 추적추적 내리는 저녁, 엄마가 거제에서 택배로 보낸 갈비찜이 도착했다. 소미는 '육소미' 스티커가 붙은 냉장고 안 자기 바구니에 음식을 넣었다. 택배 상자는 재활용품 모아두는 곳에 그냥 버리려다가, 개인정보가 유출되면 안 된다는 유정의 말이 생각나서 상자 위에 붙은 주소지 스티커를 뗐다.

엄마에게 전화가 왔다. 소미는 음식을 잘 받았냐고 묻는 엄마에게 대답하며 밀폐 용기를 열었다. 살얼음이 언 갈비에서 차고 달큰한 냄새가 났다. 엄마는 국수 가게 영업 시작 전에 휘몰아치듯 갈비찜을 만들었다고 했다. 성능 좋은 대용량 믹

서기에 큼직하게 썬 배, 마늘과 생강을 한꺼번에 가는 모습이 저절로 그려졌다.

- 공부는 잘돼가나? 우리 딸. 언니야, 동생들이랑도 잘 지내고?
- 네, 그럭저럭. 사람들이랑 잘 지내요.
- 애들이랑 나눠 먹으라꼬 엄마가 많이 보냈으니까 같이 먹어라.
- 다들 좋아하겠다. 잘 먹을게요.

냉장고에서 음식이 없어졌다는 소리나 갈비찜을 먹자고 해도 먹을 사람이 없을 것 같다는 말은 하지 않는 게 나았다. 소미는 습진에 걸린 손을 긁적였다.

- 이제 손님 오셨다, 미야. 공부 잘하고 있어라.

엄마가 서둘러 전화를 끊었다. 소미는 혹시나 해, 단체 메신저 방에 엄마가 갈비찜 보내줬는데 같이 저녁 먹을 사람 있냐고 물었다.

언니, 저는 채식 중이라서요. ㅠㅠ 그리고 오늘 연습하고 늦게 갈 것 같아요.

어머니가 보내주신 갈비찜 맛있겠다~ㅠㅠ 근데 난 내일 시험이라 간단하게 사 먹고 도서관에서 공부 좀 하다 가려고.

어쩐지 요즘 술 마시자는 애들이 없더니 중간고사 기간이었구나? 난 약속 있어서 저녁 먹고 들어갈게. 맛있게 드셔~

한솔은 근무 중에는 메신저 확인이 느린데 오늘도 그랬다. 소미는 갈비찜 말고 같이 먹을 수 있을 만한 게 없을지 냉장고를 살폈다. 요리를 일로 하고 나서는 집에서는 요리를 잘 하지 않게 되기도 하고, 거의 혼자 먹다 보니 오래된 채소가 그대로 남아 있었다. 다행히 상하거나 짓무르지는 않았다. 냉장고에 있는 채소를 쓸 수 있고 고기는 안 들어가는 요리가 뭐 있을까 궁리했다. 한 가지 떠오르는 음식이 있었다.

단체 메신저 방에 수제비 좋아하냐고 물었더니, 나나는 '좋아해요!'라고 당장 답이 왔고, 보라는 작년에 한솔과 동네 식당에서 수제비를 먹은 적이 있는데 한솔도 좋아했다고 말해줬다. 수제비면 페스코 베지테리언인 한솔도 잘 먹을 수 있을 것 같았다.

부엌 창문으로 비 냄새 섞인 찬 공기가 들어왔다. 소미는 앞치마를 입고 밀가루 반죽을 했다. 찬장에 있던 조미료를 넣어 국물을 내고 감자와 애호박, 당근, 양파 등 채소를 넣어 뭉근히 끓였다. 수제비 반죽을 조금씩 뜯어 얇게 펴서 끓는 국물에 넣었다. 보글보글 끓자 수제비 반죽이 치마폭처럼 후들후들 움직였다. 달걀을 풀어 냄비에 붓고 익을 때까지 잠시 기다렸다. 구수하고 포근한 국물 냄새가 났다. 시장하지만 않다면 국물이 다 졸아들 때까지 불가에서 마냥 이 냄새를 맡고 싶었다. 시골집 가마솥 앞에서 한가로이 기다리듯이. 소미는 수제비가 익었는지 국물과 함께 맛을 봤다. 엄마가 해주던 그 맛이 났다. 소미는 엄마가 보내준 갈비찜을 냄비에 넣고 데웠다. 고기가 노글노글해지고 무와 당근에 윤기가 흘렀다. 뒷정리도 말끔하게 하고, 한솔이 전에 지적한 적이 있어서 환기도 계속했다. 수제비가 붇기 전에 빨리 한솔이 와야 할 텐데. 소미는 벽시계를 확인했다. 한솔이 퇴근할 시간이 한참 지나 있었다.

계단을 올라오는 발소리가 들리자 소미는 식탁 의자에서 벌떡 일어났다. 다른 사람들은 늦는다고 했으니 한솔일 것 같았다.

"언니 왔어요?"

한솔이 우산을 우산꽂이에 꽂았다.

"오늘 많이 바빴나 봐요? 수제비 같이 먹으면 좋을 것 같아서 만들었는데. 아직 저녁 안 먹었죠?"

"으응. 근데 나 오늘은 비건식 하려고 시장에서 나물거리도 이미 사 왔는데."

한솔의 손에 들린 에코백이 두툼했다.

"아, 수제비도 못 먹어요?"

"계란도 아마 유기농 아닐 거고……."

한솔이 코를 씰룩거렸다.

"멸치 냄새나는데, 국물은 혹시 뭐로 냈어?"

소미는 마트 판매대에 진열된 유기농 자연 방사 계란, 무항생제 계란, 일반 계란 중에 가장 싼 계란을 숙고 없이 골랐던 게 떠올랐다. 왠지 주눅 들어서 말했다.

"계란은 유기농은 아니고요. 국물에는 찬장에 있는 조미료, 그거 넣었는데."

"아, 그거……. 거기 아마 멸치랑 새우 이런 거 들었을 거야."

한솔이 들릴 듯 말 듯 희미하게 한숨을 내쉬었다.

"난 오늘 못 먹을 것 같아. 남은 건 보관해놨다가 나중에 먹으면 되지 않을까?"

한솔은 소미가 요리한 정성보다, 혹시 음식이 남아 버리게 되는 걸 더 신경 쓰는 것 같았다.

"네. 뒀다가 애들 주거나 제가 다 먹을게요."

소미는 짐짓 호탕하게 말했다.

"만드느라 고생했겠다. 근데 나나도 그런 거 들어가면 아마 못 먹을 거야. 그리고……"

한솔이 뒷말을 망설였다.

"앞으로는 내 것까지 미리 준비 안 해도 돼."

한솔이 조금 얇은 입술을 좌우로 길게 늘이며 미소 지었다. 한솔의 말이 '앞으로는 나랑 친해지려고 노력할 필요 없어.'라는 뜻으로 들렸다. 소미는 갑자기 오늘 하루치 피로가 모두 몰려오며 목덜미와 손가락이 뻣뻣해졌다.

한솔은 부엌에서 냉이 나물과 겉절이를 준비했다. 매콤하고 기름기 있는 묵직한 냄새와 흙내음을 머금은 풀 향기가 부엌에서 뒤섞이지 못하고 팽팽하게 자기 영역을 형성했다. 소미는 한솔이 한 편에서 요리하는 동안 찬장으로 가서 조미료 뒷면을 확인했다. 멸치 분말과 멸치 농축액 등이 들어 있었다.

식탁 위에 놓인 갈비찜에서 가는 김이 올라왔다. 소미는 마음속으로 '잘 먹겠습니다!'를 외치고 젓가락을 들었다. 쌀밥 위에 갈비찜을 얹어 한 숟갈 뜨고, 손으로 뼈를 뜯었다. 뼈와 살이 쏙 분리되었다. 구석구석 칼집이 나 있어서 고기가 야들야들했다. 엄마는 분명 오래된 나무 도마 위에서 분주하고 꼼꼼하게 칼집을 냈을 것이다. 고춧가루가 안 들어가서 붉은색은 안 나지만, 마른 고추를 넣어 은근히 국물이 칼칼했다.

"동물성 기름은 수세미로 바로 닦지 말고, 뜨거운 물로 헹

군 다음에 세제 칠하면 잘 지워질 거야."

한솔은 요리를 다 마친 후 식탁 위에 있는 갈비찜 그릇을 보며 말했다. 갈비찜은 말린 대추나 밤처럼 깊은 암갈색이었다. 한솔의 눈에는 끈끈한 기름기가 남은 그릇이 먼저 보이는 거 같았지만. 한솔은 냉이 나물과 현미밥, 겉절이를 쟁반에 올려 자기 방으로 가지고 들어갔다. 수제비를 담은 냄비의 열기가 점차 식었다.

소미는 나나에게 한솔이 계란도 유기농 계란만 먹고, 멸칫국물도 안 먹느냐고 메시지로 물었다. 나나가 한솔은 페스코 베지테리언이기는 하지만 비건 지향이라고 했다. 그게 무슨 말이냐고 하니 한솔은 회식이라든지 피하기 힘든 상황일 경우 어패류를 먹을 때도 있지만, 되도록 동물성 식품을 전혀 먹지 않으려고 노력한다고 했다. 한솔과 같이 채식하는 나나는 알고 있었지만, 소미는 한솔의 식단이 때에 따라 유동적이라는 걸 몰랐다. 나름대로 한솔과 나나를 배려한다고 수제비를 만들었는데, 정작 한솔과 나나는 먹을 수도 없었다. 소미는 갈비찜과 같이 수제비를 먹기 시작했다. 배가 터질 것 같은데도 마지막 숟갈까지 입 안에 수제비를 밀어 넣었다.

갈비찜을 택배로 받은 지 이틀 뒤, 저녁 시간이 가까워지자 유난히 배가 고팠고 집에 가서 엄마표 갈비찜을 먹을 기대로 설렜다. 아는 맛이 무섭다고 그저께 먹은 갈비찜의 맛이 생생하게 그려졌다. 그런데 집에 와서 냉장고 문을 여니 갈비찜 통이 있어야 할 곳이 텅 비어있었다. 배가 꼬르륵거리며 화가 치솟았다. 소미는 급하게 냉장고를 뒤졌다. 냉장고 안에 음식이 거의 없어서 오래 찾을 필요도 없었다. 분명히 어제저녁에 냉장고에서 본 기억이 있는데 하루 만에 없어졌다. 세 번째 음식 도난 사건이었다.

소미는 '다른 사람의 음식에 절대 손대지 마시오!!!'라고 쓰인 포스트잇을 쳐다봤다. 무실한 경고문이었다. 어릴 때 냉장고에 숨겨놓은 간식을 남동생이 몰래 훔쳐 먹은 적은 있어도 이 정도 규모로 음식이 사라진 적은 없었다. 3월 중순에 보라의 닭강정이 없어지고 일주일쯤 뒤에 나나의 도미가 없어졌다. 그리고 다시 한 달 만에 소미의 갈비찜이 없어졌다. 시연의 협박범 사건이 오해로 드러나고, 한 달 동안 절도가 일어나지 않아서 방심하고 있었던 게 사실이었다. 바깥에서 침입한 흔적이 없고 돈 되는 물건을 그대로 두고 음식만 없어진 걸 봐도 도둑이 든 것 같진 않았다.

소미는 식탁에 앉아 하우스 메이트들이 오기를 기다렸다.

집 앞에서 만났다며 나나와 유정이 같이 들어왔다.

"또 없어졌어요?"

소미의 얘기를 듣고 나나는 메고 있던 바이올린 케이스를 바닥에 쿵 소리 나게 내려놓고 소미에게로 왔다. 유정이 자기도 찾아보겠다며 냉장고 곳곳을 뒤졌다. 소미는 이미 몇 번 찾아본 후이지만 유정의 옆에서 같이 찾았다.

"어머니가 정성껏 해주신 건데 없어져서 속상하겠다……."

유정은 말하고 나서 손에서 나는 냉장고 냄새를 킁킁 맡았다.

"그래서 저는 요즘에 냉장고에 음식 잘 안 두고 바로 먹어버리거나 그래요. 앱 보니까 중고 냉장고 싸게 많이 나와서 요즘 그거 알아보고 있는데, 언니들도 한번 볼래요?"

미니 냉장고는 소미보다 유정이 더 관심을 보였다. 유정은 민트색 미니 냉장고를 보고 예쁘다며 저거 찜해놔야겠다고 했는데, 말은 저렇게 해도 저 냉장고를 사지 않을 확률이 거의 99%였다. 나나는 반짝반짝 빛나는 바이올린 케이스와 빵이 담긴 봉지를 들고 방으로 들어갔다. 유정은 늘 먹는 단백질 셰이크를 한 잔 타서 방으로 들어갔다.

1시간 뒤 보라가 들어왔다. 보라는 식당에 가서 유튜브에 올릴 먹방을 촬영하고 왔다고 했다.

"난 못 봤어. 요즘에 냉장고 잘 안 써서. 언니도 진짜 화났겠다. 나도 저번에 그랬는데."

보라가 음식물 쓰레기통과 개수대를 확인했는데, 갈비찜의 흔적도 보이지 않았다. 소미가 이미 확인한 곳이었다.

한솔은 저녁 8시가 넘어서 들어왔다. 요가학원에 갔다 왔다고 했다.

“정확하게 본 건 아니지만 오늘 아침엔 없었던 것 같아. 냉장고에서 내 도시락 꺼내면서 봤을 때.”

오늘 아침에 이미 없었다면 밤중에 처리했다는 얘기다. 낮 동안은 냉장고를 쓰는 사람도 많고 보는 눈도 많으니 밤중에 훔쳤을 가능성이 컸다. 지난 도난도 모두 밤중에 발생했다.

“저녁은 먹었어?”

한솔이 물었다. 소미는 집에 도착했을 때는 배가 무척 고팠는데, 음식이 없어진 걸 알고 나서는 짜증이 배고픔을 이겼다. 그 이후에는 음식 도둑에 대해서 생각하느라 정작 저녁 식사는 놓치고 있었다.

“아직 못 먹었어요. 입맛이 없네요.”

한솔의 왼쪽 입꼬리가 희미하게 올라갔다. 소미는 의아한 표정으로 한솔을 바라봤다. 한솔이 금세 표정을 지웠다. 한솔의 무표정은 하관이 빨고 입술이 얇아서인지 조금 강퍅하지만 세련된 인상을 주었다.

“네가 입맛 없다고 한 거 처음이어서. 지금이라도 챙겨 먹어.”

유심히 보니 의외로 안경테 속 눈매가 소 눈같이 순하고 부드러웠는데, 상반되게도 눈빛은 서늘했다. 별을 박은 것처럼 그렁그렁하고 반짝이는 눈이 아니라 호수처럼 찬찬한 눈이었다. 깨어있는 사람 특유의 맑고 또렷하지만 깊이 들여다보고 있으면 왠지 선득해지는 눈빛이었다.

소미는 고등학교 친구들에게 셰어하우스 냉장고에서 음식이 없어진다고 털어놨다. 고시원에 사는 공시생 친구, 회사에 있는 냉장고를 이용하는 회사원 친구는 각각 고시원과 회사 냉장고에서 음식을 분실한 경험이 있다고 했다. 안개꽃 빌라의 경우처럼 많은 양의 음식이 없어진 건 아니지만 찝찝하고 기분 나빴다고 했다. 둘 다 도둑을 잡지 못하고 사건은 미궁 속에 남은 것도 공통점이다.

미제사건으로 남은 여러 가지 이유가 있겠지만, 가장 큰 이유는 음식 도난이 가벼운 범죄로 여겨져서 공식적으로든 비공식적으로든 수사가 진행되지 않기 때문이리라. 범행을 저지를 동기가 중요한 것처럼 수사할 동기 역시 중요했다. 동기가 없다면 범죄든 수사든 시작되지 않는다. 소미는 도둑을 밝혀내 다시 안개꽃 빌라를 안전하고 평화롭게 하고 싶었다. 이 일을 잘 매듭지어야 왠지 인생의 다음 발자국을 뗄 수 있을 것 같았다. 내가 아니라면 누구도 적극적으로 나서지 않을 일이라고 생각하니, 더더욱 나서야 할 이유가 생겼다.

소미는 메모지를 가져와서 '동기'라고 썼다. 음식 도난의 동기가 뭘까?

'식탐'. 식탐 때문이라면 도미 12마리나 갈비찜 5~6인분이 다 없어지는 게 아니라 일부만 없어지지 않았을까? 닭강정은

2~3인분 정도니 많이 먹는 사람이라면 한번에 다 먹는 것도 가능하지만 도미와 갈비찜은 그럴 수 있는 양이 아니다. 그리고 돈이 없어서 음식을 못 사 먹을 만큼 궁핍해 보이는 사람도 없다. 유정은 교사인 부모님에게 용돈을 넉넉하게 받고 있어서 브랜드 옷도 거리낌 없이 사 입는다. 나나는 아르바이트를 계속하는 데다 최근에는 나나 엄마가 안개꽃 빌라에 찾아오면서 화해하고, 용돈도 다시 받는다고 했다. 한솔은 검소한 편이긴 하지만 돈을 쓸데는 쓰는 스타일이었고, 보라는 먹을 거엔 돈을 아낌없이 썼다. 소미는 식탐이라는 글자에 엑스 표시를 했다.

'원한'. 누가 음식을 훔쳤는지 하우스 메이트들과 얘기할 때, 앙갚음이 아니냐는 결론으로 자주 흐르곤 했다. 다른 하우스 메이트의 원한을 산 일이 있나? 자기도 모르게 다른 사람에게 피해줬을 가능성을 생각해봤다. 같이 살다 보면 의도치 않아도 누군가를 불편하게 만들기 쉬우니, 사소한 것들이 이것저것 걸리긴 했다. 거기엔 하우스 메이트 누구도 자유롭지 않았다. 냉장고 속 음식만큼 훔치기 쉬운 것도 없으니 복수가 목적이라면 상대적으로 적은 노력으로 큰 효과를 볼 수 있었다. 게다가 음식이 없어진다고 경찰에 신고할 일은 잘 없다. 그럼 범인은 보라, 나나, 소미에게 원한을 가진 사람인가? 그러나 유정이나 한솔이 이 세 사람 모두에게 원한이 있다고 추측할 근거가 부족했다.

'분위기 조성'. 음식을 훔침으로써 자기에게 유리한 분위기를 만들려고 하는 거라면? 음식이 계속 없어지면서 안개꽃 빌라의 분위기는 점점 삭막하게 변해가고 있었다. 하우스 메이트들을 단절시키고 불화하게 만드는 게 목적이라면 범인은 목적을 달성했다. 그 외에도 범인이 원하는 분위기가 있을지 모른다.

'재미'. 학교 다닐 때 물건을 훔치는 스릴 때문에 반 아이들의 펜, 체육복 같은 자잘한 물건들을 훔치는 애들이 있었다. 한마디로 손버릇이 나쁜 애들. 그러나 재미 자체가 동기라면 음식만 훔치는 이유가 성립하지 않았다. 부엌에 있는 개인 컵이나 신발장에 있는 신발, 베란다에 널어두는 옷들을 훔치는 게 훔친 후 버리거나 숨겨두기 훨씬 쉬웠다. 음식은 썩을 수 있고 냄새도 나기 때문에 훔친 후 처리하기 훨씬 까다롭다.

다시 생각하니 이 점은 원한, 분위기 조성에도 해당하는 허점이었다. 처리하기 불편함을 감수하면서까지 계속 음식만 훔치는 이유가 무엇일까? 보라의 닭강정, 나나의 도미, 소미의 갈비찜. 없어진 음식들은 육류거나 해산물이며 택배로 받은 음식이라는 공통점이 있었다. 채식하는 한솔이나 다이어트 식품 위주로 먹는 유정이 음식을 도난당하지 않은 이유이기도 했다.

소미는 갈비찜의 도난을 발견한 다음 날 저녁, 하우스 메이트들을 모두 거실로 불러 모았다. 다섯이 다 모인 건 오랜만이었다.

"잃어버린 금액이 적다고 덮어도 될 문제는 아닌 것 같아요. 앞으로도 음식 도난은 또 일어날 거예요."

소미가 말했다.

"소미 언니 갈비찜이랑 나나 도미를 돈으로 따지면 작은 액수도 아니잖아. 난 닭강정 업체가 이해 안 해줬으면 광고비 토해내야 했어."

보라가 말했다.

"지금까지 범인은 자백을 안 했고 이제 사장님, 그러니까 주인 할머니한테 말씀드려야 할 때인 것 같아요."

"주인 할머니한테 말씀드린다고 해결이 되겠어? 우리도 범인을 못 잡았는데."

한솔의 말에 나나가 공감한다는 듯 고개를 끄덕였다.

"범인 찾는 건 우리가 해야죠. 근데 어쨌든 안개꽃 빌라 관리 책임은 셰어하우스 주인인 사장님한테 있고, 우리끼리 얘기하는 것보다는 증인이 끼는 게 확실히 해 놓는 데 도움이 될 것 같아서요."

"바늘 도둑이 소도둑 된다고, 소미 말이 맞긴 해요."

유정이 거들었다.

"그럼 주인 할머니한테 할 말 지금 미리 얘기해두자. 음식 절도를 한 사람은 적발될 시 이 집에서 두말없이 나갔으면 좋겠어. 혹시 다른 의견인 사람 있어?"

보라가 모두를 둘러봤다. 다들 동의하는 분위기였다.

"CCTV랑 공동출입문도 설치하면 좋을 것 같아."

유정이 말했다.

"저기……, 발각될 시 손해배상도 명시해 놓으면 좋을 것 같아요. 음식값 배상하는 건 당연하고 벌금도요. 괘씸죄가 있잖아요."

나나가 말했다. 벌금은 소미도 생각지 못한 부분이었다.

"그래. 얼마로 해야 할까? 50배? 너무 많나? 30배?"

소미가 물었다.

"5배 정도 어때? 50배 배상 이런 건, 실제 잡힌다고 해도 그만큼 다 배상하게 될지도 의문이야. 대신 범인이 잡히면 그 이전의 도난도 그 사람이 한 걸로 간주해서 그 벌금까지 같이 내는 게 좋을 것 같은데. 잃어버린 물품 금액은 주인이 갖고, 벌금은 나머지 사람들이 골고루 나눠 가지고."

한솔의 말에 모두 동의했다. 다섯 사람은 절도 적발 시 범인은 즉시 손해배상하고 안개꽃 빌라를 떠나기로 각서를 쓰자는 데에 합의했다. 소미는 오늘은 시간이 늦었으니 모란에게는 내일 말하자고 했다. 다섯 사람은 짧은 회의를 마치고 각자의 방으로 돌아갔다.

다음 날 저녁, 소미의 전화를 받고 곧 모란이 2층으로 내려왔다. 모란은 다섯 사람의 이야기를 다 듣고 지금까지 없어진 음식들을 손가락으로 헤아리며 정리했다. 약 두 달 동안 보라의 닭강정, 나나의 도미, 소미의 갈비찜이 도난당했다.

"그게 다야? 귀중품 같은 건 안 잃어버렸고?"

모란이 눈을 크게 뜨자 이마에 주름이 잡혔다.

"더는 없는 걸로 정리됐지?"

한솔이 하우스 메이트들을 둘러보았고 다들 고개를 끄덕였다. 방송에 쓸 자원, 할아버지가 직접 잡은 생선, 엄마가 고향에서 보내준 정성 어린 음식. 모두 중요한 음식이었지만 경찰에 분실 신고를 할 만한 귀중품은 아니었다.

"귀중품이 없어지진 않았지만, 집에 도둑이 있는 거잖아요. 전 이것 때문에 방송도 펑크 날 뻔했어요."

보라가 열변을 토했다.

"돈 되는 건 다 놔두고 먹을 것만 훔쳐 가는 도둑이 어딨대? 학생들이 물건을 바구니에 잘 나눠 담고 조심해야지, 어째……. 맛난 거 있으면 혼자 먹어야겠다 그러지 말고 서로서로 나눠 먹어요. 사이좋게."

어째 인심을 지적받는 것 같아 다들 표정이 안 좋아졌지만, 특히 보라의 표정이 그랬다. 눈으로 욕을 한다면 그런 눈빛일 것이다.

"나도 요즘에 세탁기에서 양말이 자꾸 하나씩 없어진단 말이야. 그 안에 귀신이 들었는지……."

모란이 옆길로 샜다. 하우스 메이트들의 얼굴에 '이게 아닌데…….' 하는 낭패감이 어렸다. 모란의 얘기가 더 길어지기 전에 소미가 나섰다.

"저희는 피해 금액보다도, 나중에 무슨 일이 더 있을지 몰라서 걱정이에요. 사장님도 여기 집 주인이자 관리자로서 아셔야 할 것 같아서요."

모란은 "으응, 그건 그렇지." 하고 고개를 끄덕거렸다.

"할머니. 좀 다른 얘기긴 한데, 공동출입문으로 아무나 다 들어올 수 있어서 범죄에 취약한 것 같아요. 저 이사 올 때, 공동출입문도 달아주신다고 했는데 그건 언제쯤 될까요?"

유정이 양손을 모아 손가락 깍지를 끼고 말했다. 옛날에 지은 집이라 번호 키 공동출입문이 없어서 안전을 중시하는 유정은 크게 신경 쓰였을 것이다. 실제로 방범이 잘 돼 있는 집은 임대료가 비싼 편이어도 공실이 잘 나지 않았다. 모란은 빌라 입구 공동출입문 설치가 늦어질 수밖에 없었던 그간의 사정을 장황하게 애기했고, 보라는 한참 전에 집중력을 잃고 딴짓을 하는데도 유정은 인내심 있게 다 듣고 이번 달 내로 설치해줄 것을 약속받았다.

소미는 속으로 목을 가다듬고 말을 꺼냈다.

"CCTV를 설치하면 좋을 것 같아요. 그거면 외부 범죄도 예방할 수 있고, 안에서 바깥으로 음식 가지고 나가는 것도 확인될 것 같아서요."

"공동출입문은 내가 원래 약속했던 거라 해주겠지만, CCTV는 생각 안 해봤는데. 학생들이 그냥 일찍 일찍 다니면 안 될까? 우리 동네가 뭐 위험한 동네도 아니고, 내가 여기 몇 십 년째 살아도 여기만큼 동네 사람들 인심 좋고 살기 좋은 데가 없어. 그리고 솔직히 월세도 우리 집만큼 싼 데가 없지 않어?"

모란이 봐달라는 듯 눈썹을 내리지만, 산전수전 다 겪은 내공이 엿보였다. 동네가 치안이 좋은 편에 속하고 이만한 크기와 위치에 이 정도 월세 저렴한 집을 찾기 힘든 걸 모두가 알았기에 대꾸할 수 없었다. 더구나 소미는 모란을 일터에서도 봐야 해서 강하게 주장하기 어려웠다. 보라와 유정은 '그럼 그렇지.' 하며 포기하는 표정을 지었다.

"가격 때문에 그러시면, 요즘에는 싼 것도 많이 나오더라고요. 저희가 먼저 알아보고 가격 대비 괜찮은 걸로 말씀드려도 될까요? 설치도 아마 간단할 거예요."

하우스 메이트들의 표정을 살피던 나나가 처음으로 입을 열었다.

"그래? 난 그런 건 잘 몰라서. 아유, 나보다 젊은 사람들이 훨씬 잘 알겠네. 알아보고 말해주면 나야 편하지."

모란의 반응도 유해졌다. 하우스 메이트들이 눈을 크게 뜨고 나나를 봤다. 나나는 말수가 적고 감정 표현도 크지 않은데 가끔 보면 이렇게 한방이 있었다. 하우스 메이트들과 모란은 범인이 발각될 시 안개꽃 빌라에서 나가야 한다는 내용과 손해 배상에 관한 내용을 담아 이행각서를 쓰고 서명한 후 한 부씩 나눠 가졌다.

모란이 가고 난 뒤, 하우스 메이트들은 각자 CCTV 설치 가격을 알아봐서 단체 메신저 방에 공유했다. 나나의 말처럼 생각보다 저렴했다. 유정은 '이럴 줄 알았으면 진즉에 달 걸.' 하며 아쉬워했다. 소미는 전화로 모란에게 CCTV 설치를 허락받고 하우스 메이트들에게 이 사실을 알렸다. 하우스 메이트들은 다 같이 기뻐하다가, 문득 자기들이 뭐 때문에 CCTV까지 설치하기로 했는지 깨달아서인지 메신저 방에서 조용해졌다. 지금은 아닌 척하고 있지만, 이 안에 범인이 있을 테니.

CCTV 설치까지는 일주일이 걸린다고 했다. 소미는 각서를 복사해서 냉장고에 자석으로 고정했다. 그리고 접착력을 잃고 바닥에 떨어진 보라의 포스트잇을 주워 각서 옆에 투명

테이프로 단단히 붙여놓았다.

○ ○ ○

소미는 아직 정식으로 나나의 연주를 들은 적은 한 번도 없었다. 사이가 멀어지기 전에 하우스 메이트들이 몇 번 요청했지만, 나나는 쑥스러운지 거절했었다. 그러나 이번에 소미가 연주를 듣고 싶다고 하자 나나는 바이올린 케이스를 거실로 가져왔다. 오래 사용했는지 긁힘 자국이 군데군데 있는 하드 케이스 위에 송진이 굳어 하얀 얼룩이 져 있었다. 소미는 중등부 유도선수 시절에 미끄럼 방지용으로 손에 송진을 발랐던 게 떠올랐다. 나나는 소파 위에 조심스럽게 케이스를 내려놓고 아기 다루듯 바이올린을 꺼냈다. 나나는 소미의 대각선 자리에 앉고, 지금 연주할 곡이 바흐의 〈무반주 바이올린 소나타와 파르티타 2번〉이라고 알려줬다. 소미가 클래식 음악을 들은 건 음악 수업 시간에 들은 것과 백화점 화장실 음악 따위가 거의 전부였지만, 배경지식 없이도 선율의 애수와 고아함은 느낄 수 있었다.

그때 허겁지겁 계단을 뛰어 올라오는 발소리가 들리더니 도어락 비밀번호 누르는 소리가 빠르게 나고 문이 벌컥 열렸다. 유정이 운동화를 발로 차듯이 벗고 집 안으로 뛰어 들어왔다. 소미와 나나는 가쁜 숨을 내쉬는 유정을 돌아보았다. 유정은 철퍼덕 바닥에 주저앉았다.

"유정 언니, 무슨 일 있어요?"

나나가 유정을 일으켜 소파에 앉히고, 시간이 지나자 유정의 호흡도 진정되었다.

"누가 날 쫓아 왔어……. 집 앞까지 날 따라오더니 내가 입구로 들어가는데도 계속 안 가고 그 앞에서 서 있는 거야."

유정이 말을 쏟아냈다.

"건물 안까지 따라오진 않았고?"

유정은 고개를 저었다. 나나가 창문 쪽으로 가 창문을 열고 빌라 아래를 내려다봤다.

"지금은 간 것 같아요."

나나가 근심에 젖은 얼굴로 말했다.

"혹시 어떤 사람인지 봤어?"

소미가 물었다.

"모자 써서 얼굴이 잘 안 보였어."

"다른 건? 뭐 특징적인 부분이나……."

"마르고, 키는 한 170 초반쯤에…… 검은 모자를 썼어."

유정이 더듬더듬 말했다. 그런 사람은 너무 많은지라 사람을 특정 지을 수는 없는 정보였다.

"아! 목뒤에 긴 흉터가 있었어. 오래돼 보이는."

공허하던 유정의 눈에 힘이 들어갔다.

“언니는 어떻게 목뒤에 있는 흉터를 본 거예요? 아까는 그 사람이 언니 ‘뒤에서’ 따라왔다고 했잖아요.”

나나가 물었다.

“…… 어? ……그 남자가 집 앞까지 따라오니까, 난 역행해서 편의점 안으로 들어갔지. 집 안까지 따라오면 어떡해. 편의점에서 나와서 집으로 갈 때 마주쳤어. 그 사람이 그때까지 빌라 앞에 서 있더라고.”

유정의 눈동자가 흔들렸다.

“그냥 우연히 방향이 같았던 건 아니고?”

“아니야!”

유정은 강력하게 부인했다가 잠시 곰곰이 생각하는 것 같았다.

“아닌가……? 모르겠어.”

“착각한 걸 수도 있어. 저번에도 고양이가 지나가는데 사람인 줄 알고 놀랐었잖아.”

소미가 유정을 달랬다. 유정은 호들갑 떨었던 게 생각났는지 겸연쩍어했다. 나나가 뭔가 생각났다는 듯 입을 열려다가 다물었다.

‘뭔가를 알고 있나?’

소미는 나나와 단둘이 있을 때 물어야겠다고 생각했다. 유정이 안전에 예민한 것에 대해서 따로 아는 바가 있는지. 유정이 몸을 덜덜 떨며 방으로 들어갔다. 소미는 유정이 추워할 것 같아 보일러를 틀고 소파로 돌아왔다. 소미가 나나에게 넌지시 물었다.

"나나야. 아까 고양이 얘기 나왔을 때, 뭐 하려던 말 있지 않았어?"

"아뇨, 없는데요."

나나가 영문을 모르겠다는 듯 소미를 봤다.

"유정이가 안전에 민감한 거랑 관련해서 혹시 넌 아는 게 있나 해서. 본인은 말을 잘 안 해주니까."

"당사자가 안 하는 얘기면 그럴만한 이유가 있는 게 아닐까요? 전 아는 것도 없지만."

나나가 미안하다는 듯한 미소를 머금었다. 소미는 설득하려다가, 이런 것도 꼰대 같은 건가 자문하고는 알겠다고 하고 물러났다. 갓 스무 살인 나나에게는 아직 사회에서는 어린 취급을 받는 소미도 자기 의견을 강요하는 젊은 꼰대로 느껴질 수 있었다. 자기만의 확고한 도덕관념을 가진 사람에게 범인을 찾기 위해서는 조금 불편하더라도 숨기고 있는 게 뭔지 알아내야 한다느니 설득하려고 해봤자 통하지도 않을뿐더러 아예 마음의 문을 닫을 것 같았다.

낯선 남자가 집 앞에서 기다리고 있는 것을 본 이후로 유정은 베개 밑에 독일제 식칼을 넣고 잠들었다. 자정즈음, 유정이 나무 블록에서 식칼을 빼내 들고 자기 방으로 들어가는 모습을 처음 보고 소미는 움찔했다. 물어보니 혹시 몰라서 베개 밑에 칼을 놓고 잔다고 했다. 그러면 조금이나마 안심이 된다고. 유정이 작년에 교환 학생으로 독일에 갔을 때, 거기는 외식비가 너무 비싸 직접 해 먹으려고 식칼을 샀다고 전에 말해준 적 있었다. 최근에는 냉장고에서 음식이 없어지며 아예 사용하지 않던 식칼이 다른 용도를 찾은 것이다.

○ ○ ○

토요일 이른 오후, 공원을 산책하던 소미는 나나의 메시지를 받고 안개꽃 빌라로 뛰어갔다.

베란다에 널어놨던 보라 언니 브래지어가 없어졌어요.

나나의 메시지는 그게 다였지만 벌써 네 번째 도난이다 보니 예사로운 일로 여겨지지 않았다. 갈비찜이 없어지고 난 뒤 6일 만에, 이번에는 음식이 아닌 물품이 없어졌다. 소미는 오르막길을 힘겹게 오르는 자전거를 앞지르고, 차가 지나갈 때는 옆으로 피한 후 속도를 줄이지 않고 달렸다. 소미가 집 안으로 들어가자 거실에 서 있던 하우스 메이트들이 소미를 돌아봤다. 표정들이 심각했다.

보라는 어제 오후 5시쯤 베란다에 빨래를 널고 방 안으로 들어갔다고 했다. 그 이후로 베란다에 들어간 적은 없고 오늘 오후 1시쯤, 빨래를 걷으러 베란다로 갔을 때 다른 빨래는 모두 그대로인데 브래지어만 없어졌다고 했다.

"내가 제일 아끼는 건데, 보라색 브라."

보라의 입에서 볼멘소리가 흘러나왔다. 소미도 예전에 베란다 빨랫줄에 걸린 진한 보라색의 민무늬 브래지어를 본 적이 있었다.

"우린 전부 혹시 자기 빨래랑 섞였을지 몰라서 찾아봤는데 없었어."

한솔이 소미에게 말했다.

"전 이번 주에 빨래 안 해서 베란다 근처에도 안 갔어요."

소미는 말하면서 베란다와 거실을 가르는 미닫이문을 쳐다봤다. 소미는 베란다 미닫이문 쪽으로 걸어갔다. 베란다의 바깥 창이 반쯤 열려 있었다.

"어제 마지막으로 베란다 쓴 사람 누구예요? 창문 잠가뒀어요?"

소미가 뒤돌아 하우스 메이트들을 봤다. 2층이어서 창문을 통해 들어오는 것도 충분히 가능했다. 기억을 떠올리는 듯 보라의 눈동자가 굴러갔다.

“내가 환기하고 창문 닫아두긴 했는데. 근데 잠금장치 잠갔는지는 기억이 안 나.”

‘찰칵, 찰칵.’

“뭐 해?”

한솔이 물었다.

“아, 증거 사진 찍는 중이에요. 혹시 도움 될 수도 있잖아요.”

소미는 거실 쪽에서 베란다 바닥과 창문을 휴대폰 카메라로 찍었다. 점프만으로 옆 건물에서 이쪽으로 오기에는 옆 건물과 거리가 멀었다.

“외부에서 침입했을까요?”

나나가 걱정스럽게 물었다.

“그랬을 수도. 혹시 베란다에 보라 말고 또 누구 들어간 사람 있어?”

나나와 유정이 소미의 시선을 피했다.

“보라가 없어졌다고 하는 소리 듣고, 우리 다 들어갔었어. 너 오기 전에. 베란다 창문 열려있던 것도 봤고…….”

유정이 우물쭈물하더니 말했다. 소미는 애써 알겠다고 한 후 베란다로 들어갔다. 건물 외벽에 붙은 배관을 타고 올라왔을 수도 있었다. 베란다 바닥에 눈에 띄게 남아 있는 발자국

같은 건 없지만 말이다. 이럴 때 CCTV가 있어야 하는데, 공교롭게도 CCTV 설치 날은 내일이었다.

"앞으로 우리 다 잠금장치 잘 걸어놓자. 보라 너는 혹시 짐작 가는 사람 있어? 네 구독자나 열성 팬 중에서 이런 짓할만한 사람."

소미가 말했다.

"아니, 딱히……. 내 일이랑 이거랑 연결 짓는 건 좀 오버야."

"네 영상에 계속 악플 달고 악의적인 캡처해서 퍼뜨리는 사람들은 있잖아. 그런 사람들이 취향도 변태적이라고 하던데."

"그런 걸 언니가 어떻게 알아?"

보라가 묻자 유정의 말문이 막혔다. 유정은 평소 맛보라랜드 채널 얘기만 나오면 하우스 메이트들이 다들 한마디씩 할 때도 혼자 조용히 있었다. 그래서 소미는 유정이 보라의 먹방을 전혀 보지 않는 줄 알았다.

"차, 찾아본 건 아니고, 내 피드에 뜨길래 몇 번 본 게 다야. 어쨌든 중요한 건 그게 아니라, 속옷 도둑 찾는 거잖아!"

소미는 보라의 영상들을 즐겨 봤지만, 댓글 창을 끝까지 내려가며 모든 댓글을 보지는 않았고 보라의 채널 이름을 검색해보지도 않았다. 그랬기에 약간의 지적은 몰라도 악플을 본 적은 없었다. 보라가 양 허리에 손을 올리고 길게 한숨을 내쉬었다.

"나도 악플이나 악성 게시물 올린 사람은 다시 찾아볼게. 근데 스토커는 없었어. 그리고 지금 이런 얘기 하는 게 맞는진 모르겠는데, 나 이사 가. 그러니까 혹시 나 때문에 불편한 거 있었으면 곧 괜찮아질 거야."

"가, 갑자기 이사요?"

"원래는 좀 더 돈 모아서 나가려고 했는데, 음식도 계속 없어지고 혼자 살면 방송하기도 더 편할 것 같아서. 요즘 집 알아보고 있었어."

소미는 보라가 마냥 약속이 많아서 밖에 오래 있는 거라고 생각했는데 그동안 집을 알아보고 있었던 모양이다. 생각에 잠긴 듯 유정이 눈을 내리깔았다. 한솔도 놀랐는지 입을 벌렸다.

"혹시 내가 방송할 때 조심해달라고 한 거 때문에 그래?"

유정이 물었다.

"그냥 나 편하자고 나가는 거야. …… 내가 타이밍을 잘못 잡았나 봐. 지금 말하는 게 아닌데."

분위기가 무겁게 가라앉았다. 소미는 문득 상황이 이렇게 될 때까지 자기는 뭘 했나 싶었다. 자력 구제하려고 했지만, 범인은 오리무중이고 일은 더 심각해졌다.

"우리끼리 이러지 말고 경찰 부르자."

"경찰이요?"

나나가 소미에게 되물었다.

"경찰들은 이런 일 귀찮아만 해. 전에 내가 살던 건물에 치한 들었을 때도, 실제로 손해 입은 게 없다고 잠깐 조사하고 끝났어."

유정의 말투가 전에 없이 냉소적이었다.

"그런 일이 있었어?"

한솔이 물었다. 전에 유정은 소미에게 원룸텔에 '도둑'이 들었다고 했었다. 그런데 방금은 도둑이 아니라 치한이라는 표현을 썼다. 단지 금품을 노리고 침입한 게 아니란 뜻이다.

"내 위층에서 일어난 거긴 한데, 범인은 그냥 풀려났대요. 건물 안에 들어온 거지, 집 안에 들어온 게 아니라고. 경찰 불러봤자, 우리 보고 문단속 잘하고 조심하라는 얘기밖에 안 할걸요? 그때는 흉기를 들고 침입한 거였는데도 그 정도였는데, 지금은 출동이나 하면 다행이겠지."

"경찰 조사는 나도 좀 껄끄럽긴 해. 악플러들한테 법적 대응 할 생각도 아직 없고."

보라는 찬성할 거라는 소미의 예상이 빗나갔다. 흐름이 신고 반대쪽으로 기우는 게 느껴졌다.

"유정이 말대로 범인 못 잡을 수도 있어. 그래도 경찰은 우리가 발견 못 한 증거를 찾을 수도 있고, 이번에 신고가 들어가면 다음에 유사한 사건이 벌어졌을 때, 더 심각하게 인지하고 조사해줄 거야. 다음번 범죄는 막아야지."

소미가 한 사람씩 눈을 맞추며 말했다. 주저하고 있는 사이 범인은 피해자들을 비웃으며 더 멀리 달아날 것이다. 냉장고 안 음식이 사라질 때는 내부인의 소행이라고 생각했고 그만한 일로 경찰에 신고할 수도 없었지만, 속옷이 없어진 건 사안이 달랐다.

"난 보라가 당사자니까 보라 의견대로 하는 게 맞을 것 같아."

한솔의 말에 모두 보라를 쳐다봤다. 보라가 양손으로 머리를 바짝 쓸어 넘겼다.

"어려운 거 알아. 그래도 나는 우리가 좀 더 용기를 냈으면 좋겠어."

소미는 보라의 옆으로 다가갔다.

"소미 언니 말이 맞긴 한데, 난 어차피 이 집 떠날 거고 같이 사는 집인 이상 다른 사람들 의견이 중요하다고 생각해. 공평하게 다수결로 정하자. 난…… 기권할게."

보라는 체념한 듯 바닥을 보고 있고, 유정은 벌겋게 달아오른 얼굴로 입술 안쪽을 꾹 깨물고 있었다. 나나는 눈동자를 굴리며 눈치를 보고 있었다. 한솔은 무슨 생각을 하는지 읽을 수 없는 표정으로 서 있었다.

"다들 너무 흥분한 것 같아. 일단 생각할 시간을 갖고 다시 얘기하자."

한솔이 말하고 유정이 다리에 힘이 풀린 듯 털썩 소파에 주저앉았다.

그때 밖에서 모란의 목소리가 들렸다.

"재활용 쓰레기 버리고 올라가려는데, 웅성웅성하는 소리가 들리길래. 무슨 일 있어?"

모란이 고개를 빼꼼 내밀었다. 소미는 모란을 집 안으로 들이고, 있었던 일을 설명했다.

"아유, 큰일이네. 어떡하면 좋아, 그래?"

"경찰을 부를까 얘기하고 있었어요."

"내일 CCTV도 설치하는데, 그러고 나면 괜찮아지지 않을까?"

모란이 타이르듯 말했다. 소미는 놀라서 턱을 떨어뜨렸다. 모란이 보수적인 편이긴 해도 당연히 이건 경찰에 신고해야 한다고 말할 줄 알았다.

"사장님, 그래도 그건 미래 일이고 신고는 해야죠!"

"다른 학생들도 그렇게 생각하는 거야?"

흥분한 소미와 대조적으로 침착한 모란의 시선이 나머지 사람들을 향했다.

"결정 난 것 없고, 아직 얘기 중이었어요."

한솔이 말했다.

"얼마나 놀랐어, 다들. 그런데 경찰이 온다고 뭐 해결이 되겠어? 일단 조사 명목하에 집 안을 쑥대밭으로 만들 거고. 사실 전부터 여기서 음식이 없어졌는데, 그건 학생들도 내부에서 벌어진 좀도둑질이라고 생각하는 거잖아? 경찰들이 그걸 알면 학생들도 사실 용의자가 되는 거거든. 뭐 나야 집주인이지 같이 사는 것도 아닌데 감 놔라, 배 놔라 할 건 아니고 학생들끼리 알아서 할 문제지만. 하여튼 그럴 것 같아서."

모란이 양손을 휘휘 저었다.

"아휴, 난 모르겠다. 나 필요한 거 있으면 불러요."

모란이 가고 난 후, 소미가 경찰에 신고하는 것에 대해 다시 말을 꺼냈다.

"전 신고한다고 뭐가 달라질지 모르겠어요."

유정이 말하고 한솔을 쳐다봤다.

"우린 심각하지만 사실 남들 보기엔 이게 도난이 아니라 단순 분실로 보일 가능성이 커. 그런데 경찰이 오면 형식상으로라도 조사는 할 거고, 그럼 주인 할머니 말처럼 우리부터 의심받을 게 뻔해. 한집에 사는 남남이고, 전에 비슷한 음식 도난도 있었으니까. CCTV랑 대문 설치되면 방범은 괜찮아질 거라고 생각해."

한솔은 이런 상황에서도 놀라울 정도로 침착했다. 한솔이 말을 하는 중간중간 유정이 고개를 끄덕거렸다.

"저도 신고 안 하는 게 나을 것 같아요. 수사하는 과정에서 사생활 보호도 안 될 수 있고. 게다가 보라 언니는 인터넷에 얼굴이 알려진 사람이잖아요."

나나가 말했다. 찬성 한 명, 반대 세 명, 기권 한 명으로 찬성하는 사람은 소미밖에 없었다.

"그럼 다수결로 경찰은 부르지 않는 걸로 결론 났네."

한솔이 상황을 매듭지었다. 소미는 결과에 승복할 수 없었다. 사실 다수결로 결정하는 것부터 마음에 들지 않았다. 그게 가장 공정해 보이는 방법이긴 했지만, 가장 옳은 방법이기도 할까? 현실과 타협하는 것 같았다. 소미는 묘한 기시감이 들었다.

'전에 우리가 다수가 되어서 한솔 언니에게 혐오 영상은 보지 말라고 요구했을 때 언니도 비슷한 기분이었을까?'

이번에는 소미가 혼자였다. 소미는 무력감을 느끼며 말없이 서 있었다.

유정은 학교 수업이 있는 날 전까지 대전에 있는 부모님 집에 가 있겠다며 트렁크를 끌고 나갔다. 보라는 부동산에서 전화를 받고 이사 갈 집을 알아보러 나갔다. 나나는 연습실에 가고 한솔은 요가 수업을 들으러 갔다. 다들 이 집에서 벗어나고 싶은 것 같았다.

예전에 "당장 일주일 뒤에 누가 나가고 들어올지도 모르는 거야. 그냥 잠시 거쳐 가는 곳일 뿐이야, 여긴."이라고 보라가 말했었다.

안개꽃 빌라를 거쳐서 어디로 가야 할까? 여전히 답을 모르겠는데, 다른 사람들은 답을 찾고 있는 것 같았다. 어쩌면 시금치 된장국 냄새에 끌려 집을 고른 것부터 잘못되었는지도 모른다. 바람 불면 날아가 버릴 허상에 기대는 사람은 자기뿐이라는 생각이 들었다.

이틀 뒤, 소미는 일하면서 음식 재료가 든 대야를 옮기다가 턱에 걸려 넘어졌다. 그날 바로 정형외과에 갔더니 발목인대가 파열되었다며, 적어도 몇 주 동안은 반깁스하고 지내야 한다고 했다. 아르바이트를 쉬며 집에만 있으니 좀이 쑤셨다. 하우스 메이트들은 각자의 일로 바쁘게 지내는 데 소미 혼자 멈춰있는 것 같았다.

거실에서 소미는 빨래를 개고 유정은 TV를 보는데 거실 전등이 나갔다. 나나와 보라는 각자 방에 있고 한솔은 병원에서 야간 근무하는 중이라 집에 없었다. 유정이 베란다 수납장에서 여분의 형광등을 꺼내왔다. 소미의 발목이 성치 않아서 소미가 의자를 잡아주고, 유정이 의자 위에 올라가서 전등을 갈았다. 형광등이 몇 번 깜박이다가 불이 거실 전체를 밝히자 유정이 환하게 웃었다. 유정이 이렇게 활짝 웃는 모습을 본 건 오랜만이었다.

그때 초인종이 울렸다. 소미는 반사적으로 벽에 걸린 시계를 확인했다. 시침이 밤 10시를 조금 넘은 시각을 가리켰다.

소미와 유정은 서로 마주 본 후 한밤의 불청객을 무시하기로 무언의 합의를 봤다. 그러나 불청객은 초인종을 몇 번 더 누르다가 이제는 문을 두드렸다. 중년의 남자 목소리가 "계시죠?"라고 말했다. '계세요?'가 아니라 '계시죠?' 마치 집 안에 있는 걸 다 알고 있다는 듯이.

택배 아저씨는 항상 현관문 앞에 택배를 두고 가는데다 택배가 오기에는 너무 늦은 시각이었다. 소미는 절뚝거리며 현관문 앞으로 가, 문에 달린 조그만 렌즈로 바깥을 내다봤다. 남자는 유니폼이 아니라 평범한 체크무늬 셔츠를 입고 있었다.

유정은 경계하며 소미와 멀찍이 떨어져 소곤거렸다.

"누구야?"

"모르겠어. 물어봐야 알 거 같은데."

"물어보지 마. 그냥 없는 척해."

"기다리시는데? 계속 초인종 누르고 문 두드리면 주변에도 민폐고."

"중요한 일이면 나중에 낮에 다시 오겠지. 우리 중에 한 사람한테 전화하든지."

"집에 사람도 많고 괜찮지 않을까?"

소미의 말에 유정이 못 미더운 듯 붕대를 감아놓은 소미의 발목을 쳐다봤다. 소미는 발목을 다친 걸 잠시 잊고 있었다. 지금 같은 상황에선 자신이 오히려 짐이 될 수도 있었다.

유정이 보라 방문을 두드렸다. 보라가 노이즈 캔슬링 이어폰을 귀에서 빼며 나왔다. 보라도 배달이나 택배 올 것은 없다고 했다. 나나는 아까 잠 온다고 일찍 방에 들어가서 물어볼 수 없었다.

"기사입니다. 문 열어주세요."

밖에서 남자가 소리쳤다. 유정이 갑자기 잰걸음으로 베란다로 가더니 먼지 쌓인 공구함을 들고 왔다. 보라와 소미가 의아하게 바라보는데 유정은 공구함에서 장도리를 꺼내서 소미에게 건넸다. 소미가 얼떨떨하게 장도리를 받아 들었다.

"열어주고 싶으면 너네 알아서 해."

유정은 그러곤 자기 방으로 들어가 문을 잠갔다. 소미는 베란다에서 공구함을 보긴 했지만, 무기로 쓸 생각은 한번도 못했다. 유정은 그런 쪽으로 머리가 비상하게 돌아갔다. 신체적인 능력을 제하고 보자면 항상 위험을 대비하고 사는 사람의 전투력이 더 높은 게 당연했다. 소미는 장도리를 단단히 잡았다.

밖에서 남자가 다시 초인종을 눌렀다.

"저희 기사님 안 불렀는데요."

소미가 장도리를 등 뒤에 감추고 문 너머로 소리쳤다. 남자가 뭐라고 말을 길게 하는데 무슨 말인지 소리가 웅얼거려서 알아듣기 힘들었다. 보라는 소미보다 몇 발짝 뒤에 서 있었다.

"언니, 근데 장도리가 도움이 될까? 정당방위 인정 안 될 텐데."

"이게 쓸 일이 있다는 건 어차피 이판사판인 거야. 이상한 사람 같으면 네가 바로 112에 신고해줘."

'저쪽이 남자라곤 해도 우리 쪽이 다수에, 무기도 있으니까.'라며 소미는 심호흡을 하고 손바닥에 땀이 나 장도리를 고쳐 잡고 등 뒤로 숨긴 채 현관문을 열어주었다.

얘기를 들어보니 찾아온 사람은 모란의 지인이자 공동출입문 시공 업체 사장이었다. 일과 중에는 이미 다른 일정이 잡혀 있는데 모란이 공동출입문 설치를 빨리하기를 원해서 늦은 시각에 견적을 내기 위해 방문한 것이라고 했다. 그가 모란에게 전화를 걸자 모란이 "아이고!"를 연발하며 3층에서 달려 내려왔다.

"내가 3층이라고 문자를 보낸 줄 알았는데, 다시 보니까 2층이라고 보냈네! 아유, 노안이 와서 이제 휴대폰 글자도 안 보여. 다들 밤늦게 미안해. 잠 깨운 거 아닌가, 모르겠네."

나나를 제외하면 다들 초저녁잠은 없는지라 그건 기우였다. 그것보단 놀라서 가슴이 두근거렸다. 시공 업체 사장은 견적을 내기 위해 모란과 함께 1층으로 갔다. 소미는 장도리를 공구함에 넣지 않고 신발장에 넣었다. 유사시에 꺼내 쓸 수 있도록. 현관에 있는 남자 구두가 범죄 예방용 도구라면 장도리는 공격용 도구였다.

다행히 오늘은 해프닝이었을 뿐이지만 혹시 모를 일에 대비해 원거리 공격이 가능한 야구방망이를 장만할까 고민했다. 베개 밑에 식칼을 넣고 자는 유정의 심정이 이해되었다. 공동출입문이 설치되는 날, 유정은 숙원이 풀린 듯 누구보다 상쾌한 표정을 지었다.

○ ○ ○

소미는 마트에서 할인판매 중인 프레션 F&B사의 훈제연어를 사서 들어왔다. 훈제연어 팩을 뜯어서 안에 고여 있던 국물을 빈 요구르트 병에 옮겨 담았다. 연어는 한 점도 먹지 않고 그대로 냉장고 안 자기 바구니 안에 보이지 않도록 눕혀서 넣어 놨다.

보라는 내내 방에서 영상 편집 중이었고, 저녁이 되자 다른 하우스 메이트들이 모두 집으로 들어왔다. 소미는 앞치마를 두르고 오므라이스를 하면서 요구르트 병의 뚜껑을 열어 앞치마에 쏟아 부었다. 앞치마가 연어에서 나온 즙으로 축축하게 젖었지만, 언뜻 봐서는 물이 튄 것처럼 보였다. 부엌 식탁에는 유정이 샐러드를 먹을 채비를 마쳤고 한솔은 거실에 매트를 깔고 요가를 하고 있었다.

"오므라이스 같이 먹을래?"

"난 오늘 닭가슴살 샐러드 먹으려고. 이것도 양 많아서."

유정이 가게에서 사 온 플라스틱 샐러드 통을 들어 보였다. 한솔은 거실에서 요가를 하고 있었다. 허리를 뒤로 젖혀서 양손으로 한 발을 잡는 고난도 자세인데 물 흐르듯이 쉽게 하는 게 놀라웠다. 소미는 보라의 방으로 갔다. 이사를 앞두고 보라는 짐 일부를 상자에 담아 방구석에 쌓아 놨다. 그걸 보니 보라가 곧 안개꽃 빌라를 떠난다는 실감이 났다. 맥시멀리스트답게 알록달록하고 개성 있는 물건들이 가득했다.

"위염은 좀 괜찮아?"

"죽 먹고 약 먹으니까 좀 나아졌어."

눈 밑에 다크서클이 퀭한 보라가 잠긴 목소리로 말했다. 소미는 잘 쉬라고 말하고 협탁 위에 놓인 빈 플라스틱 죽 그릇을 챙겨 나왔다. 나나의 방문에 노크해도 대답이 없자 문을 살짝 열었다. 불 꺼진 방에서 나나가 쌔근쌔근 자고 있었다. 인기척에 나나가 눈을 떴다.

"깼어? 미안. 혹시 오므라이스 먹을래?"

문 틈새로 들어오는 불빛이 나나의 얼굴을 비쳤다.

"괜찮아요. 전 한솔 언니랑 같이 비건 카레 먹고 왔어요."

나나가 얼굴을 찡그렸다. 소미는 얼른 문을 닫아줬다. 남들은 MT다, 개강총회다, 신입생 환영회다 해서 술 마실 구실인 갖가지 행사에 참여하는데, 나나는 초저녁부터 집에서 잠만 잤다. 학교 수업 듣는 것과 주말 아르바이트를 병행하느라 피곤하겠다 싶었다.

소미는 식탁의 자기 의자에 앞치마를 벗어서 걸쳐놓았다. 연어 국물로 젖은 부분의 색깔이 어두웠다. 반달처럼 접힌 오므라이스에 케첩으로 웃는 얼굴을 그렸다. 입 안에서 오므라이스가 마술처럼 녹아 없어졌다.

○ ○ ○

며칠 뒤 조용하던 단체 메신저 방에 알림이 떴다. 소미가 가장 먼저 들어가 보니 나나가 공유한 링크가 있었다.

언니들, 이 기사 좀 봐요. 우리 비밀번호 안 바꾼 지 꽤 됐잖아요.

링크를 클릭해서 들어갔다. 안개꽃 빌라가 있는 서울 K구에서 최근 기승을 부리는 도어락 관련 범죄 기사였다. 범인은 터치패드에 미세한 가루를 뿌리고 조명을 비춰서 자주 누른 버튼을 알아내는 수법으로 빈집 털이를 했다. 기사는 같은 지역에서 마스터 비밀번호를 이용해 도어락 업체 직원이 고객의 집을 자유자재로 드나들며 물건을 훔친 범행도 언급했다. 원룸이나 다세대 빌라의 경우 화재 등 비상 상황이 발생하거나 세입자와 연락이 닿지 않는 경우를 대비해 비밀번호 여러 개를 설정할 수 있는 도어락 제품을 설치한다는 점을 노렸다고 설명했다. 도어락 관련 범죄 기사 밑에는 추천 뉴스로 '프레션 F&B 훈제연어에서 식중독균 검출, 식품 안전 비상'이라는 기사 배너가 크게 떠 있었다. 소미는 익숙한 회사 이름에 놀라서 기사를 바로 클릭했다.

기사 도입부에 있는 훈제연어 사진이 기사를 다 읽고 나서 보니 전혀 먹음직스러워 보이지 않았다. 대기업인 프레션 F&B의 훈제연어 제품에서 열, 근육통, 구토, 경련 등의 증상을 동반하는 식중독균인 리스테리아균이 검출되었다고 했다. 가슴이 철렁했다. 아직 훈제연어를 먹지 않아서 다행이었다. 도어락 범죄 기사 밑에 뜬 식중독균 기사는 소미만 봤는지, 하우스 메이트들은 다들 도어락 비밀번호를 바꿔야 한다는 얘기뿐이었다. 나나와 유정의 주도하에 그날 바로 도어락을 초기화하고 새로운 비밀번호를 설정했다.

소미는 혼자 슬쩍 부엌으로 가서 식탁 의자에 걸쳐진 앞치마의 냄새를 맡았다. 연어 국물이 떨어진 부분은, 말랐지만 비린내가 났다. 물론 코를 가까이 대지 않으면 맡을 수 없을 정도로 약한 냄새였다. 소미는 요구르트 병에 조금 남은 연어 국물을 앞치마에 모두 부은 후 얼른 자리를 떴다.

○ ○ ○

소미는 다친 발목 때문에 출근을 안 해서 일찍 일어날 필요가 없는데도 아침 7시로 알람을 맞췄다. 다음날, 아침 7시에 알람이 울렸다. 요즘 매일 오전 늦게 일어나다가 일찍 일어나려니 몸이 무거웠다. 그래도 진실을 밝히겠다는 생각이 눈을 떠지게 했다. 바로 나가서 냉장고부터 열어봤다. 프레션 F&B의 훈제연어는 그대로 있었다. 다음 날 아침 7시. 역시 일어나서 바로 냉장고를 열었는데 이번엔 훈제연어가 없었다. 소미는 식탁 의자에 걸쳐있는 앞치마에 코를 박았다. 여기저기 킁킁거려도 비린내가 전혀 나지 않았다. 미소가 지어졌다. 아직 모두 각자의 방에 있을 시간이었다. 신발장과 현관을 확인해 보니 역시 모두의 신발이 있었다.

소미는 눈에 잘 띄도록 큰 메모지에 메모를 남겼다. 냉장고 문에는 '다른 사람의 음식에 절대 손대지 마시오!!!'라는 포스트잇과 '안개꽃 빌라 내에서 절도가 발각될 시 절도한 물품의 액수와 관계없이 범인은 즉시 방을 비우고 전출해야 한다.' 등의 문구가 써진 이행각서가 나란히 붙어 있었다. 소미는 그 옆에 자기가 쓴 메모를 냉장고 자석으로 고정하고 바로 집을 나왔다. 소미는 휴대폰 전원을 꺼놓고 동네 만화방에서 시간을 보내다가 공무원 시험을 준비하는 고등학교 친구를 만나러 갔다. 친구와 만나는 동안에도 일부러 휴대폰을 확인하지 않았다. 소미는 모두 집에 있을 만한 시간을 계산해 저녁 7시 20분쯤 집에 들어왔다.

소미의 메모를 읽고 집 안이 발칵 뒤집혀 있었다. 모두 어떻게 된 일이냐며 소미에게 달려들었다. 한솔이 냉장고에 붙은 메모지를 떼어 식탁으로 들고 왔다. 모두 식탁에 둘러앉았다. 한솔이 소미 앞에 메모지를 내밀었다.

냉장고에 있던 프레션 F&B사의 훈제연어에서 리스테리아균이 검출됐음. 그 음식을 훔쳐 먹은 사람은 식중독 증상이 나타날 수 있고 심하면 패혈증에 걸릴 수도 있으니 병원에 가보길 권함.

추신. 손해배상 청구는 프레션 F&B로

"식중독균이 든 걸 알고 일부러 냉장고 안에 둔 거야?"

한솔이 믿기지 않는다는 듯 물었다.

"살 때는 몰랐지만, 안 후에도 그대로 뒀어요. 범인이 이걸 먹고 탈이 나면 인과응보니까요."

"너한테 좀 실망이다. 냉장고 안에 다른 음식까지 오염될 수 있잖아. 아무리 요즘 사건이 많았어도 한집에서 같이 쓰는 냉장고야."

소미는 훈제연어가 사라질 건 예상했지만 한솔의 이런 강경한 반응은 예상치 못했다.

"아무것도 안 하고 가만히 두고 볼 순 없었어요. 봉지 안에 있었으니까 아마 오염은 안 됐을 거예요."

소미가 대꾸했다.

"언니랑 소미 바구니는 멀리 떨어져 있으니까 괜찮지 않을까요? 찾아보니까 리스테리아균은 음식물 섭취로 감염된다는데, 그럼 먹지만 않으면 아무 일 없는 거잖아요. 저도 솔직히 범인이 누구든 응징해주고 싶었어요."

유정이 소미를 변호했다. 보라, 유정, 나나는 냉장고에 음식을 잘 보관하지 않고 밖에서 먹고 들어왔다. 소미 역시 다리를 다친 후에는 1인분씩 배달해 먹어서 냉장고에 보관할 일이 없었다. 결국, 냉장고를 쓰는 사람은 매일 점심 도시락을 싸는 한솔밖에 없었다.

"CCTV도 확인해봐요."

소미는 모란에게 말해서 CCTV 녹화 영상을 이메일로 받았다. 하우스 메이트들이 다 같이 식탁에서 소미의 노트북을 주시했다. 소미는 냉장고에서 훈제연어를 본 마지막 시각인 자정쯤에 촬영된 부분부터 틀었다. 영상을 배속 재생해서 보는데 오늘 밤 0시부터, 훈제연어가 없어진 것을 확인한 오늘 아침 7시까지 CCTV에 찍힌 사람은 없었다. 외부인의 침입이 없어서 다행인 건지 내부인의 소행이어서 불행인 건지, 네 사람은 갈피를 못 잡는 표정이었다.

"CCTV에 찍힌 사람이 없다는 건, CCTV를 피해서 사각지대에서 음식을 밖으로 내보냈다거나, 그렇지 않으면 음식을 다 먹었다는 이야기네요."

나나가 말했다.

"밖으로 어떻게 내보내? 줄이라도 달아서 밑으로 내려? 그럼 공범이 필요할 텐데."

보라가 말했다.

"그 정도 양은 먹어 치우기도 어렵진 않잖아."

유정이 말했다. 없어진 훈제연어의 양은 2인분 정도였다.

"방 안에 숨기고 있을 수도 있지."

한솔이 말한 후 정적이 감돌았다. 방을 다 뒤지는 건 모두 꺼려지는 눈치였다.

"그 냄새 나는 걸 설마."

보라가 상체를 뒤로 젖혀 의자 등받이에 등을 기댔다. 후각이 예민한 보라이니 음식을 방 안에 숨기는 게 불가능한 일로 느껴질 수도 있었다.

"방을 뒤지는 건 의미가 없을 거 같아요. 제가 음식이 없어진 걸 발견한 게 오늘 아침 7시니까, 벌써 열두 시간 넘게 지났고, 그 안에 벌써 처리를 해도 처리했겠죠. 먹었든, 밖에 내다 버렸든."

소미의 말을 들은 보라가 벌떡 일어나서 냉장고 문을 열었다. 냉장고 안에 훈제연어가 없는데도 며칠간 보관했더니 냄새가 남아 있었다.

"훈제연어는 냄새가 강하잖아. 그러니까 훈제연어를 버렸으면, 가방에 냄새가 남아 있을 것 같은데."

소미는 보라의 말에 수긍했다. 보라는 자기가 냄새 맡는 건 자신 있다며, 훈제연어 냄새가 조금만 남아 있어도 구별할 수 있을 거라고 말했다. 각자가 오늘 가지고 나간 가방은 모두 CCTV에 찍혀 있었다.

"기분 나쁘면 안 해도 돼. 사생활 침해일 수도 있으니까."

보라의 태도에서 자기는 거리낄 것 없다는 당당함이 느껴졌다. 네 사람은 모두 하자고 했다. 이런 상황에서 안 한다고 한다면 범인으로 의심받을 게 뻔했다.

소미는 다시 CCTV 녹화 영상을 재생했다. 모두 집중해서 소미의 노트북 화면을 쳐다봤다. 오늘 오전 7시 30분경 배낭을 멘 소미가, 8시 20분경 에코백을 멘 한솔이 집을 나서는 것이 찍혔다. 10분 뒤 전대를 찬 모란이 집을 나서고, 오전 11시에 택배 기사가 다녀갔다. 정오에 나나는 바이올린 케이스를 메고, 오후 1시쯤 유정이 검은 쇼퍼백을 메고 등교했다. 오후 4시경 보라가 후드 집업을 걸치고 나갔다가 10분쯤 뒤 검은 봉지를 들고 집에 들어왔다. 보라는 편의점에 가서 간식을 샀다고 했다. 오후 4시 30분경 나나, 오후 6시 30분경 한솔, 오후 7시경 유정, 오후 7시 20분경 소미가 귀가하는 모습이 찍혔다. 평소와 별다를 게 없는 모습이었다.

나나가 먼저 자기 바이올린 케이스를 열었다. 보라가 먼저 냄새를 맡고 나머지 사람들도 돌아가며 냄새를 맡았다. 몇천만 원짜리 바이올린과 악보집, 송진, 습도계 등이 든 케이스에서는 송진 냄새와 바이올린에서 나는 나무 냄새밖에 나지 않았다. 다음은 유정의 가죽 쇼퍼백이었다. 텀블러와 전공 책이 다 들어가는 넉넉한 크기의 가방이었다. 가죽 자체의 냄새가 조금 나는 것 외에 음식 냄새는 전혀 나지 않았다. 소미가 취미실용서, 운동복이 있는 자기 배낭을 열었다. 새 책 냄새와 운동복에서 나는 땀 냄새 외에 다른 냄새는 나지 않았다.

"언니, 이거 바로 빨아."

보라가 코를 감싸 쥐었다.

다이어리와 삼단우산, 텀블러, 도시락통이 들어있는 한솔의 에코백도 나물 냄새 외엔 무취였다. 보라는 유일하게 가방을 사용하지 않고 집을 나간 사람이었다. 소미는 보라가 외출할 때 입었던 후드 집업의 주머니를 확인하고 후드 집업의 모자 속 냄새까지 맡았다. 모두 훈제연어 특유의 냄새는 없었다.

"밀봉을 잘해서 버렸나 봐요."

소미의 말에 사람들은 김이 샌 듯 했다. 다섯 사람은 각자의 방으로 돌아갔다.

자정부터 음식이 없어진 시점까지, 아무도 공동출입문에 있는 CCTV에 찍히지 않았으니 음식을 이 건물 어딘가에 숨겼다는 이야기가 된다. 그게 어디일까? 닭강정, 도미, 갈비찜 모두 냄새가 강한 음식이었다. 냉장고에 있는 채소나 달걀은 아무리 오래 둬도 없어지지 않았다. 소미가 훈제연어를 산 것도 그게 범인을 움직이게 할 거라고 생각했기 때문이었다. 범인은 앞치마의 연어 국물이 흐른 부분을 빨아놓기까지 했다. 범인이 냄새에 민감하다면 훈제연어를 훔치고 버리기 전까지 자기 방에 뒀을 것 같지는 않았다.

소미는 옥상으로 올라갔다. 사람들이 잘 찾지 않고 야외라서 냄새가 고여 있지도 않은 곳. 모란이 놔둔 빈 상자와 식물이 없는 화분 등 잡동사니가 옥상 한편을 차지하고 있었다. 소미는 휴대폰 플래시를 켜고 옥상을 빙빙 돌며 샅샅이 뒤졌다. 마약 탐지견이라도 데리고 오지 않는 이상 화분과 박스들이 가득한 개방된 공간에서 한참 전에 놔둔 훈제연어 냄새를 탐지할 수는 없을 것 같았다. 소미는 경찰견들이 야산에서 흙에 코를 박고 후각으로 수색하던 모습이 떠올랐다. 무심코 휴대폰 플래시를 화단 쪽으로 돌렸다. 식물이 심어지지 않은 화분 주변 바닥에 흙이 조금 떨어져 있었다. 자세히 보니 화분에 누군가 흙을 파헤친 흔적이 있었다. 범인은 훈제연어를 훔친 후 옥상으로 음식을 가져와 화분 흙 아래 숨겨뒀을 것이다. 그리고 날이 밝은 후, 집을 나설 때 훈제연어를 처리하면 의심을 피할 수 있었다. 범인과 범행 방법은 지금까지 나온 단서들로 유추할 수 있었다. 그런데 왜 그렇게 수고스럽게 음식을 훔쳤을까?

소미는 며칠 동안 하우스 메이트들을 관찰하며 보냈다. 동기를 알지 못한다면 범인과 범행 방법을 알아도 반쪽짜리 추리에 불과했다. 그동안 없어진 음식, 하우스 메이트들의 식성과 이상 행동을 되짚어 보자 답은 하나를 가리켰다.

소미는 한솔에게 퇴근 후 같이 저녁을 먹자고 했다. 소미가 채식 식당에 가자고 제안하자 한솔은 의외라는 반응을 보였다. 소미가 식중독균이 있는 훈제연어를 냉장고에 넣어둔 일로 둘 사이는 서먹했지만, 둘 중 누구도 그 얘기는 꺼내지 않았다.

소미는 한솔이 들어오는 소리를 듣고 소파에서 일어섰다. 한솔은 어두운 올리브색 블루종을 입고 모래색 셔츠와 갈색 면바지를 입고 있었다. 지구의 색을 닮은 차림새다. 일과가 바빴는지 고단해 보였다. 소미와 한솔이 바로 나가려는데 나나가 들어왔다. 나나는 청재킷과 긴치마를 입고 목에 쁘띠 목도리를 매고 있었다. 나나에게서 탄내와 매운 냄새가 풍겼다.

"소미랑 나 중국 음식 먹으러 갈 건데 나나 너도 같이 갈래? 채식 메뉴 있는 데야."

한솔이 나나에게 물었다.

"소미 언니랑요?"

나나가 눈을 동그랗게 뜨고 소미와 한솔을 번갈아 봤다. 그도 그럴 것이 소미와 한솔이 단둘이 외식하는 건 처음 있는 일이다.

"저는 먹고 들어왔어요."

나나는 콧방울과 코밑이 불그스름하고 입술은 조금 전 틴트를 바른 듯 체리색으로 반짝였다.

"그럼 우리끼리 먹어야겠네."

소미는 아쉽다는 듯 말했지만, 사실 한솔과 단둘이 할 얘기가 있었다.

"나나야. 잠깐만."

방으로 들어가려는 나나를 한솔이 불렀다. 한솔이 나나에게 가까이 다가가자 소미도 긴장했다.

"소매에 빨간 얼룩 묻었다. 주방세제 묻혀서 비비면 금방 지워질 거야."

나나는 한솔의 시선을 의식한 듯 소매 끝을 손바닥 안으로 말아쥐었다.

"에에에, 에취!"

나나가 갑자기 재채기하는 바람에 가까이 서 있던 한솔의 얼굴에 침방울이 튀었다. 소미는 눈을 질끈 감은 한솔을 안쓰럽게 쳐다봤다.

"아…… 죄송해요, 언니. 어떡해!"

나나가 콧물을 훌쩍였다.

"괜찮아."

"에취! 헉, 어떡해. 또……! 죄송해요."

나나가 한솔의 얼굴로 손가락을 뻗었다.

"아냐, 진짜 괜찮대도."

한솔은 소미를 '용신반점'이라는 한자 간판이 붙은 중국집으로 데려갔다. 빨간 바탕에 황금색 '복(福)' 자를 쓴 사각 천, 금색 술이 달린 홍등이 어스름한 내부를 장식하고 있었다. 한솔은 입구와 가까운 빈 테이블로 걸어갔다. 그 옆 테이블에는 근무복을 입은 경찰관 네댓 명이 식사 중이었다. 소미는 그들과 떨어져 앉고 싶어서 구석에 있는 테이블로 절뚝거리며 걸어갔다. 한솔이 소미를 발견하고 뒤늦게 소미 쪽으로 왔다. 소미는 시원한 재스민차를 컵에 따르며 경찰들 테이블을 흘긋거렸다. 여자는 한 명이고 나머지는 모두 남자였다.

'어려 보이는데 고등학교 졸업하고 거의 바로 합격한 건가? 아니면 그냥 동안일 수도.'

소미는 한솔이 자기를 관찰하는 줄도 모르고 여자 경찰을 보고 있었다. 모란도시락에서 같이 콩나물을 다듬을 때 모란이 했던 말이 생각났다.

"사람은 하고 싶은 일을 하고 살아야 해. 난 우리 딸이 그때 결혼 안 하고 발레 계속했으면 어땠을까 싶어. 손녀들은 예쁘지만, 은화를 생각하면 그래. 걔도 한이 됐을 거야."

정말 하고 싶은 일을 하고 살아도 될까? 요리를 계속하고 싶진 않지만 그렇다고 다시 경찰 시험에 뛰어들 용기도 없었다. 공부한다고 해서 붙는다는 보장도 없고, 생활비도 부담이었다. 공부를 다시 시작하면 먹고 싶은 것은 무엇이든 돈 생각 안 하고 배불리 먹는 지금 삶을 버리고 다시 삼각김밥, 토스트, 편의점 도시락으로 때우는 삶으로 돌아갈 것이다. 몸은 도시락 가게 일을 하는 지금이 더 고단하지만, 마음은 공부할 때보다 편했다. 일한 만큼 눈에 보이는 결과물, 음식이 나와서 좋았다. 끝이 보이지 않는 안개 속을 거니는 것 같은 수험 생활과는 달랐다. 음식 도둑 잡기에 매달리는 것도 진로 고민을 잠시라도 잊기 위해서인지 몰랐다.

"짬뽕은 어느 분 앞에 둘까요?"

중국집 사장님의 말에 고개를 들었다. 채식 짬뽕은 소미 앞에, 채식 간짜장은 한솔 앞에, 칠리가지탕수는 가운데에 놓였다.

“나나도 같이 오면 좋았을 텐데. 미리 말할 걸 그랬다.”

한솔이 윤기가 자르르 도는 간짜장 소스를 노란 중화면 위에 부으며 말했다. 소미는 눈썹을 으쓱했다.

“배고팠나 봐요. 먹고 싶은 음식이 따로 있었을 수도 있고요.”

“그런가?”

한솔이 기다란 중식 젓가락으로 짜장면을 비비는데 면과 면끼리 붙었다 떨어졌다 하며 진득거리는 소리가 났다. 소미는 짬뽕을 후루룩 빨아들였다. 면은 쫄깃하고 양파와 배추가 살근살근 씹혔다. 양송이버섯, 표고버섯 등이 듬뿍 든 채식 짬뽕은 일반 짬뽕보다 국물이 맑고 개운했다.

“진작 같이 올 걸 그랬어요, 언니랑 나나가 비건 음식 먹으러 갈 때.”

“네가 좋아할 것 같았어. 채식주의자 아닌 사람들도 먹으러 많이 오더라고. 여긴 고기 든 메뉴도 같이 팔지만, 나나랑 둘이 갈 땐 채식 전문 식당에 가거나 음식이 좀 덜 자극적인 데로 가거든.”

“나나가 채식하게 돼서 언니도 덜 외롭고 좋았겠어요.”

“당연하지. 내 주변에 채식하는 사람 나나밖에 없거든. 나한테도 좋지만, 세상에도 좋은 일이고.”

한솔의 얼굴이 처음 보는 활기를 띠었다. 소미는 혼자 밥 먹는 게 고작 몇 주째인데, 한솔은 몇 년 동안 그런 고충을 겪었을 거라 생각하니 쓸쓸했다.

"그럼 나나가 혹시라도, 다시 고기 먹으면 언니는 좀 아쉽겠죠, 아무래도?"

소미가 숟가락으로 짬뽕 국물을 휘저으며 말했다. 한솔이 젓가락질을 멈췄다.

"너도 눈치 챘구나. 나나가 닭갈비 먹고 온 거 같지?"

소미는 한솔의 단도직입적인 말에 놀랐다.

"나나한테 닭갈비 냄새가 나더라고. 얼룩도 그거 먹다가 묻힌 거 같은데."

한솔이 포커페이스로 말했다. 냉장고에서 음식이 없어졌을 때도, 보라의 속옷이 없어졌을 때도 유일하게 한솔만 침착했다. 물론 본인의 음식이나 물건이 없어진 게 아니어서 그럴 수도 있었다. 하지만 다른 사람들은 없어진 물품이 자신의 것이 아닐 때도, 집에서 절도가 일어났다는 것 자체에 불쾌해하고 범인을 찾고자 갑론을박했다. 소미가 일부러 냉장고에 리스테리아균이 함유된 음식을 덫으로 놓았을 때가 한솔이 유일하게 흥분한 모습을 보였을 때였다.

"냄새로 닭갈비인 것까진 어떻게 알았어요?"

나나 가까이 가니 매운 양념 냄새가 나긴 했지만, 닭갈비 냄새라고 특정 지을 수 있지는 않았다.

"오랫동안 고기를 안 먹어서 그쪽으로 후각이 예민해졌나 봐."

보라가 후각이 예민한 편이라고는 해도, 고기 냄새에 한정하면 보라가 한솔을 이길 순 없을 것이다. 그런 한솔도 훈제연어가 없어진 다음 날, 모두의 가방 냄새를 맡았을 때 냄새가 나지 않는다고 말했었다.

“고기 한 번 먹었다고 나나가 채식을 그만둔 거라고 생각 안 해. 채식 시작하고 얼마 안 됐을 땐 나도 정신 차려보니까 고기 먹고 있었던 적도 있어. 지금은 먹고 싶은 생각도 안 들지만.”

한솔이 입가에 짜장면 소스를 약간 묻힌 채 말했다. 한솔은 자신이 한 번 정한 규칙은 철저하게 지킬 것 같았는데 유혹에 무너진 적이 있다니 의외였다.

“솔직히 전 언니 알게 되기 전까진, 채식주의자라고 하면 자기 신념을 주변 사람들한테도 전파하고 설득하려고 할 것 같은 이미지가 있었어요.”

“그런 사람들도 있겠지? 근데 나만 해도 비건 지향이지 완벽한 비건도 아니잖아.”

한솔이 입가에 묻은 소스를 냅킨으로 꾹꾹 눌러 닦았다. 소미는 한솔에게 짜장면 한 젓가락만 주면 안 되냐고 묻고 싶었지만, 분위기를 깰까 봐 참았다.

“나나가 고기를 다시 먹는다고 해도, 채식주의를 알게 되기 전이랑 완벽히 똑같을 순 없을 거야. 채식주의자의 스펙트

럼은 넓으니까. 덩어리 고기만 안 먹는 비덩주의자도 있고 일주일에 하루는 고기 없는 날로 정해서 육식을 줄이는 사람도 있어."

'고기를 다시 먹어도 그 전과 다르다는 건 뭐지? 결과적으로는 똑같이 고기를 먹는 건데?'

소미는 한솔의 말을 완전히 이해하기는 힘들었다.

"자, 봐봐."

소미의 의문을 읽었는지 한솔이 칠리가지탕수 조각을 젓가락으로 가리켰다. 가지탕수 위에 걸쭉한 붉은색 칠리소스가 뿌려져 있고 그 위에 가늘게 썬 청양고추가 찰싹 달라붙어 있었다.

"여기 가지칠리탕수에서 소스가 안 묻은 부분은 이렇게 하얗지? 이 흰색이 비건이라고 쳐. 여기 칠리소스가 묻은 부분은 빨간 부분. 이건 공장식으로 사육된 동물을 아주 많이, 많이 먹는 사람이라고 하자. 비건, 논 비건. 흰색, 빨강. 이분법이 아니라 그라데이션 같은 거지. 예전의 나나는 다홍색이었을 거야."

한솔이 가지칠리탕수에 묻은 양념을 숟가락으로 긁어내자 붉은색이 옅어지면서 다홍색이 되었다.

"다시 고기를 먹으면, 빨강에 가까워지겠지."

한솔이 숟가락으로 뜬 양념을 다시 가지칠리탕수에 조금

떨어뜨렸다. 그래도 처음만큼 선명한 빨강은 아니었다.

"근데 언제든지 소스를 걷어낼 수 있고 그러면 또 하얘질 거야."

한솔이 칠리가지탕수를 한 입 베어 물었다. 소미도 칠리가지탕수를 먹었다. 바삭한 튀김옷 안, 촉촉한 가지와 가지 안에 든 담백한 두부가 씹혔다. 튀긴 버섯에서 이렇게 좋은 향이 나는구나 싶었다.

"맛있지?"

한솔이 입을 우물거리며 물었다. 소미는 말로 다 설명할 수 없어 미간을 모으며 세차게 고개를 끄덕거렸다.

"한 명의 완벽한 비건보단 열 명의 비건 지향인이 더 가치 있다는 말이 있어. 나도, 나나도 비건 지향인이고. 그래서 네가 오늘 같이 채식 먹자고 했을 때 반가웠어. 나는 비건 지향 페스코 베지테리언, 너는 논 베지테리언. 이렇게 정의할 수도 있지만, 용어가 없어서 그렇지 너처럼 채식에 관심 가지고 채식주의자랑 같이 밥 먹을 때는 비건 메뉴를 고르는 베지테리언도 있을 수 있는 거잖아? 동행 친화적 베지테리언, 뭐 그렇게 이름 붙여야 하려나."

"동행 친화적 베지테리언, 좋다. 맘에 들어요."

한솔과 조금은 더 가까워진 것 같았다. 비록 같이 채식을 먹자고 한 건 채식에 대한 순수한 관심에서라기보다는 한솔의 마음의 장벽을 허물어 속마음을 떠보기 위해서였지만.

"밥 먹는 자리에서 너무 진지했지? 이제 그만할 테니까 편하게 먹어."

한솔이 손가락으로 중단발을 귀 뒤로 꽂아 넘겼다.

"재밌었어요. 그리고 언니 아니면 이런 얘길 어디서 듣겠어요?"

"근데, 짬뽕은 무슨 맛이야?"

한솔이 입맛을 다시며 물었다. 소미가 더 먹어도 된다고 해도 한솔은, "아냐, 그럼 네가 먹을 게 부족하니까."라고 하면서 딱 한 젓가락만 먹었다. 한솔의 안경알에 김이 서려 뿌예졌다. 눈이 비치지 않는 안경 아래로 오종종한 입술이 국물에 후후 입김을 불더니 짬뽕 국물을 한 숟가락만 먹고 내려놨다. 소미도 한솔이 먹은 양만큼만 짜장면을 얻어먹었다. 사발을 들고 짬뽕 국물을 쭉 들이켜 식사를 마무리했다.

중화요리에는 하루의 묵은 때를 벗기는 힘이 있는지 갓 목욕을 마친 사람처럼 개운했다. 퇴근 후 지쳐있던 한솔의 얼굴에도 생기가 돌았다. 목욕재계와 원기 회복의 힘이 있어 이삿날이나 졸업식 날 중화요리를 먹는지도 몰랐다. 소미는 안개꽃 빌라로 이사 온 날에도 못 먹은 중국 음식을 오늘에서야 먹었다.

"다음에 꼭 다시 와요, 다섯이서 다 같이."

"그 정도로 좋았어?"

한솔이 냅킨으로 입가를 꾹꾹 눌러 닦았다. 소미가 한솔 쪽으로 몸을 기울였다.

"채식 메뉴도 있고, 여러 개 시키면 군만두는 서비스잖아요."

한솔이 너답다는 듯 웃었다. 소미는 한솔의 부축을 받으며 집으로 돌아왔다.

소미는 중국집에서 한솔과 대화한 후 집에 돌아와서도 불안했다.

'내가 잘못 짚은 거면 어떡하지? 괜히 끼어들어서 일을 더 망치는 게 되면?'

소미는 수사관이 아니라 안개꽃 빌라의 일원이었다. 사실 관계나 처벌보다 중요한 게 있을 거라곤 생각지 못했는데, 범행의 윤곽이 드러나면서 소미의 생각도 바뀌었다. 범행이 끝나도 관계는 남는다. 이제 소미에게는 범인을 잡은 후가 더 중요해졌다.

따뜻한 생강차를 준비해 나나의 방문을 두드렸다. 나나가 방문을 열어주기 전 짧은 몇 초가 길게 느껴졌다. 극세사 잠옷으로 갈아입은 나나가 얼굴을 내밀었다.

"나랑 얘기 좀 할 수 있어?"

"무슨 얘기예요?"

소미는 뒤를 돌아봤다. 다른 하우스 메이트들은 방에 있고 거실은 조용했다.

"우리끼리 조용히 할 얘기라서. 아님, 카페를 갈까?"

"언니 발 아직 불편하잖아요. 들어와요."

나나의 방안에 들어서자 강한 민트 향이 코를 찔렀다. 민트 향 룸 스프레이를 뿌린 듯했다. 소미는 향이 너무 강해서 괴로울 정도인데 나나는 평온한 표정이었다. 나나는 침대 귀퉁이에 앉고 소미는 의자에 앉아 서로를 마주 봤다. 나나의 침대 위에 이어폰이 꽂힌 휴대폰이 놓여 있었다.

"음악 듣고 있었나 봐?"

"네, 차이콥스키요."

"차이콥스키 좋아해?"

"엄마가 좋아해요. 발레 음악 중에 차이콥스키 음악이 많은데, 그래서 친숙하다고. 엄마가 예전에 발레 하셨거든요."

나나가 코맹맹이 소리로 말했다. 코가 막혀서 강한 민트 향을 못 맡는 것 같았다.

소미는 용신대학교 문화관에서 나나 엄마와 마주쳤던 게 생각났다. 그러고 보니 마르고 목이 긴 체형과 팔자 걸음걸이가 발레리나 같았다.

"네가 어머니 예술적인 면을 물려받았나 봐."

나나가 빙그레 웃자 가만히 있어도 조금 올라간 입꼬리가 통통한 볼살 속으로 쏙 파묻혔다. 나나의 책상 위에는 고양이 실사 사진이 인쇄된 탁상 달력이 놓여 있고 향초가 은은하게 타오르고 있었다. 5월 달력에 '생일'이라고 적힌 날짜가 며칠 남지 않았다.

"고양이 귀엽다. 나 저 달력 좀 봐도 돼?"

나나가 소미에게 탁상 달력을 건넸다. 달력에는 생일과 중간고사를 빼면 거의 적힌 것이 없었다. 그런데 5월과 4월, 3월에는 없던 표식이 2월, 1월, 전년도 12월 장에는 있었다. 주의 깊게 보지 않으면 모를 만큼 매우 작은 검정 V 모양의 표식으로, 전년도 12월부터 올해 2월까지 월초마다 닷새씩 표시되어 있었다.

"5월은 치즈 냥이, 4월은 고등어 태비예요."

나나가 해맑게 말했다. 고양이 털 색깔과 무늬에 따라 '치즈', '고등어' 같은 이름이 붙는 것은 소미도 알고 있었다. 소미는 고양이 사진을 보는 척하며 잠깐 달력을 훑어본 후 달력을 다시 5월로 돌려놓았다.

"한솔 언니랑 저녁은 잘 먹었어요?"

나나가 눈을 동그랗게 뜨고 물었다.

"응, 중국 음식 먹었어."

"요즘 어디 아픈 데는 없죠? 소화도 잘되고?"

"아픈 데 있지. 발목. 여기 빼곤 다 괜찮아."

소미가 붕대를 감은 발목을 가리키자 나나가 안도의 미소를 지었다.

"넌 닭갈비 먹은 거 소화 잘돼?"

오랜만에 고기를 먹어서 속이 더부룩하지는 않은지 진심으로 걱정되었다. 나나가 눈을 빠르게 깜박였다.

"……어떻게 알았어요? 저 닭갈비 먹은 거."

"너 코 막혀서 몰랐지? 너한테 닭갈비 냄새나. 혹시나 해서 하는 말인데, 한솔 언니 걱정할 건 전혀 없어. 내 생각보다 훨씬 열려 있는 사람이었어. 아, 네가 나보다 더 잘 알려나?"

나나가 양팔을 들고 킁킁 냄새를 맡더니 "난 냄새 잘 모르겠는데……." 하며 팔을 내렸다.

"외할머니가 매운 닭갈비 사주신다고 해서 먹고 왔어요. 진짜 딱 한번 먹은 건데. 근데 할 말 있다는 게, 채식 얘기예요?"

소미는 대화가 길어질 것 같은 예감이 들었다.

"네가 지금 처한 문제를 같이 의논하면 좋을 것 같아서. 생강차부터 마실래?"

소미가 협탁에 뒀던 따뜻한 생강차를 나나에게 내밀었다. 나나는 소미의 눈치를 보며 생강차를 마셨다. 소미의 심장이 두근거렸다. 나나는 소미가 입을 열길 기다리며 손을 허벅지 위에 올려두고 꼼지락거렸다.

"검색해보니까 생강차가 입덧 줄이는 데 도움이 된대."

소미의 말을 듣고 나나는 사레가 들렸는지 콜록거렸다.

"입덧이요?"

기침이 진정되자 나나가 황당하다는 듯 말했다. 소미는 나나의 그런 반응을 예상했다. 그래서 단서를 찾기 위해 달력을 먼저 봤다. 월초마다 닷새씩 적혀 있던 V 표식이 3월부터 없는 것으로 보아 그때부터 생리가 끊긴 것 같았다. 나나를 만나기 전 인터넷으로 알아보니, 개인차가 있지만 보통 임신 4주에서 8주 사이에 입덧이 시작되고 14주에서 16주면 없어진다고 했다. 음식이 처음 없어진 건 약 8주 전인 3월 중순이니 나나는 임신 12주에서 16주쯤 되었을 것으로 추정되었다. 나나는 헐렁한 잠옷을 입고 있는데 다행히도 아직 티가 날 만큼 배가 나오지는 않았다.

"나는 네가 고기나 생선을 못 먹는 게 양돈장 장면을 보고 난 뒤인 줄 알았는데, 생각해보니까 그것보다 전이었어. 우리가 명란 파스타 먹을 때도 입맛 없다고 하고 안 먹었지. 그땐 도미가 없어진 게 속상해서 표정이 안 좋은 줄로만 알았어. 환영회 때는 우리랑 같이 맥주도 잘 마셨는데, 닭강정이 없어진 시기부터는 한번도 술 마신 적이 없더라. 신입생이라서 술자리도 많을 텐데. 유정이가 부엌에서 술 마실 때도 넌 보고만 있었지? 몇 주 만에 고기도, 술도 안 먹게 식성이 변한 게 이상하잖아. 양돈장 영상을 보고 충격받아서가 아니라, 그 영상은 핑계였던 거야."

"제가 왜 그런 핑계를 대요?"

억울하다는 듯 나나의 눈썹이 내려갔다.

"생선이나 고기 같은 냄새 나는 음식을 못 먹을 핑계. 그날 한솔 언니가 다큐멘터리를 틀기 전에 보라가 거실에서 삼겹살을 먹어서 냄새가 남아 있었잖아. 나한텐 역한 냄새가 아니지만, 누군가한테는 그럴 수도 있지."

한솔에게 수제비를 해줬던 날, 한솔은 멸치 냄새를 맡고 인상을 찌푸렸었다. 그때 사람마다 같은 냄새에도 반응하는 게 다르구나, 생각했었다. 나나에게는 거실 공기 중에 떠도는 삼겹살 냄새가 구토가 올라올 만큼 역했을 것이다.

"임신이라고 생각하니까 모든 게 맞아떨어졌어. 없어진 음식들 다 냄새가 강한 음식이야. 우리한테 입덧하는 걸 들킬까 봐 음식을 버린 거지?"

나나가 입술을 앙다물었다.

"무슨 얘기하는지 전 도무지……."

"아르바이트 지원할 때도 식당 서빙 일자리가 제일 많이 나와 있었는데, 넌 그런 덴 한 군데도 지원 안 했어. 닭강정이 없어졌을 때도 갈비찜, 훈제연어가 없어졌을 때도 넌 한번도 냉장고 문을 안 열어봤지. 냄새 때문에 그 안을 찾아볼 수가 없었겠지. 네 도미가 없어졌을 때는 다 찾아봤다고 우리한테 말했지만, 우리가 보는 앞에서 찾은 적은 한번도 없었고. 아이스크림, 과자, 빵을 주식처럼 먹는 것도 그게 입덧 없이 먹을 수 있는 음식이어서 아냐? 채식 종류가 많은데, 우유랑 난류를 허용하는 락토 오보 채식을 하는 것도 그런 간식류를 먹기 위해서였을 거야. 네가 못 먹는 건 냄새가 심한 육류나 해산물이지 달걀이랑 우유를 넣어서 만든 빵이나 아이스크림이 아니니까. 매운 닭갈비는 강한 매운 향이 닭 냄새를 잡아 준 데다 지금 네가 코감기에 걸려서 냄새를 잘 못 맡아서 먹을 수 있었을 거고."

한솔 앞에서 연거푸 재채기한 것과 날씨에 안 맞게 옷을 따뜻하게 입은 것, 코를 많이 푼 듯 코와 인중이 불그스름해져 있던 것 때문에 나나가 코감기에 걸린 걸 알게 되었다. 나나의 후각이 정상이었다면 닭갈비 냄새가 옷에 흠뻑 밴 채 그대로 집에 들어왔을 것 같지 않았다.

"냄새 때문이 아니라 동물들이 불쌍해서 안 먹은 거예요. 감기 걸린 건 맞지만 오늘 닭갈비 먹은 건, 그냥 먹고 싶어서 먹었어요. 솔직히 고기 안 먹은 지 오래되니까 생각나더라고요. 술은 과제도 많고 몸도 피곤해서 안 마신 거고요."

나나가 코맹맹이 소리로 말했다.

"그러면 왜 갈비찜이 없어진 날에, 바이올린 케이스를 바닥에 내려놨어? 그렇게 쿵 소리 나게."

소미는 혹여라도 다른 하우스 메이트들이 듣지 않도록 목소리를 죽이며 말했다.

"제가 언제요?"

그 당시 혹시 실수로 케이스를 놓친 걸까, 나나의 표정을 봤는데 나나는 의식도 못 한 것처럼 아무렇지 않았었다.

"아마 무의식중이었을 거야. 근데 너 평소엔 절대 바이올린 케이스 바닥에 안 내려놓잖아. 네가 어떻게 음식을 버렸을까 생각했어. 네가 메고 다니는 가방이라곤 바이올린 케이스밖에 없는데. 새 케이스에 갈비찜을 담아서 버린 다음 다시 빈 케이스만 갖고 들어 왔겠지. 네가 바이올린 케이스를 바닥에 내려놨을 때, 이상하다고 생각해서 자세히 보니까 새것처럼 깨끗하던데? 전에 봤던 케이스는 스크래치도 있고 송진도 굳어 있었는데. 네 케이스를 한 번 더 확인해보려고 너한테 연주가 듣고 싶다고 하니까, 그땐 송진이 굳어 있는 케이스에서 바이올린을 꺼내더라. 케이스도 절대 바닥에 안 내려놓고. 당연하지, 비싼 바이올린이 들었는데. 전공생들은 바이올린 케이스가 여러 개인 경우가 많다며?"

훈제연어가 없어진 날 CCTV에 찍힌 영상으로는 바이올린 케이스의 세부사항까지 확인할 수 없지만, 탈취제에 첨가된 향 같은 게 안 났으니 탈취제를 썼다기보다는 바이올린 케이스 자체를 바꾸었을 가능성이 높았다.

그때를 돌이켜보는 듯 나나의 눈동자가 굴러갔다.

"기억 안 나요. 실수였을 거예요."

나나가 소미의 눈을 피했다.

"미안하지만, 아까 고양이 사진을 본 게 아니라 네가 달력에 써놓은 표시들을 봤어. 한 달에 5일씩 생리일마다 표시해 둔 거지? 3월부터 생리가 끊긴 거야?"

소미는 나나의 팔뚝에 손을 올렸다. 나나의 떨림이 전해졌다. 이렇게 다 티 나는데 속이고 있는 나나가 답답했다. 바닥을 보는 나나의 눈동자가 좌우로 심하게 흔들렸다.

'오늘 대답을 듣는 건 무리였나? 하지만 시간이 없는데…….'

임신 주차가 올라갈수록 하루하루 나나의 몸은 달라질 것이고 선택지가 줄어들 것이다.

"네가 준비되면 그때 말해줘, 언제든지. 난 네 편이야."

나나가 터져 나오는 울음을 참으려 고개를 숙이고 마른 입술을 달싹였다. 소미가 일어서는데 나나가 소미의 옷소매 끝을 잡았다.

"언니. 저 어떡해요?"

고개를 숙인 나나의 얼굴에서 바닥으로 눈물이 뚝뚝 떨어졌다. 나나의 입술로 흐느낌이 새어 나왔다.

'괜찮을 거야. 괜찮을 거야. 괜찮아야 해.'

소미는 속으로 되뇌며 나나의 등을 천천히 토닥였다. 나나의 등을 토닥이는 소미의 손이 떨렸다.

꽃샘추위가 이어지던 3월 초, 공연장 앞 화장실에서 바나나를 버린 나나를 남몰래 도왔던 일이 생각났다.

○ ○ ○

며칠 뒤, 나나는 하우스 메이트들에게 할 말이 있으니 각자 저녁 먹고 부엌에서 모이자고 단체 메신저 방에 메시지를 보냈다. 소미가 정형외과에서 물리치료를 받고 집에 들어오니 나나가 식탁에 딸기, 체리, 사과, 골드키위, 한라봉 등 제철 과일을 차리고 있었다. 사과와 골드키위는 껍질을 깎아 먹기 좋게 잘라놓았고, 한라봉은 껍질을 까서 과육을 결대로 벌려놓았다. 상큼 달콤한 향기가 과일 가게를 방불케 했다. 소미는 제사상을 받은 사람처럼 마음이 무거웠다. 벽시계의 초침 소리도 거슬렸다.

"과일이 왜 이렇게 많아?"

보라가 식탁을 보고 얼떨떨해했다.

"다 나나가 준비한 거야."

소미가 말했다.

"이걸 다? 무리한 거 아냐?"

유정이 걱정했다.

"전에 저 용돈 끊겼을 때 언니들이 공금으로 생필품 사줬잖아요. 그동안 용돈이랑 월급 차곡차곡 모아뒀었어요."

소미는 나나가 왜 범인이 잡히면 벌금을 내게 하자고 제안했는지 알 것 같았다. 벌금과 과일은 나나의 사과 방식이었다.

"할 얘기가 뭐야?"

보라가 눈을 동그랗게 뜨며 물었다.

"혹시 보라 송별회 준비한 거야?"

유정이 물었다. 나나는 파리한 얼굴로 눈을 내리깔고 있다.

"채식 그만둔 거 때문에 그래?"

한솔이 물었다. 유정과 보라가 놀란 눈을 하고 한솔을 쳐다봤다. 모두 나나가 갑자기 대화 자리를 마련한 것에 대한 각자의 추측을 꺼내는데, 소미는 혀로 입술을 축이며 말없이 있었다.

"저 고백할 게 두 가지 있어요. 그동안 말 못 해서 미안해요. 사실 여기 주인 할머니가 저희 외할머니예요. 처음부터 숨기려던 건 아니고……, 여기 월세 싼 편이지 않냐고 해서 그렇다고 얼떨결에 대답한 후로 계속 말 못 하게 됐어요. 소미 언니가 할머니 가게에서 일하니까, 더 말하기 조심스럽고 모르는 게 서로 편하겠다고 생각했어요."

소미는 나나가 음식을 훔친 사람이 자기였다는 걸 밝힐 줄 알았지, 혈연의 비밀을 말할 줄은 몰랐다. 음식을 훔치기에는 분명히 불리할 텐데 CCTV 설치를 알아보는 데 적극적으로 나선 것이, 하우스 메이트들이 모란을 욕하는 걸 막기 위해서라고 생각하니 이해되었다. 네 사람은 떡 벌렸던 입을 다물고 나나의 눈치를 봤다. 나나 앞에서 모란의 흉을 봤던 게 떠올라서였다.

"주인 할머니 좋으신 분이지. 그래도 우린 세입자니까, 네가 말 못 한 것도 이해해."

한솔이 말했다.

"할머니가 경찰 부르지 않는 게 좋겠다고 한 것도 제가 부탁해서 그런 거예요."

"왜?"

보라가 물었다. 소미는 나나를 쳐다봤다. 이제 사실을 말하면, 돌아올 수 없는 강을 건너게 된다. 그러나 언젠가 한 번은 건너야 할 강이었다.

소미는 손바닥의 땀을 바지에 문질러 닦았다.

"지금까지 제가 음식 훔쳐서 버렸어요. 보라 언니 닭강정, 제 도미, 소미 언니 갈비찜, 훈제연어. 보라 언니 속옷도요."

"왜 그런 짓을……."

유정이 말을 잇지 못했다.

"미안해요. 그동안 많이 불안하게 만들었죠? 미안하다고 말하는 것도 너무 염치없고, 무슨 말을 해도 다 변명일 거예요. 그래도 안개꽃 빌라에서 나가기 전에 적어도 사과는 해야 할 것 같아서요. 훔친 음식값이랑 벌금은 다 내고 나갈게요. 용서해달라는 거 아니고, 절대 용서 못 받는 것도 알아요. 그동안 고마웠고 정말정말 미안합니다."

고개를 숙인 채 힘겹게 말하는 나나의 목소리가 덜덜 떨렸다. 보라가 자기 앞에 놓인 물컵을 벌컥벌컥 들이켰다.

"미안하다고 하고 나가면 끝이야? 무슨 말이라도 해봐. 변명이든 뭐든."

무거운 침묵이 흘렀다. 소미는 자기가 나서서 대변하고 싶은 마음이 굴뚝같았지만 나나가 다시 입을 열기를 기다렸다. 끊어질 듯한 긴장감 속에서 나나가 어렵게 입을 뗐다.

"저 임신했어요. 입덧 때문에 음식 버렸다고 하면 이 집에서 나가야 할까 봐……. 그리고 엄마랑 아빠가 알게 되는 것도 너무 무서웠어요."

나나의 눈망울과 코끝이 붉어졌다. 놀람과 탄식의 소리가 터져 나왔다. 하우스 메이트들은 나나가 범인이라는 것보다 임신 사실이 더 충격인 듯했다. 소미 역시 임신과 입덧을 음식 절도의 동기로서 전혀 고려하지 않았기 때문에 한참 동안 가닥을 잡지 못했었다. 나나가 훈제연어 식중독균 검출 기사를 간접적으로 보내줬을 때 나나가 범인일 거라는 감이 왔다. 그 후 한참 뒤에야 여러 가지 단서를 조합해 입덧이 원인이라는 추리를 했다.

나나는 보라와 유정, 한솔의 질문에 대답하며 범행 전체를 자백했다. 나나의 방은 부엌 바로 앞이어서 다른 사람이 동물성 음식을 먹으면 그 냄새가 나나의 방까지 들어와 속이 울렁거리고 메스꺼웠다. 사람마다 입덧을 일으키는 음식이 다른데 나나의 경우엔 그게 육류나 생선 같은 동물성 음식이었다. 화장실을 가거나 물을 마시러 방 밖으로 나올 때, 다른 사람이 식탁에서 그런 것들을 먹고 있어서 구역질이 올라와 화장실로 달려간 적도 여러 번 있었다. 계속 이런 일이 반복되면 하우스 메이트들이 자신의 임신 사실을 알아차릴 것 같았다. 하우스 메이트들이 알게 되면, 외할머니와 가족들이 알게 되는 건 시간문제라고 생각했다. 하우스 메이트들이 자기를 어떻게 생각할지도 겁났다. 그래서 코를 휴지로 막고 숨을 참은 뒤, 냉장고에 있는 음식을 훔쳐서 음식물 쓰레기봉지에 담아 안개꽃 빌라에서 먼 곳에 버렸다.

구토하는 걸 들켰을 때는 입덧인 게 발각될 줄 알았는데, 하우스 메이트들의 오해로 인해 위기를 모면했다. 한솔이 거실에서 다큐멘터리를 보는 걸 옆에서 보고 호기심에 같이 보는데, 거실에 남아 있던 삼겹살 냄새 때문에 구역질이 났다. 곧장 화장실로 뛰어가서 토했는데, 하우스 메이트들은 뜻밖에도 나나가 냄새 때문이 아니라 영상 때문에 비위가 상했다고 오해했다. 나나는 어차피 이렇게 된 거 동물성 음식을 피하는 데에 대한 핑계를 만들기 위해 채식을 한다고 선언했다. CCTV가 생기고 하우스 메이트들의 의심이 극에 달한 뒤에는 새 바이올린 케이스에 훈제연어를 넣어 집에서 가지고 나와 쓰레기 버리는 곳에 버렸다. 그날은 친구 집에 새 바이올린 케이스를 두고 헌 바이올린 케이스를 가지고 집에 들어왔다. 그래서 하우스 메이트들이 냄새를 맡은 바이올린 케이스에는 훈제연어 냄새가 나지 않았다.

"그럼 내 속옷은 왜 훔쳤어?"

"이렇게 계속 음식이 없어지면 제가 의심받을까 봐, 외부인이 침입해서 훔쳐 간 것처럼 하려고 했어요. 유정 언니가 저번에 봤던 목뒤에 흉터 있던 남자도 제 남자친구였어요. 잠수탔다가 그날 갑자기 저한테 연락도 없이 나타난 거예요."

유정은 소름 돋은 듯 양 손바닥으로 팔뚝을 쓸었다.

"소미 언니가 경찰 부르자고 했을 때 똥줄 좀 탔겠다, 너?"

보라의 말에 나나가 고개를 푹 숙였다. 얼굴에 비해 큰 나나의 당나귀 귀가 새빨개졌다. 한솔이 깊은 한숨을 내쉬었다.

"그동안 혼자서 힘들었겠네……. 그런데 어떻게 사실대로 말할 결심을 한 거야?"

한솔이 물었다.

"그건, 소미 언니가……."

소미가 나나의 말을 끊었다.

“나나가 그동안 죄책감 때문에 힘들었던 것 같아요.”

알고 있었느냐는 듯 모두의 눈이 소미를 향했다.

소미가 가지고 있는 증거는 정황 증거뿐이었고, 하우스 메이트들 앞에 나서서 전부 밝히고 사과하기로 한 건 나나의 결단이었다.

“내가 식중독균 있는 훈제연어를 먹었을까 봐 나나가 도어락 범죄 기사 링크를 단톡방에 보낸 거야. 도어락 범죄 기사 밑에 훈제연어에서 식중독균이 검출됐다는 기사 배너가 걸려 있었거든. 나나가 나한테 간접적으로 안 알려줬으면 난 그걸 먹고 식중독에 걸렸을 거야. 나나는 아마 내 훈제연어를 버리려다가 프레션 F&B라는 상표를 봤을 거야. 바구니 안에 잘 안 보이게 연어 팩을 눕혀둬서 내가 프레션 F&B를 샀다는 건, 내 바구니 안을 뒤진 사람만 알 수 있는 사실이야. 그 기사를 바로 나한테 보내면, 프레션 F&B 훈제연어를 샀는지 어떻게 아냐는 의심을 살 게 뻔하잖아. 그래서 간접적으로나마 알려주는 방식을 선택한 거지. 나나가 나를 걱정 안 했으면 그 기사를 굳이 보게 했을까? 심지어 자기가 괴로운 훈제연어 냄새를 며칠 더 참아가면서. 내가 아니라 다른 사람이었대도, 나나는 마찬가지로 했을 거야.”

소미는 대각선에 앉은 나나를 바라봤다. 내내 고개를 숙이고 있던 나나가 처음으로 고개를 들어 소미와 눈을 맞췄다. 나나가 코를 훌쩍였다.

"전 봉지가 뜯어져 있어서 소미 언니가 조금이라도 그걸 먹은 줄 알고 걱정돼서……. 근데 직접 말을 못 해서 그렇게 한 거예요."

모두 말이 없었다. 너무 놀라운 얘기를 들으면 실감이 나지 않는 법이다.

"이제 어떻게 할 거야?"

한솔이 말했다. 모두의 시선이 나나를 향했다.

"모르겠어요. 주안이가 같이 애 낳아서 키워보자고 그래서 저도 처음엔 그럴 생각이었어요. 근데 걔는 그 뒤로 잠수 타고, 저 혼자 고민하는 사이에 시간이 이렇게 지나버렸어요. 어떻게 해야 할지 잘 모르겠어요."

소미는 아득해졌다. 나나가 한동안 넋을 놓고 아무 때나 눈물을 뚝뚝 흘리던 시기가 떠올랐다. 이 상황에서 유일하게 자신의 사정을 알고 있고 의지할 수 있는 상대가 연락 두절이 되었으니 나나는 나락으로 떨어지는 기분이었을 것이다. 내내 울었는지 퉁퉁 부은 나나의 눈을 보고 그저 그 나이대에 통과의례처럼 겪기 마련인 실연의 아픔 정도로 생각해 넘겼던 게 떠올라 아찔했다. 왜 그렇게 넘겨짚었을까? 갓 입주했을 때만 해도 골고루 잘 먹던 애가 빵과 아이스크림, 초콜릿 같은 것밖에 먹지 않고, 쉽게 피로해 하고, 얼굴색이 안 좋아졌는데도 우리 앞에서 곧잘 웃어준다고 바보처럼 그대로 믿었다.

"임신 초기에는 자연유산이 되기도 한다고 그래서 처음엔 유산하려고 엄청 노력했어요. 일부러 벽에 부딪혀도 보고, 줄넘기도 몇천 개씩 하고, 굶기도 하고. 그래도 계속 입덧하는 거예요."

나나가 울컥했다. 유정이 각티슈에서 휴지를 뽑아 나나에게 건넸다. 유정의 눈도 빨개졌다.

"불알을 떼버릴 새끼, 진짜."

보라가 이어지는 긴 욕지거리를 내뱉었다.

"주안이는 돌아왔는데, 걔도 저도 이제 뭐가 맞는지 모르겠어요. 너무 늦은 것 같아요."

나나의 고양이 같은 눈매에 눈물이 그렁그렁 맺혔다.

"누가 늦었대? 안 늦었어. 절대."

한솔이 화난 듯 단호히 말했다. 소미는 한솔이 차가워 보이지만 속은 따뜻한, 유리 접시에 담긴 웜 샐러드 같다고 생각했다.

"말해줘서 고마워. 나나야."

소미가 말했다. 나나는 외로웠을 거다. 하우스 메이트들에게 임신 사실을 숨기고 음식을 훔치면서도 누군가 자기의 범행을 알아채 주기를, 자기를 멈추게 해주기를 바랐을지도 모른다. 소미는 너무 늦게 알아차려서, 그동안 나나를 외롭게 두어서 미안했다. 그리고 나나가 잡혀주어서 고마웠다.

식탁 위로 유정과 나나의 눈물, 콧물이 뚝뚝 떨어졌다. 보라는 휴지를 뽑아 둘의 얼굴을 닦아주었다. 소미는 한솔과 눈을 마주치고 자리에서 일어나 나나, 유정, 보라를 한꺼번에 끌어안았다. 그리고 나나의 훌쩍임이 멈출 때까지 기다렸다.

“일단 과일부터 먹자. 울고 나면 잘 먹어야 해.”

한솔의 말에 소미는 그제야 배고픔을 자각했다. 아마 다들 배가 고플 것이다. 한솔이 한라봉 조각 중 가장 큰 것을 나나의 입에 넣어주었다. 나나가 한라봉을 씹으며 눈물 고인 눈을 찡긋했다. 아마 너무 시고 또 너무 달아서일 것이다.

채한솔

표고버섯 미역국,
이별

이른 아침부터 한솔은 부엌에 섰다. 점심 도시락은 전날 밤 싸놓고 잤으니, 그걸 만들기 위해서는 아니었다. 오늘이 나나의 생일이라는 말은 나나가 고백을 한 직후 소미에게 전해 들었다. 고기를 못 먹고, 잠이 많아지고, 술을 안 마시고……. 그간 나나의 행동이 생각났다. 한솔 주변의 임신했던 사람들도 그랬었다. 왜 지금까지 나나가 임신했단 걸 알아차리지 못했는지 답답할 정도였다.

일주일 전, 나나가 화장실에 들어가고 물소리에 섞여 구역질 소리가 들렸다. 화장실에서 나온 나나는 눈이 촉촉했다. 한솔이 나나에게 괜찮냐고 묻자, 나나는 혀 닦을 때 칫솔을 너무 깊숙이 넣어서 구역질이 났다고 했다. 그때는 대수롭잖게 생각했는데 입덧 때문이었다. 그동안 신체적, 정신적으로 힘들었을 텐데 혼자 변화를 겪어냈을 나나가 짠했다.

3년 전 생일, 한솔은 미역국을 끓여 혼자 먹었다. 남편과 크게 싸우기까지 했으니 최악의 생일이었다. 한솔은 나나가 그때의 자기처럼 고독하고 초라한 생일을 보내지 않길 바랐다. 나나를 위해 생일 미역국을 끓이는 것, 고작 그게 지금 해줄 수 있는 전부였다.

도마 위에 표고버섯을 반달무늬로 얇게 썰었다. 버섯을 썰 때는 애호박이나 무 같은 단단한 채소를 썰 때와 칼날이 들어가는 느낌부터 달랐다. 눈밭을 걷는 듯 폭신했다. 한솔은 버섯을 다 썬 후, 미리 불려둔 미역을 들었다. 잎과 줄기가 함께 있어서 인어의 머리카락처럼 풍성했다. 편의점에서 파는 간편 식품 미역국은 줄기 없이 잎만 있어서 씹을 때 식감이 덜하다. 간편 식품 미역국을 먹는 일은, 바짓단을 걷어 올리고 모래사장에서 파도를 피해 노는 것 같다. 발목까지는 젖어도 절대 몸이 푹 젖진 않는다. 한편 이렇게 줄기가 살아있는 미역을 먹으면, 파도를 타는 서퍼가 된 것 같다. 바다의 생명력을 온 몸으로 흡수하는 기분.

미역 한 움큼과 다진 마늘을 냄비에 넣고 참기름을 뿌려 달달 볶았다. 진한 참기름 냄새와 알싸한 마늘 향이 미역의 물비린내를 감쌌다. 나무 주걱이 냄비 바닥에 부딪히는 소리가 경쾌하다. 양파, 파, 다시마 등을 넣어 끓인 채수를 냉장고에서 꺼내 한 대접 부었다. 표고버섯도 넣어 끓이다가 재료가 다 익었을 즈음 국 간장을 조금 넣어 간했다. 맛을 보니 재료의 맛이 푹 우러나온 미역국에서 감칠맛이 났다.

냄비 불을 끄고 바로 옆 화구에 프라이팬을 올렸다. 표고버섯구이를 할 차례다. 식용유를 두르지 않고 프라이팬에 표고버섯을 빽빽하게 펼쳤다. 시간이 지나며 표고버섯은 먹음직스러운 갈색으로 익어갔다. 참기름에 고운 소금을 넣어 표고버섯을 찍어 먹을 참기름 장도 만들었다.

한솔은 냄비와 프라이팬에 뚜껑을 덮어두고, 혹시 못 볼까 봐 '나나야. 표고버섯 미역국이랑 표고버섯구이 해놨어. 잘 챙겨 먹어.'라고 써서 냉장고에 붙였다. 보라와 소미가 써둔 종이는 누가 뗐는지는 모르지만, 나나가 고백한 직후 사라졌다. 그 종이들이 붙은 냉장고를 볼 때마다 가슴이 답답해졌는데, 깨끗해지니 보기 좋았다.

'별 것 아니지만, 이걸 먹고 네 생일이 조금이라도 덜 힘들었으면 좋겠어.'

한솔은 이미 잘 붙어 있는 포스트잇을 마음을 담아서 꾹꾹 눌렀다.

퇴근하고 집에 오니 회색 후드티를 입은 나나가 미역국 냄비를 설거지하고 있었다.

"다 먹었어?"

"네. 맛있었어요."

나나가 조금 웃어 보였다. 입덧이 있는 아인데 고맙게도 다 먹어줬다. 한솔은 식탁 의자에 앉아서 나나가 설거지를 끝내기를 기다리며 커피포트에 물을 올렸다.

"김치찌개 집, 된장찌개 집 다 있는데 미역국은 왜 밖에서 잘 안 파는지 모르겠어."

"그러게 말이에요. 왜 없을까요? 저도 미역국 진짜 좋아하는데. 언니 덕분에 잘 먹었어요."

나나의 목소리가 싱크대 물소리에 섞여 들렸다. 언제 들어도 낭랑하고 듣기 좋은 목소리다.

“미역국도 지역마다, 집마다 재료가 조금씩 다르더라고. 우리 엄마는 전라도 분인데 살아계실 땐 닭고기 미역국을 해주셨어. 내 전 남편은 어머니가 경상도 분이어서 생일에 가자미 미역국을 먹었대.”

“언니 결혼, 했었어요? 아, 죄송해요.”

나나가 ‘아차’ 싶었던지 손으로 입을 가렸다.

“괜찮아. 일부러 숨기려던 건 아닌데, 생각보다 말할 기회가 잘 없더라. 잠깐이지만 그 사람 딸도 같이 키웠었어.”

“아…….”

나나의 입에서 긴 감탄사가 나왔다.

“혹시 어땠는지 물어봐도 돼요?”

“그럼.”

한솔은 자기 얘기가 나나에게 도움이 될 수도 있을 것 같아 그 얘기를 해야겠다고 이미 마음먹고 있었다. 나나와 친한 사람 중에는 결혼한 사람이나 자식을 키우는 사람이 거의 없을 것이고, 그렇다고 부모님께 물어보기도 어려울 것 같았다.

나나에게 녹차를 마시겠냐고 물으니 좋다고 했다. 한솔은 커피포트에 물이 다 끓자 나나와 자기 앞의 잔에 물을 따랐다.

“좀 기다려야 해. 물이 너무 뜨거우면 맛이 써지고 너무 식으면 덜 우러나거든."

차마다 우리기 적당한 물의 온도가 다르지만, 이 녹차는 80도 정도에서 우려야 색도 곱고 맛과 향도 가장 잘 느낄 수 있었다. 한솔은 물이 적당히 식을 때까지 기다리며 중간중간 머그잔을 손으로 만져서 온도를 확인했다. 머그잔 표면에 손바닥을 가져다 대도 데지 않을 만한 온도가 되었을 때, 찻잎이 든 망을 잔에 넣었다.

"남자친구는 이혼하고 네 살짜리 딸이 있는 사람이었어. 그 딸은 전 부인이 키우고 있었고. 근데 결혼하고 6개월 만에 그 애를 우리 집에서 잠시 데리고 있게 되었어. 애 엄마랑 할머니한테 사정이 생겨서. 난 전혀 준비된 것도 없이 네 살짜리 애를 키우기 시작한 거야. 그 애는 경계심 없이 나를 잘 따르더라, 너무 어려서 그런지. 근데 난 그게 마음이 불편했어."

한솔은 잠시 말을 멈췄다. 나나의 표정을 보니 완전히 몰입하고 있었다. 다 괜찮아졌다고 생각했는데 예전 일을 상기하자 가슴 한구석이 아려왔다.

"난 그 애가 달갑지 않았으니까. 남편이랑 주변 사람들한테는 괜찮은 척, 마음 넓은 척했지만. 그래서 겉으로는 더 잘해줬는지도 몰라. 내가 그런 마음을 가지고 있는 게 싫고, 애한테 미안해서."

찻잎이 든 망을 꺼내고 투명한 풀빛의 녹차를 한 모금 마셨다. 맑은 향기가 나며 단맛과 구수한 맛이 은은하게 느껴졌다. 나나도 차를 조금씩 음미했다. 따뜻한 차가 들어가자 한솔의 긴장이 조금 풀렸다. 비로소 입 속의 혀가 부드러워진 느낌이다.

"연애할 때는 서로의 공통점을 발견하기 바빴는데 결혼 후에는 서로 다른 점만 보였어. 내가 '나'여서 좋다고 했던 사람인데 결혼하니까 남편은 내가 남들처럼, 다른 아내들처럼 해주기를 바라는 거야. 결혼하고 내가 원하는 삶은 뭘까, 아이는 어떻게 키워야 하는 걸까 새로운 의문이 많이 생겼어. 그런데 준비가 안 돼 있다 보니까 혼란스러웠어. 내가 어떻게든 그 결혼 생활을 지키고 싶었으면, 더 노력했을지도 모르겠어. 그런데 난, 나를 포기하면서까지 그 결혼을 유지하고 싶진 않았어. 그 사람도 마찬가지였고."

한솔이 하우스 메이트에게 결혼 생활을 얘기하는 건 처음이었다. 나나에게 말하고 나니 마음이 조금은 가벼워졌다. 일부러 말하지 않은 건 아니라고 했지만, 사실 지난 2년 동안 마음속에 빗장을 걸고 꺼내놓지 않던 이야기였다. 입 밖으로 냈을 때 그게 어떻게 표현될지, 들은 사람이 어떻게 생각할지 두려웠다. 나나는 생각보다 크게 놀란 것 같지는 않았다. 본인 앞의 문제가 너무 무거워서인지도 몰랐다.

"외로운 게 싫어서 결혼했는데 외로운 사람이 둘이 된 거지."

"그래서 언니가 인생은 혼자라는 말 자주 했구나."

나나가 의젓하게 말했다.

"내가 그랬어?"

"네. 그렇게 말하지만 마음은 따듯한 사람이라고 생각했어요. 언니 행동은 공동체주의적인 거 알죠? 동물 단체랑 입양아동 단체에도 정기 후원하고."

"아이들이랑 동물들한텐 내가 뭘 받고 싶다는 기대가 없으니까 실망도 안 해. 후원은 내가 직접 키우는 것도 아니고. 적당히 멀리서 예뻐하는 게 편해."

한솔에겐 결혼 안 한 친구가 대다수이긴 하지만 절친한 친구는 결혼하고 남편을 따라 멀리 이사 갔다. 같이 학창 시절을 보낸 친구가 어느덧 엄마가 된 모습을 볼 때 불현듯 본인의 미성숙함을 느끼곤 했다. 그건 한편으론 안심되는 감각이었다. 영원히 어른이 되지 않고 싶었다.

"저도 자신 없어요. 근데 아무 결정도 못 내리겠어요. 후회하게 될까 봐."

나나가 시선을 떨어뜨렸다. 한솔은 한참 말을 고르고 골랐다. 안개꽃 빌라 안에서는 한솔이 최연장자이고 사회생활 경험도 가장 많았다. 자기의 말이 나나에게 어떤 영향이라도 주게 될까 두려웠다. 지금 한 말은 내일만 되어도 후회할지 모른다. 하지만 그렇다고 아무 말도 하지 않는 게 최선 같지도 않았다.

우리는 '남'이지만, 동시에 '우리'라고도 할 수 있는 사이. 서로의 인생에 개입할 순 있지만 책임질 수는 없다. 하지만 후회하더라도 주제넘게 끼어들기로 했다.

"어떻게 후회를 안 하고 살 수 있겠어."

나나의 눈동자가 흔들렸다.

"가족도 남자친구도 아무도 생각하지 말고, 지금 네 몸과 마음 상태가 어떤지, 그것만 생각해. 후회해도 괜찮아. 네가 나중에 혹시 후회하게 되는 일이 오면 그때 네 옆에서 나도 같이 후회할게. 내가 너 부추겨서 잘못했다고. 미안하다고."

나나가 테이블 위로 손을 뻗어 한솔의 손을 맞잡았다. 나나의 손이 차가웠다. 나나가 진심으로 원하는 삶의 방향이 있을 것이다. 그게 무엇인지 아직 깨닫지 못했거나 실행에 옮기기 주저하고 있을 뿐. 한솔은 확신을 주고 싶어 나나의 손을 더욱 꽉 잡았다.

◦ ◦ ◦

얼마 뒤, 나나의 임신 중절 수술을 앞두고 소미가 한솔에게 나나와 병원에 같이 가줄 수 있냐고 물었다. 자기는 발목 인대가 완전히 회복되려면 아직 더 있어야 하고, 나나가 아무래도 언니를 더 편하게 생각할 것 같다고.

"당연히 그러려고 했어. 걱정 안 해도 돼, 소미야."

한솔은 소미의 오지랖에 웃음이 나왔다. 나나가 수술받을 산부인과를 알아보고 진료받을 때 동행한 사람도 한솔이다. 소미가 구태여 챙기지 않아도 당연히 수술 당일에 함께 가려고 생각했다. 그래도 오지랖은 소미의 매력이지 싶었다.

산부인과에서 나나가 받는 시선은 따가웠다. 진료실에서 의사가 피임은 제대로 했냐고 나나에게 묻는데 말투에서부터 타박이 느껴졌다. 나나는 콘돔을 쓰긴 했지만, 피임이 제대로 되지 않은 것 같다고 말했다. 남의 일이었다면 한솔도 제대로 피임하지 않은 사람들을 탓했을지도 모르지만, 나나가 그런 타박을 들으니 울컥했다. 그런 말은 이미 충분히 고생하는 여자가 아니라 남자한테 해야 하는 거 아니냐고 쏘아붙이고 싶었지만, 의사의 손에 나나의 생명이 달려있어서 참았다.

"많이 아플까요? 수술."

수술 전날 넷이서 드라마를 보다가 문득 나나가 물었다. TV 화면이 의미 없이 송출되고 있었다.

"내가 수술은 쌍꺼풀 수술밖에 안 받아봤지만, 그것도 마취 깨고 나면 다 끝나 있을 거야. 원래 겪기 전이 제일 무섭대."

보라가 옆에서 나나의 손을 꼭 잡았다.

"우리 엄마도 임신 중절한 적 있으셔. 그때 아빠가 조선소에서 해고당하고 집안 사정이 어려워져서. 그러고 몇 년 뒤에 내 동생이 태어났거든. 우리 집에서 엄마랑 동생이 제일 잔병치레 없고 건강해. 그니까, 너무 걱정하지 마."

소미가 말했다. TV 드라마에서는 비련의 남녀 주인공이 이별하며 눈물짓고 있었다. 한솔은 심장이 빠르게 뛰고 약간 숨이 가빠서 눈을 지그시 감았다. 어떤 말도 떠오르지 않았다. 대학병원에서 일하며 예상치 못한 죽음과 사고를 많이 목도했다. 사망, 영안실, 장례식, 출혈, 긴급 상황, 구급차……. 그런 단어가 일상이었다. 만에 하나, 십만에 하나인 상황을 자주 보며 세상은 안심할 수 없는 곳이라고 배웠다. 그런데 어떻게 괜찮다고, 안심하라고 나나에게 말할 수 있을까? 속이 울렁거려 눈을 감은 채 소파에 등을 기댔다. 소미와 보라가 나름대로 나나를 위로해주고 있어서 다행이었다.

확정할 수 없는 세계는 어렵다. 채식을 하는 건 그게 한솔이 확신할 수 있는 몇 안 되는 옳은 일이기 때문이었다. 인간에 의해 생태계가 파괴되고 동물들이 존엄을 잃으며, 그 피해는 다시 인간에게 돌아오고 있었다. 그러나 사람들 사이에서 발생하는 일은, 이를테면 교통사고 같은 것들은 과실의 지분을 매기는 일이었다. 무엇이 옳은 일인지 가늠하고 싶은데, 잘되지 않아 혼란스러웠다.

소미가 수제비를 만들어줬던 날은, 한솔이 일하는 병원에서 교통사고 환자가 사망한 날이었다. 덤프트럭과 승용차가 CCTV 없는 한밤중의 도로에서 추돌했고 두 운전자는 용신대학교 병원으로 실려 왔다. 사건을 조사하기 위해 경찰들이 병원에 왔었다. 승용차 운전자가 중환자실에 의식불명 상태로 있었기 때문에 누가 먼저 교차로에 진입했는지, 어떤 속도로 달렸는지 진술할 수 있는 건 덤프트럭 기사밖에 없었다. 한솔은 상대의 과실이라는 덤프트럭 운전자의 진술이 사실이기를 바랐다. 덤프트럭 기사에게는 중학생 딸이 있어 더 마음이 갔다. 엄마가 돌아가셨을 때, 한솔도 같은 나이였다. 한솔은 중형차 운전자의 가족은 몰랐다. 알았다면 덤프트럭 운전자의 과실이 더 클 것이라고 믿고 싶어졌을까? 그랬을지도 몰랐다. 사고 후 얼마 지나지 않아 승용차 운전자가 사망했다. 승용차와 덤프트럭이 추돌했을 때 대개의 경우 덤프트럭 운전자는 살아남아도 상대는 그렇지 못한다. 예견된 일이었다. 덤프트럭 운전자가 자기에게 유리한 쪽으로 거짓말을 했을 수도 있다. 하지만 아닐 수도 있다. 한솔은 아니기를 바랐다. 진실이 무엇인지는 모르지만 진실이 무엇이기를 바라는 자기의 마음은 알 수 있었다.

한솔은 그날 지었을지도 모를, 의식조차 못 한 죄를 씻으려는 것처럼 퇴근 후 완전 채식 음식을 준비했다. 멸치로 국물을 내고 공장식 축산 달걀이 들어간 수제비를 먹는 게 내키지 않았다. 음식을 버리게 되는 것보단 낫다고 생각해 알레르기 반응이 일어나지 않을 범위 내에서 먹을 때도 있지만, 그날은 온몸과 정신이 그걸 거부했다. 한솔은 자신이 할 수 있는 선(善)의 초라함을 느끼며 냉이 나물을 먹었다.

◦ ◦ ◦

내일 수술을 받는다고 생각하니 불을 끄고 누워도 잠이 오지 않았다. 나나는 부쩍 페퍼가 보고 싶었다. 주안의 고양이이긴 하지만 사귀는 동안에는 둘이 같이 키운 것이나 다름없었다. 나나는 휴대폰을 켜서 주안과 전에 주고받았던 메시지들을 읽었다. 수술받을 돈 반을 부담하라고 하고, 수술 일시와 산부인과 위치를 알려준 게 나나가 보낸 마지막 메시지였다. 주안의 답은 그렇게 하겠다는 짧은 메시지가 전부였다.

나나는 주안에게 페퍼 사진을 보내달라는 메시지를 보냈다. 주안도 늦게까지 안 자고 있었는지 한꺼번에 수십 장의 페퍼 사진을 보냈다. 페퍼는 코가 눌린 귀여운 얼굴, 흰색 솜사탕에 후춧가루를 뿌린 것처럼 풍성한 흰색과 회색 털이 여전했다. 흐뭇하게 미소 지으며 사진을 보다가 페퍼가 그리워서 눈물이 찔끔 났다. 사진에서 털이 조금 뭉쳐있는 게 보였다. 페퍼 털을 좀 더 자주 빗겨주라고 주안에게 잔소리했다.

다음 날 아침 방 문고리에 걸려 있는 종이가방을 발견했다. 종이가방 안에는 좋아하는 브랜드의 민트 초콜릿 상자가 들어있었다. 잘 먹으라는 유정의 쪽지도 있었다. 유정은 어젯밤에 늦게 집에 들어와서 나나가 잠들고 난 뒤에 선물을 걸어둔 것 같았다. 나나는 콧날이 시큰했다. 하우스 메이트들에게는 고맙고 미안한 일이 많았다. 임신과 범행을 고백했을 때 자기 일처럼 울어준 유정. 별거 아닌 것처럼 말해서 진짜 그런가 싶게 하고 종종 웃게 만드는 보라. 가장 먼저 도움의 손을 내밀고 용기 낼 때까지 기다려준 소미. 입덧으로 힘들 때 밥 친구가 되어주고 기댈 곳이 되어주는 한솔. 물론 그래도 마음속 깊은 곳에 그들이 닿을 수 없는 외로움이 있었다.

한솔과 같이 산부인과에 도착했다. 다른 임산부들과 함께 엘리베이터를 타자 미역국 냄새가 났다. 한솔이 나나의 손을 잡았다. 긴장한 듯 한솔의 손에 힘이 들어갔다. 병원 인테리어는 흰색과 연노랑을 주로 쓴 편안한 분위기였지만, 그건 그것대로 생경하고 불편했다.

나나는 입구가 잘 보이는 자리에 앉아서 주안이 오길 기다렸다. 수술실로 들어갈 시각이 될 때까지 주안은 나타나지 않았다. 산부인과 수술대에 누웠을 때 나나를 기다리고 있을 사람은 주안일 거라고, 당연히 그래야 한다고 생각했다. 그게 출산이든 임신 중절이든 상상 속 그 자리에는 항상 주안이 있었다. 그런데 지금 곁을 지키고 있는 사람은 한솔뿐이다.

예식장 아르바이트할 때 웨딩 아일을 밟는 신랑 신부를 보며 언젠가 주안과 저 길을 걷는 날이 올까 상상했었다. 이제 그런 상상은 하지 않을 것이다. 입구에서 눈길을 거두고 수술실로 들어갔다.

한솔은 마음이 어수선해 산부인과 문 밖을 서성였다. 헐렁한 검은색 옷을 입고 검은 모자를 푹 눌러쓴 남자애가 두리번거리면서 문 앞으로 왔다. 나나가 보여준 주안의 사진을 기억했다. 주안이 나나와 동갑인 걸 알고는 있었지만, 마주하니 새삼 어리게 느껴졌다.

"박주안?"

"맞는데 누구세요?"

한솔은 주안의 정강이를 힘껏 걷어찼다. 주안은 아파하며 깨금발로 뛰었다.

"대체 누구세요?"

한솔이 같은 자리를 한 번 더 찼다.

"나나 언니야. 너도 무서웠겠지. 근데 나나는 네 몇백 배는 더 무섭고 힘들었을 텐데, 그때 적어도 너 혼자 도망치진 말았어야지. 같이 낳아서 키우자고 거짓말해서 희망 고문은 안

했어야지!"

한솔의 목소리가 울렸다. 한솔은 눈물을 보이기 싫어 주안에게 등을 돌렸다.

"죄송합니다……."

주안이 기어들어 가는 목소리로 말했다. 한솔은 입을 틀어막고 울음을 삼켰다. 눈물이 짰다.

한솔은 주안과 함께 안으로 들어왔다. 병원 소파가 심경과 비교하면 너무 푹신해서 도리어 불편했다. 스무 살 남자와 서른 살 여자가 함께 있는 데다 여자가 눈물을 쏟은 듯 눈과 코가 빨가니, 사람들이 둘을 흘깃거렸다. 혀를 끌끌 차는 아줌마도 있었다. 주안은 손톱을 입으로 물어뜯고 있었다. 한솔과 주안은 내내 서로 한마디도 하지 않았다. 시간은 더디게 흘렀다. 한솔은 나나와 처음 병원에 왔을 때 수술 과정에 관해 설명을 들어서 지금쯤 나나가 어떤 일을 겪고 있을지 알았다. 나나는 십여 분의 수술이 끝나고 두 시간 동안 수액을 맞으며 회복실에 누워있을 것이다.

한솔은 인생에서 가장 외로운 날이 떠올랐다. 결혼하고 한솔의 첫 생일, 남편은 며느리 생일상까지 봐주는 시어머니가 어디에 있냐며 그런데 한솔이 음식에 손 하나 대지 않았다고 투덜거렸다. 한솔에겐 챙겨줄 부모님이 계시지 않아 시어머니가 특히 신경을 썼다는 건 알았다. 하지만 고기에만 손을 대지 않았을 뿐 밥과 나물, 과일은 먹었는데도 남편은 그런 건 중요하지 않고, 그저 고기를 안 먹은 것에 섭섭해했다. 남편은 한솔이 채식하는 것 때문에 자기가 얼마나 피곤한 줄 아느냐고 했다.

그가 한솔에게 불만을 토로하는 건 처음이었다. 오래 연애했지만, 남들 다 하는 크고 작은 싸움 한번 없었다. 둘 다 속마음을 잘 내색하지 않고 조용한 성격이었다. 한솔이 동물성 알레르기 진단을 받고 채식을 시작했을 때도 그는 자연스럽게 받아들였다. 처음에는 알레르기 증상이 심했던 소, 돼지, 닭만 끊고 어패류는 자유롭게 먹었기 때문에 같이 백반집에 가서 한솔은 나물 반찬이나 생선구이 위주로 먹었다. 애인은 육식을 하고 자신은 하지 않지만, 서로 존중하며 살 수 있다고 생각했다. 그러나 결혼은 생활을 같이하는 것이었다. 한솔이 채식을 하는 이유도 건강에서 환경, 동물권으로 점점 확장되면서 비건을 지향하게 되었다. 같이 간 식당에서 주문 전, 한솔이 요리에 고기 육수나 고명 같은 게 들어가는지 물어보거나 장을 볼 때 식품성분표를 오래 들여다볼 때마다 그는 못마땅한 표정이었다. 그 침묵의 언어가 일상적으로 한솔에게 생채기를 냈다. 플라스틱을 적게 쓰기 위해 화장실 용품을 대나무 칫솔, 고체 치약으로 바꾸었고 비건 인증 화장품을 바르고 오리털 패딩 대신 친환경 보온재가 들어간 패딩을 입었다. 먹는 것으로 시작했지만 비거니즘에 대해 알게 될수록 의식주를 비롯해 일상의 모든 것에 소소한 변화가 생겼다. 남편과 점점 가치관의 거리가 벌어졌다. 혹은 그동안 무시했던 차이들이 비거니즘을 계기로 더 잘 드러나게 된 건지도 몰랐다.

"우리가 결혼한 건지, 그냥 한집에 가구처럼 같이 있는 건지 모르겠다."

한솔의 생일, 표고버섯 미역국을 먹는 한솔의 등 뒤에서 남편이 말을 던졌다. 한솔이 하고 싶은 말이었다. 그야말로 한솔을 옆에 두는 가구 이상으로는 생각지 않는 것 같았다.

"어머님도 내가 채식하는 거 알고 당신도 알잖아. 해준 사람 정성을 생각하라면서 왜 받는 사람 마음은 생각 안 하고 무조건 고마워하라고 강요해?"

부딪히는 점이 없어서 잘 맞는 줄 알았더니 그동안 속마음을 말하지 않은 것뿐이었다. 그는 대꾸 없이 집을 나갔다. 그는 음식에 별 애착이 없는 사람이어서, 한솔은 결혼 후에도 식생활로는 다툼이 없을 거라고 생각했다. 결혼 후 처음에는 한솔이 요리한 채식을 같이 먹다가 점차 한솔 혼자 먹고 그는 밖에서 먹고 들어왔다. 남편은 그걸 한솔 때문이라고 생각했다. 한솔은 채식하는 게 전혀 미안하지 않은데, 미안함을 느껴야 하는 사람이 되어있었다.

그리고 얼마 후 남편과 전 부인 사이의 딸을 잠시 맡게 되었다. 양육권을 가진 아이 엄마가 유방암 항암치료로 병원에 입원해 있는 동안 시어머니가 아이를 돌보고 있었다. 그런데 시어머니가 가벼운 교통사고를 당하면서, 남편과 한솔이 상의해서 아이를 한솔의 집으로 데려왔다. 그도 미안했던지 처음엔 한솔의 눈치를 보며 무슨 일에든 고분고분했다. 실수이긴 하지만 아이는 엉겁결에 몇 번 한솔을 엄마라고 부른 적도 있었다. 아이가 아주 어릴 때 부모가 이혼했기 때문에 부모와 한집에 산 기억이 없을 거라 생각하니 안쓰러웠다. 한솔도 고등학생 때 엄마가 지병으로 돌아가시고 한솔이 성인이 된 직후 아빠가 강원도 사찰로 들어가셔서, 부모의 부재가 어떤 건지 잘 알았다.

한솔은 직접 요리를 할 때는 동물성 식품을 피하고 가능한 한 식물성 식품만을 썼다. 자연히 아이한테도 고기는 먹이지 않았다. 대신 콩이나 견과류 같은 식물성 단백질로 영양을 챙기고, 자신은 때때로 비건 라면 같은 채식 가공식품을 먹어도 아이한테는 직접 요리한 건강식을 먹였다. 아이를 데려오기 전에는 밖에서 밥을 먹고 들어오던 남편도 꼬박꼬박 집에 들어와 채식을 함께 먹었다.

일견 안정적으로 굴러가던 결혼 생활에 균열이 생긴 것은 아이를 데려온 후 한 달이 지나서였다. 남편이 귀갓길에 고기만두를 사 왔다. 아이는 남편이 주는 만두에 정신이 팔려서 식탁을 다 어지르며 먹었고 한솔이 혼내도 소용없었다. 아이가 돼지기름 범벅이 된 손으로 한솔에게 고기만두를 건넸을 때, 한솔은 아이를 혼내고 만두를 치웠다. 아이는 당황해서 눈동자가 흔들렸지만 울지는 않았다. 남편은 애한테 뭐 하는 거냐며 한솔에게 싸늘하게 표정을 굳혔다. 그렇게 화난 남편은 처음 봤다.

아이를 재운 후, 남편은 한솔에게 아이가 주는 음식을 먹는 척이라도 할 수 없냐며, 아무리 핏줄이 아니라지만 아이가 상처받는 건 생각도 안 하냐고 했다. 한솔은 아이가 상처받을 거란 생각은 못 했고, 남편이 상의도 없이 육식을 사 온 게 더 잘못했다고 생각했다. 내 친자식이었어도 똑같이 했을 거라고 말했지만 남편은 곧이곧대로 듣지 않았다.

아니다. 사실 친자식이었더라면, 내 애였더라면 한솔은 아이에게 주는 음식을 더 고민했을 것이다. 지금은 직접 요리해서 주는 거 외에 슈퍼에서 파는 과자나 젤리에 동물성 식품이 들어간 것이나 어린이집 급식에서 고기가 나오는 것까지 막지는 않았다. 공장식 축산 환경에서 비정상적으로 성장한 동물의 고기를 사람이 먹어서 좋을 게 없다고 생각하지만, 잠시 보호자 역할을 맡을 뿐이라고 생각하자 행동을 소극적으로 할 수밖에 없었다. 진짜 내 아이가 생긴다면 어떻게 될까? 남편과 양육관에 합의를 볼 수 있을지 의문이었다.

이후로 남편은 한솔을 빼놓고 아이와 단둘이 자주 외식했다. 몇 번은 한솔에게 거짓말까지 했지만, 아이가 무심코 말하는 바람에 한솔에게 들켰다. 한솔은 그 일을 그냥 눈감아줬다. 남편은 아이 문제로 전 부인과 자주 통화했고 아이가 엄마를 보고 싶어 해서 아이를 데리고 병문안을 갔다. 한솔은 자신이 원 가정 사이에 낀 것 같았다.

하루는 처음으로 한솔도 함께 병문안 갔는데, 아이가 자기를 잘 따르던 이유를 알게 되었다. 전 부인은 한솔과 많이 닮았다. 그전에는 통통한 체형이라서 몰랐는데 아파서 살이 빠지고 나니 알 수 있었다. 기분이 묘했다. 아이가 친할머니 집으로 돌아가고 난 후에도 한솔과 남편의 사이는 봉합되지 않았다.

일과 육아를 병행하느라 고달프고 성가셨는데 막상 아이가 떠나니 웃음소리와 아기 냄새가 그리웠다. 남편과 밥을 같이 먹는 일이 손에 꼽게 줄어들고 대화도 거의 하지 않았다. 한솔의 외로움은 아이가 떠나기 전보다, 결혼 전보다 더 커졌다. 남편은 부부 동반 모임에 한솔의 채식을 이유로 묻지도 않고 혼자만 참석했다. 한솔은 자신이 채식주의자인 게 문제가 아니라 당신의 이기주의가 문제라며 생각할 시간을 가지자고 했다. 처음이자 마지막으로 그와 서로 언성을 높였다.

한솔은 별거한 지 얼마 되지 않아 이혼했다. 시간이 갈수록 헤지는 게 아니라 굳건해지는 관계를 원해 결혼했지만, 그와의 관계는 하물며 낡지도 썩지도 못하고 끝났다.

이혼 후, 한솔은 아빠가 종무원으로 있는 강원도의 산사(山寺)를 찾았다. 바람결에 풍경 소리가 은은하게 들리는 고즈넉한 절이었다. 한솔은 불당에 아빠와 마주 보고 앉았다. 아빠는 한솔의 이혼에 대해서 아쉬운 내색은 비치지 않았다.

"아빠도 나도, 혼자 살아야 할 팔잔가 봐요."

한솔은 씁쓸하고 홀가분했다.

"혼자라니, 나는 부처님 그늘 안에서 자연이랑 같이 사는데."

"좋네요. 저도 여기 들어올까요?"

한솔도 짐짓 진지하게 농담을 던졌다.

"외로워서 결혼했으면서 어떻게 여길 들어와. 넌 여기서 일주일도 못 산다."

한솔은 아니라고 주장하고 싶었으나 '칫' 하고 넘어갔다. 외롭다고 아빠에게 한번도 말한 적 없는데 간파당하고 말았다. 조금 부끄럽기도, 말 안 해도 내 마음을 알아주는 사람이 있다는 게 기쁘기도 했다.

큰 고민 없이 한 결혼이었다. 오래 사귄 애인과 관계는 안정적이었고 혼자 텅 빈 집에 들어가서 잠드는 일상에 지쳤다. 몸살에 걸려 밤에 혼자 끙끙 앓을 때면 이 새벽에 어딘가 전화해서 누구의 잠을 깨울 수도 없었다. 약보다는 보살핌이 필요했는지도 몰랐다. 사회 초년생 때는 퇴근 후 시간이 너무 빨리 지나가는 게 문제였는데, 직장생활도 6년 차가 되니 퇴근 후 시간이 너무 더디게 흘러서 문제였다. 남들은 취미 생활이다, 육아다, 자기 계발이다, 바쁘다던데 한솔은 무료하기만 했고 그렇다고 뭔가 딱히 하고 싶은 것도 없었다. 이런 고민은 어디 말해도 공감받기 어려웠다. 애인과 살림을 합치면 직장 근처에 괜찮은 집을 얻을 수 있을 거라는 합리적인 계산도 있었다. 자취방과 병원이 멀어 통근 시간이 너무 긴 게, 한솔을 더 지치게 했다.

아빠가 이혼 얘기는 캐묻지 않아서 고마웠다. 아이는 이제제 부모와 함께 살 수 있을지도 몰랐다. 그런 생각을 해도 분한 마음이 들지 않는 걸 보니 그에게 미련이 없는 것 같아 안심했다.

아빠의 말처럼 속세를 떠나 살 수는 없을 것 같았다. 비건 베이커리, 비건 레스토랑에도 가야하고 직장도 계속 다녀야 했다. 생각 끝에, 직장 근처에 있는 집을 알아봐서 안개꽃 빌라로 이사했다. 월세를 조금이라도 아껴 빨리 집을 사려고 셰어하우스에 들어왔을 뿐 한집에 사는 사람들과 친해지는 데는 관심 없었다. 정들 새 없이 사람이 들고나기도 했다. 이곳에서 유일하게 마음 준 생명체가 있다면 시연의 고양이 '치즈' 정도였다.

이혼하고 1년이 채 되지 않아 전 남편과 아이 엄마가 재결합했다는 소식을 전해 들었다. 그들 사이에는 아이라는 끈이 있었다. 피는 물보다 진하며 같이 산다고 가족이 될 수 없다는 신조는 더욱 공고해졌다. 처음부터 혼자라고 생각하면 배신당할 일도 실망할 일도 없다고 생각했다.

나나가 회복실에서 나왔다. 주안은 나나의 얼굴을 제대로 보지 못하고 서 있었다.

"우리 이제 다시는 보지 말자."

나나가 주안에게 말했다. 건조한 목소리였다.

한솔은 나나와 함께 택시에 올랐다. 택시가 빨간 불에 걸려 아직 출발하지 않았을 때, 한솔은 유정이 선물한 초콜릿을 꺼내줬다. 나나는 처음에는 힘없이 고개를 젓다가 한솔이 팔을 내리지 않고 계속 들고 있자 호두알만 한 초콜릿을 입 안에 넣었다. 나나의 볼이 불룩하게 튀어나왔다. 한솔은 말없이 나나의 외투 주머니에 핫팩을 넣어주었다.

"걔도 나만큼 힘들고, 나만큼 죄책감을 느끼면 좋겠어요."

나나가 창밖을 바라보며 말했다. 택시가 출발하고, 병원 건물 앞에 선 주안의 모습이 점점 멀어졌다. 한솔은 입을 앙다물었다. 지난 몇 개월의 일들이 머릿속을 스쳤다. 나나가 한솔의 어깨에 머리를 기대왔다.

집으로 오니 바닥이 아랫목처럼 따뜻했다. 소미가 어디서 들었는지 산후풍이 들 수 있다며 보일러를 세게 틀어 놨다. 몸을 따듯하게 해야 한다는 소미의 조언에 따라 나나는 복슬복슬한 흰색 수면 양말을 신고 침대에 누웠다. 이불 밖으로 나나의 한쪽 발이 빼꼼 나와 있었다. 한솔은 수면 양말에 수 놓인 토끼 캐릭터를 한번 어루만지고 나나의 방에서 나왔다.

녹차를 마시고 남은 찻잎에 소금과 참기름을 넣고 조물조물 무쳐 차나물을 만들었다. 현미밥에 김 가루와 차나물을 넣어 한데 뭉치니 간단히 주먹밥이 완성되었다. 주먹밥을 빚으면서 몇 개 쏙쏙 주워 먹고 나머지는 나나의 저녁거리로 두었다. 냉이가 봄을 힘차게 시작하는 맛이라면 녹차 나물은 봄을 추억하는 맛이었다.

나나는 곧 일상으로 돌아왔다. 학교에 가고 주말에는 연주 아르바이트도 나갔다. 입덧이 없어지며 그동안 못 먹었던 고기와 생선도 맘껏 먹었다. 한솔은 나나에게 "괜찮아?"라고 묻고 싶을 때면, "밥은 먹었어?"라고 물었다. 밥을 먹었다고 꼭 괜찮은 건 아니겠지만, 대답을 들으면 조금이나마 안심이 되었다. 나나가 밥을 안 먹었다고 하면 한솔은 직접 요리를 하든, 식당에 가든, 뿌리채소나 뜨끈한 탕 같은 채식 보양식을 챙겨 먹였다. 나나는 받기만 해서 미안하다고 했지만, 한솔은 과거의 외롭던 자기 자신을 치유하는 것 같은 느낌이 들었다. 예전에 누군가로부터 받고 싶었던 보살핌을 지금 나나에게 해주고 있었다. 덩달아 현재의 한솔도 몸과 마음이 좀 더 건강해졌다.

"고마워요, 언니."

어느 날 나나가 느닷없이 말했다.

"언니 덕분에 입덧도 견딜 수 있었어요. 어쩔 수 없이 시작한 채식이지만 진짜 맛있었어요. 언니랑 같이 먹어서 더. 이건 진심이에요."

"말 안 해도 진심인 거 알아. 나도 너랑 같이 먹어서 좋았어."

평소라면 낯간지러워서 못 했을 말이었다. 나나와 같이 먹은 채식은 더 맛있었다. 나나가 윤리적인 이유로 채식을 선택한 게 아니라고 해도, 임신을 숨기려고 거짓말을 했다고 해도 그 점은 변하지 않았다.

○ ○ ○

한솔의 방은 다양한 요가 동작을 하기에는 좁아서 거실로 요가 매트를 가지고 나왔다. 잔잔한 음악을 틀고 낙타 자세, 왕 비둘기 자세, 댄서 자세, 교각 자세, 쟁기 자세 등 요가 동작을 했다. 장시간 컴퓨터 앞에서 일하는 보라가 어깨와 허리가 아프다고 호소해서 보라에게 인어 자세와 낙타 자세를 시범했다. 요가 자세를 교정해주려고 조금만 눌러도 보라는 비명을 내질렀다. 부엌에서 설거지하던 나나도 관심을 보였다. 나나는 훔친 음식값을 변상하고 보라의 속옷을 돌려준 후, 벌금 대신에 한 달 동안 설거지를 전담하는 벌칙을 받았다. 나나는 약속한 대로 벌금을 내면 안 되냐고 했지만 거절당했다. 요즘 나나는 '설거지 요정'으로 불리고 있었다. 나나도 한솔의 요가 교실에 합류해 동작을 따라 했다. 나나와 보라는 어딘가 한참 모자란 비둘기처럼 보였다.

"너희 안 되겠다. 나가자."

한솔은 오랫동안 손대지 않았던 배드민턴 라켓을 챙겼다. 방에 있던 소미와 유정에게도 같이 가지 않겠느냐고 물었다. 소미와 유정은 다들 공원에 운동하러 간다는 말에 늘어져 있던 몸을 일으켰다. 소미는 스포츠 브랜드의 반팔·반바지 운동복 세트를 입었고, 유정은 오버 사이즈 긴 티셔츠 아래 레깅스를 입었다. 한솔은 긴소매·긴바지 트레이닝복을, 보라는 보라색 맨투맨과 조거팬츠를 입었다. 안개꽃 빌라에 운동복이 없는 나나는 헐렁한 티셔츠에 청바지를 입었다.

봄밤의 바람은 조금도 차지 않았다. 익숙한 낮의 골목길도 밤이고 다섯이서 걸으니 색달랐다. 공원은 반려견을 데리고 산책하는 사람, 팔을 앞뒤로 힘차게 흔들며 경보하는 사람,

스케이트보드를 타는 사람, 스탠드에 앉아서 수다를 떠는 사람들로 활기를 띠었다. 유정, 보라, 나나는 가까운 데에 이런 공원이 있었냐며 놀랐다.

한솔은 네 사람을 공원에 있는 야외 배드민턴장으로 데려갔다. 초록색 페인트칠을 한 바닥 위에 사이드라인, 백 바운더리라인 등을 표시한 흰 선이 선명했다. 선명한 선으로 나뉜 네모반듯하고 질서정연한 직사각형들을 보자 마음이 편안해졌다.

시합 전에 몸풀기로 셔틀콕을 떨어뜨리지 않고 최대한 오래 주고받기를 했다. 유정과 보라의 실력이 형편없어서 그 둘의 반대편에 있는 사람은 네트 가까이 뛰어왔다가 다시 사이드 라인 가까이 팔을 뻗는 등 바삐 움직여야 했다. 나나는 그래도 그 둘보다는 실력이 나았는데, 유정은 고등학교 체육 시간에 운동한 지가 얼마 안 돼서 그런 거라고 분석했다.

몸풀기 겸 실력 파악을 마치고, 두 명씩 팀을 짜서 복식 경기를 했다. 약 5g짜리 깃털 공을 쫓으며 이리저리 움직였다. 치는 것보다 셔틀콕 줍는 게 더 운동이 될 정도였지만 다들 즐거워했다. 땀이 날 때까지 배드민턴을 치다가 소미의 제안으로, 아이스크림 내기 마지막 경기를 하기로 했다. 어느새 주변에 있던 사람들도 거의 보이지 않았다. 한솔과 나나가 한 팀, 소미와 보라가 한 팀이 되고 유정이 심판을 봤다. 점수가 엎치락뒤치락하자 소미의 눈빛에 승리욕의 불꽃이 타올랐다.

“이제부터 진짜 안 봐줘.”

보라가 한솔과 나나 팀에게 허세를 부렸다.

“지금까지 저희가 봐준 거예요!”

나나도 지지 않았다. 마지막 1점을 남기고 20점 동점 상황에서 한솔팀은 ‘유정 찬스’를 썼다. 심판으로 있던 유정이 투입되어 나나 대신 서비스를 넣었다. 네트를 간신히 넘은 셔틀콕을 소미가 민첩하게 받아냈다. 하지만 소미가 셔틀콕을 높이 쳐올려 공격할 빌미를 제공했고 한솔은 놓치지 않고 스매시를 꽂았다. 라켓 스트링과 셔틀콕의 코르크가 부딪치며 경쾌한 소리가 울렸다. 소미 팀이 스매시를 받아내지 못해 한솔팀이 득점했다.

“21대 20!”

유정이 최종 스코어를 외쳤다. 한솔과 유정, 나나는 얼싸안고 좋아했다. 진심으로 아쉬워하는 소미를 보라가 괜찮다며 다독였다.

근처 편의점에서 아이스크림을 사 왔다. 소미도 사겠다고 했지만 보라가 혼자 돈을 다 냈다. 다섯 사람은 텅 빈 코트에 앉아 각자 고른 아이스크림을 먹었다. 조명 타워에서 나온 불빛이 그들을 비추었다. 춥지도 덥지도 않은 선선한 바람에 마음이 간질간질했다. 한솔은 감귤 하드를 어금니로 아작 깨물어 먹었다. 갈증이 가시고 얼굴의 열이 서서히 내려갔다. 나나가 발그레하게 상기된 얼굴로 보라의 허벅지를 베고 드러누웠다.

"김나나. 하고 많은 다리 중에 왜 내 다리래?"

"언니 다리가 제일 말랑말랑하잖아요."

"죽을래?"

"하늘 봐! 별이 많아."

유정이 하늘을 가리켰다. 유정은 아이스크림을 손을 든 채 나나의 다리를 베고 누웠다. 소미도 유정의 다리를 베고 누웠다. 한솔은 고개를 들어 하늘을 봤다. 인공위성인지 별인지 구별이 안 되는 빛들이 반짝였다. 보라가 한솔이 세우고 있던 다리를 평평하게 펼쳐서 한솔의 다리를 베고, 가장 마지막에 한솔이 소미의 다리를 베고 드러누웠다.

밤하늘은 빨려 들어갈 듯 검다.

"우리 보라 이사 가기 전에 못 했던 얘기 다 해볼래요?"

유정의 목소리가 공중으로 흩어졌다. 다들 좋다고 했다. 또 무슨 고백이 남았을지 궁금해하며 한솔은 귀를 기울였다.

"시연 언니한테 다들 치즈 보고 싶다고, 치즈 데리고 한번 놀러 오라 그러는데……, 저 사실 고양이 안 좋아해요. 어릴 때부터 그냥 이유 없이 좀 무서웠어요. 그래서 시연 언니가 처음에 길고양이 데려왔을 때 안 키우면 안 되냐고 하고 싶었어요, 사실."

"근데 왜 말 안 했어?"

한솔은 전혀 몰랐다.

"정 없어 보일까 봐요. 털 알레르기가 있거나 특별한 이유가 있는 것도 아닌데 키우지 말라고 하는 것도 이상하잖아요. 치즈도 불쌍한 앤데……. 그리고 다들 키우고 싶어 하니까 그냥 저도 좋아하는 척했어요."

유정이 말했다.

"헉. 그래서 턱시도 고양이 만났을 때 시연 언니가 이사 간 게 잘됐다고 한 거예요?"

나나가 고개를 돌려서 유정을 쳐다봤다.

"응. 다 지났으니까 하는 얘기야."

"우린 그것도 모르고 고양이 너무 귀엽지 않냐고 좋아만 했네."

보라가 말했다. 그러고 보니 시연이 하우스 메이트들에게 고양이 사료를 대신 챙겨달라고 부탁할 때마다 유정은 일이 있다고 피했었다.

안개꽃 빌라에 살면서 알려고 하지 않았던 것들이 있다. 유정은 왜 유독 안전에 민감한지, 보라는 어떤 걸 계기로 먹방을 시작하게 되었는지, 나나는 채식 말고 다른 음식을 먹고 싶지는 않은지, 소미는 왜 전에 경찰을 봤을 때 피했던 건지 말이다.

“말 안 하면 모른다니까. ‘말하지 않아도 알아요.’ 같은 사이는 없다고 생각해. 말 못 할 게 없는 사이랑 많은 사이만 있는 거지.”

한솔은 보라의 의견은 극단적이라고 생각했지만, 서로 얼굴을 안 보고 하늘을 보고 있으니 물어볼 용기가 생겼다.

“소미야. 전에 우리 같이 중국집 갔던 날, 네가 경찰들을 의식하면서도 피하는 것 같다고 생각했거든. 내 착각일 수도 있지만.”

소미가 일부러 경찰들 옆에 안 앉으려고 구석으로 들어간 것 같은 느낌이 들었다. 그러면서도 소미는 경찰들을 곁눈질로 보곤 했다. 전에는 소미가 동네에 붙어 있는 현상수배 전단지를 유심히 보면서 뭐라고 혼자 중얼중얼했던 적도 있었다. 뭐라고 하는 지까진 못 들었지만.

“신경 쓰였던 거 맞아요. 저 경찰 준비했었거든요. 공부 접은 후로도 경찰차 보거나 경찰 제복 입은 사람들 보면 아직도 너무 부러워요. 최대한 피하고 싶은데 또 궁금하고. 그때 경찰들 봤을 때도요.”

한솔은 순간 경찰 제복을 입은 소미를 상상해 봤는데 무척 잘 어울렸다.

"소미 너도 그런 생각하는 줄 몰랐어."

유정이 혼잣말처럼 말했다.

"멋있어. 질투 나도록 하고 싶은 일이 있다는 거."

한솔이 말했다.

'꿈에 관해서 다른 사람을 질투해본 게 언제였더라?'

"합격을 못 했는데도요?"

"우리 언니가요. 멋있음은 결과보다는 과정에서 오는 거래요. 우리 언니, 꽤 유명한 바이올리니스트거든요. 처음엔 재수 없다고 생각했는데, 생각할수록 맞는 말 같아요."

한솔은 나나의 말에 맞장구쳤다. 나나의 언니는 나나가 열등감을 가진 대상이면서 자랑스러워하는 사람이었다. 결과가 실망스러울까 봐 최선을 다하지 않았던 나나는 이제 최선을 다했으면 그 자체로 멋지다고 생각하게 된 것 같았다.

한솔은 바닥에 댄 등이 시렸지만 다리는 보라의 온기로 따뜻했다. 다섯 사람은 서로의 다리를 베고 찌그러진 오각형 모양으로 누워 있었다. 누군가의 다리를 베고 누운 게 참 오랜만이라는 생각이 들었다. 얼굴을 안 보는 지금만 할 수 있는 얘기를 꺼냈다.

"얘들아. 너네 고슴도치 딜레마라고 알아?"

"그게 뭔데요?"

"고슴도치들은 춥고 외로워서 다가가면 서로 가시에 찔리고, 가시에 찔리는 게 싫어서 멀리 떨어지면 춥고 외롭대. 그래서 걔네는 가시가 없는 머리를 맞대고 잔대. 고슴도치들 보면 머리에만 가시가 없잖아."

"아, 우리처럼?"

보라가 한솔의 허벅지에 자기 뒤통수를 문질렀다.

"야야, 간지러워."

한솔이 몸을 움츠리며 의도치 않게 소미를 간지럽혔다. 도미노처럼 상대의 다리에 머리를 비비고 간지럽혔다. 사람이 없는 공원에서 한바탕 자지러지게 웃었다.

"보라 언니도 이사 가고……, 다들 이런 얘기 하니까 되게 마지막 같다. 이제 못 보는 사이처럼."

나나가 울적한 듯 말했다.

"사실 나 이사 안 가."

"집 보고 가계약까지 했다며?"

유정이 벌떡 몸을 일으켰다.

"그랬는데, 그대로 여기서 살고 거기는 촬영이랑 편집할 수 있는 작업실로 쓸려고. 사실 어제 잔금 치렀어."

"우리는 너 이사 가는 줄 알고 서프라이즈 송별회 어떻게 할지 얘기하고 있었어."

한솔도 몸을 일으켜 보라를 봤다. 보라가 너무 늦게 말해줘서 서운했다. 물론 기쁨이 더 컸지만.

"진짜 괜찮은 집이어서 고민하느라고. 근데 작업실로 쓰기로 하니까 다 해결됐어. 전부터 일하는 공간이랑 잠자고 쉬는 공간이랑 분리하고 싶었거든. 안개꽃 빌라에서 계속 사는 것도 좋고."

나나가 보라를 와락 껴안았다. 모두 보라의 말에 반가워했지만 나나가 가장 기뻐했다. 아마 그동안 절도와 거짓말을 한 데에 대한 죄책감 때문이었을 것이다.

"나도 너네한테 못했던 얘기 있는데."

한솔이 운을 띄우자 소미가 긴장한 목소리로 그게 뭐냐고 물었다. 한솔이 하우스 메이트들에게 마음속 이야기를 하는 건 처음이었다.

"너희가 오해하는 거 같아서. 전에 내가 너네한테 19금 영화 거실에서 보는 거랑 내가 채식 다큐멘터리 보는 거랑 뭐가 다르냐고 했던 걸로."

"언니. 오해 안 해요. 그땐 저희가 좀 심했죠?"

유정의 눈이 별을 박은 듯 반짝거렸다.

"아니, 그게 아니라……."

애들이 이렇게 답답하다.

"나도…… 야한 거 좋아해. 그니까 너네끼리만 보지 말고 나도 좀 끼워줘."

퇴근했을 땐 이미 넷이서 영화를 보고 있었고, 중간에 끼기도 애매해서 그냥 방에 들어갔었다. 같이 볼 거냐고 묻지도 않고 넷이서만 보다니 섭섭했지만 말하기에는 속 좁은 사람 같고 우스워 보일 것 같아서 말았다. 넷은 뭐가 그렇게 웃긴지 한솔의 등과 팔을 치며 진작 말하지 그랬냐고 다음부턴 언니 취향도 반영해서 고르겠다며 깔깔 웃었다. 어째 놀림거리 건수가 잡힌 것 같긴 하지만, 속은 후련했다.

육소미

식칼, 장도리,
레드 와인이 있는 만찬

안개꽃 빌라 냉장고에는 보라가 폴라로이드 카메라로 찍은 단체 셀카가 붙어 있었다. 지난여름 강릉에 놀러 갔을 때 찍은 사진이었다. 사진 속, 쪽빛 바다를 배경으로 선 하우스메이트들은 환하게 웃고 있다. 나나는 거세게 부는 바닷바람 때문에 윙크하듯 한쪽 눈을 반쯤 감고 찍혔다. 나나는 몸과 마음을 회복하고, 유정은 국내 저가항공사에 합격한 후였다.

그 여행에서 먹은 것 중 동해를 바라보며 먹었던 우럭회, 선교장에 있는 한옥 카페에서 마셨던 커피도 좋았지만, 5인승 SUV에서 다 같이 나눠 먹은 휴게소 음식이 가장 기억에 남았다. 갈색 기가 돌도록 버터에 구워 설탕을 솔솔 뿌린 알감자, 촉촉한 팥소를 듬뿍 품은 호두과자…….

강릉으로 향하는 차 안에 달콤하고 고소한 냄새가 차올랐다. 소미의 마음속에는 여행지로 달려가고 있다는 설렘이 두둥실 떠올랐다. 조수석에 앉은 사람이 운전하는 소미의 입 안에 알감자나 호두과자를 넣어줬다. 빨간불에 차가 멈춰 서면 종이봉투에 든 호두과자를 꺼내 입에 넣었다. 그걸 연료 삼아 땅끝까지도 갈 수 있을 것만 같았다. 차 안은 쉴 새 없이 누군가의 플레이스트와 수다로 채워졌다.

차 안은 움직이는 휴게소와 다름없다. 휴게소에서는 간편하고 빠르게 허기를 달랠 수 있는 음식을 먹는다. 목적지에서 먹을 특식을 기대하면서. 그러나 지나고 보면 낮은 기대치와 시간제한으로 인한 스릴 때문에 휴게소 음식도 제법 괜찮았다고 추억하게 된다. 차 안에서 먹는 음식도 마찬가지다. 그 음식이 생각나는 건 한 입 한 입 사이에 여정의 기억이 켜켜이 쌓여서일 테다.

하우스 메이트 간 관계를 생애주기로 치자면 지난여름은 질풍노도의 사춘기를 지나 가장 활기가 넘치는 청년기였다. 다같이 맛집 순례도 한창 다녔다. 안개꽃 빌라에 소미보다 먼저 들어온 한솔, 유정, 보라도 하우스 메이트들과 이 정도로 친해진 건 처음이라고 했다. 여름이 지나고 지금은 안정기로 접어들었다. 모두 바빠지며 하우스 메이트들 사이에서 다툴 일 자체도 잘 없지만 다퉈도 금방 풀렸다. 소미는 서로가 미지수일 때 느끼는 새로움과 설렘도 좋지만, 지금의 예측 가능함과 편안함도 좋았다.

추석 연휴의 전날 저녁, 하우스 메이트들이 부엌에 모였다. 오랜만에 다 같이 하는 식사였다. 보라는 작업실을 얻으며 밖에서 밥을 먹고 들어오는 일이 많아졌고, 나나는 영화 동아리 활동에 빠져서 동아리방에서 많은 시간을 보냈다. 유정은 비행이 끝난 후 집에 오면 파김치가 되어 쓰러졌다. 소미도 요즘 밖에서 먹고 밤늦게 들어와, 한솔만 변함없이 집에서 밥을 먹었다. 다 같이 밥을 먹자고 제안한 사람은 소미였다. 한솔은 추석 연휴 첫날인 모레 아버지를 뵈러 갔다가 호캉스를 간다고 했고, 유정은 모레 하루만 출근하고 이후에는 부모님 댁에 가서 보낸다고 했다. 보라와 나나는 내일 각자의 할머니 댁에 가기로 했다.

저녁 메뉴로는 월남쌈을 골랐다. 월남쌈은 채식주의자인 한솔도 먹을 수 있고, 각자 기호에 따라 속 재료를 골라 다양한 조합으로 먹을 수 있었다. 여느 가정집에서 명절 음식을 하는 것처럼 다 같이 모여 월남쌈을 만들었다. 재료는 냉장고에 있는 것들을 활용했다. 월남쌈 속 재료로 파프리카와 오이, 계란 지단과 삶은 닭가슴살은 채 썰었다. 느타리버섯은 볶아서, 새싹 채소는 씻어서 생으로 준비했다. 둥그렇고 큰 접시에 색색의 재료를 방사형으로 담으니 보기만 해도 잔칫날처럼 풍성했다.

소미는 피쉬 소스와 땅콩 소스를 꺼내놓고 도전정신이 생겨서 특제 소스를 만들기로 했다. 전에 집에서 맥주 안주로 먹태를 먹을 때, 보라가 마요네즈에 간장과 다진 청양고추를 넣어 소스를 만든 적이 있었다. 거기에서 착안해 콩으로 만든 비건 마요네즈에 레몬청과 굴 소스를 한 숟가락씩 넣어 새로운 소스를 만들었다. 일명 마요레굴 소스였다. 살짝 찍어 맛을 보니 고소한데 상큼하고, 짭조름했다. 피쉬 소스, 땅콩 소스, 마요레굴 소스 세 가지를 종지에 나눠 담았다.

"나 친구한테 선물 받은 레드 와인 있는데, 같이 마실래?"

보라가 와인 병을 가져왔다. 그런데 집에 와인 오프너가 없는 게 문제였다. 전에 소미와 보라가 마셨던 화이트 와인은 스크류캡이어서 손으로 돌려 딸 수 있었지만, 지금은 코르크 마개를 뺄 수 있는 도구가 필요했다. 보라가 어떻게든 끄집어내려고 코르크 마개를 손톱으로 잡았지만, 손톱자국만 났을 뿐이다. 유정은 싱크대 위 나무 블록에서 독일제 식칼을 꺼내왔다. 음식 도둑이 밝혀지기 전까지 유정이 호신용으로 베개 밑에 깔고 자던 식칼이었다. 유정은 코르크와 병 사이에 식칼을 쑤셔 넣어 마개를 빼내려고 했지만, 마개는 꿈쩍도 안 했다.

소미는 시공업체 사장이 층을 잘못 알고 온 날, 장도리를 등 뒤에 숨기고 문을 열어줬던 게 기억났다. 신발장 문을 여니 장도리가 그대로 있었다. 그땐 이 장도리를 무기로 쓰겠다고 등 뒤에 감추고 있을 정도로 위기감을 느끼고 있었지 생각하니 격세지감이었다. 나사못과 장도리, 십자드라이버를 들고 위대한 발견을 한 과학자라도 된 것처럼 자신감에 차서 식탁으로 왔다.

"장도리랑 못은 왜요?"

"와인 오프너랑 비슷한 원리로 열 수 있을 것 같아."

소미는 십자드라이버를 돌려 못을 코르크 마개 속에 박는 중이다.

"장도리로 치면 한번에 들어가지 않을까?"

"방금 소미가 해보니까 안 되더라고요."

한솔과 유정이 서로 얘기하는 동안에도 소미는 계속 십자 드라이버를 돌렸다. 이윽고 긴 못의 3분의 2 이상이 코르크 마개 속으로 들어갔다.

"제가 잡고 있을게요."

"그래, 꽉 잡아 줘."

나나가 병을 잡고 소미는 장도리에 못의 머리를 끼워서 들어 올렸다. 뻑뻑한 느낌이 들더니 '뽕!' 하는 경쾌한 소리와 함께 못이 박힌 코르크 마개가 딸려 나왔다. 월드컵 경기에서 골이 터진 것처럼 다들 손뼉을 치며 환호했다.

"우와, 이게 되네!"

보라가 감탄했다. 맨손으로 시작해 식칼을 거쳐 장도리까지, 십여 분의 고군분투 후였다.

"어떻게 그런 생각을 다 했어?"

한솔이 기특해했다.

"먹기 위한 의지만 있으면 못 할 게 없죠."

소미가 와인 잔에 레드 와인을 따랐다. 유리로 된 와인 잔에 와인 물방울이 부딪히는 소리가 가을밤 귀뚜라미 울음소리 같았다. 보라는 와인 잔 깊숙이 코를 박고 소믈리에 흉내를 내며 과장되게 향을 음미했다. 나나가 따라 하며 둘은 키

득거렸다.

“어우야! 아예 와인에 코를 박아라, 박아.”

유정이 둘의 주접에 질색했다.

“우리 짠해야지. 뭘로 할까?”

한솔이 잔을 들었다.

“아직 아무도 안개꽃 빌라를 떠나지 않은 걸 축하하며……?”

보라가 말꼬리를 늘이며 사람들의 의중을 살폈다.

“그럼 곧 진짜 누가 나갈 것 같잖아요.”

나나는 반대했다.

“우리가 식구가 된 걸 축하하며 어때요?”

소미가 의견을 냈다.

“축하할만하네.”

손발이 오그라든다고 반대할 줄 알았는데 한솔이 흔쾌히 잔을 들었다.

“식구가 된 걸, 축하해!”

모두가 외치며 쟁그랑 와인 잔 부딪히는 소리가 울렸다.

“우아한 명절이네.”

유정이 한 모금 마신 후 와인 잔을 내려놓으며 말했다. 와인은 가볍고 달콤했다.

“크리스마스 같아요.”

“추석이라고 꼭 전 부치고 향 피우고 그래야 할 필요 없지

(난 무주 가면 먹을 거지만).”

“자, 이제 어서 먹자!”

돌림노래처럼 “잘 먹겠습니다!”라는 말이 울려 퍼졌다. 미지근한 물에 라이스 페이퍼를 3초 담갔다가 빼면 종이 같은 형태가 한천처럼 변하면서 점착력이 생겼다. 소미는 모든 재료를 골고루 넣고 월남쌈을 포대기처럼 감쌌다. 월남쌈 양 끝에 피쉬 소스와 마요레굴 소스를 각각 찍어 한입에 넣었다. 한 가지 소스만 찍어 먹을 때보다 훨씬 오묘하고 풍부한 맛이 났다. 새콤함과 고소함은 질리지 않는 친구 사이였다.

“오랜만에 집밥 먹으니까 너무 맛있다.”

얼굴에 미소가 번졌다. 음식을 사랑하지 않는 사람들과의 식사는 아무리 훌륭해도 어쩐지 건조했다. 그러나 안개꽃 빌라에는 화롯불 근처에 가면 느껴지는 화기가 있었다.

“우리 내년 설도 이렇게 보낼래요?”

나나가 월남쌈을 넣은 입을 오물거리며 말했다. 다들 그러자고 한마디씩들 했다.

“보라랑 나나는 내일 버스 타고 각자 본가 간 댔고. 난 모레 강원도 가는데, 유정이는 비행 언제야?”

“모레요. 타이베이 턴어라운드 비행이어서 저녁에 돌아와요. 집에 와서 자고 다음 날 아침에 대전 가려고요.”

승무원은 외국의 호텔에서 묵을 일이 많을 줄 알았는데, 유정이 다니는 항공사는 단거리 비행이 대부분이라 유정은 항상 출근한 지 한나절 안에 집에 돌아왔다. 도착지에서 승객을 내려준 후 비행기에서 내리는 것조차 하지 않고 새로운 승객을 싣고 베이스로 돌아온다는 말을 들었을 때는, 승무원에게 비행은 노동임을 절감했다. 제주도, 오키나와, 상하이, 홍콩으로 비행한다는 말에 왠지 감탄하던 하우스 메이트들도 지금은 '몇 시간 비행이겠군.' 하고 일상적으로 받아들였다.

"그럼 연휴 동안 소미 혼자 집에 있겠네?"

한솔이 물에 적신 라이스 페이퍼를 건져 올리며 물었다.

"네, 도서관도 휴관이라서 집에서 공부하려고요. 집에 아무도 없는 일 흔치 않은데."

이번 추석에는 거제에 내려가지 않고 집에서 공부하기로 했다. 집에 아무도 없이 혼자라니 설렜다. 그때 집에서 해야 하는 것이 비록 공부긴 하지만, 아직은 그렇다.

소미는 최근 경찰 공부를 다시 시작했다. 도시락 가게 아르바이트 시간을 줄이고 공공도서관에서 하루 대부분을 보냈다. 지난 반년 동안 자기가 얼마나 경찰이 되고 싶은지 깨달았다. 주변의 소소한 문제를 해결하고 다른 사람들을 도와주는 게 보람 있었다. 아무래도 오지랖이 천성인 것 같았다. 이번 명절에 집에 내려가지 않는 건 공부 시간을 위해서이기도 했지만, 가족 친지들 잔소리와 참견을 피하기 위해서이기도 했다.

"소미 언니는 좋은 경찰이 될 거예요."

"맞아."

나나의 말에 유정이 동조했다.

"그래? 왜?"

"정의롭고 따뜻하잖아요."

소미가 가장 중요하게 생각하는 가치가 정의로움과 따뜻함인데, 말하지 않아도 나나가 인정해주니 감동이었다.

"난 서비스직이라서 비즈니스용 친절은 해도 가까운 사람한테는 소홀한 것 같은데, 넌 주변 사람들을 잘 챙기는 것 같아."

"으하하, 오늘 내 생일이야?"

소미는 부끄러워서 더 호탕하게 웃었다. 보라가 모두의 와인 잔이 비어있는 것을 확인했다.

"그럼 다시 짠할까? 소미 언니 올해 경찰 합격!"

식탁 가운데에서 잔을 부딪쳤다. 이후에도 건배사는 계속 바뀌었다. 하우스 메이트들은 와인을 마시는 것보다도 건배사 자체에 재미 들렸다.

"유정이의 안전 비행!"

소미가 외쳤다.

"보라 언니 유튜브, 구독자 백만 달성!"

나나가 외쳤다.

"한솔 언니 주식 상한가 가자!"

유정이 외쳤다

그 사이사이 많은 얘기가 오갔다. 유정의 수습 비행 이야기, 보라가 컬래버한 유튜버의 논란 이야기, 한솔이 새로 알게 된 비건 식당 이야기 등. 재미 삼아 서울 3대 족발, 5대 떡볶이를 정하기도 했다. 보라는 나중에 전국 맛집 지도를 만들겠다는 원대한 포부를 밝혔다. 유정은 음식을 먹으면서도 다른 사람의 물 잔이나 와인 잔이 비면 자연스레 잔을 채워줬다. 본인은 가까이에 있는 사람들에게 소홀하다고 얘기했지만, 소미가 보기에는 전혀 아닌 것 같았다.

내일 또 어떤 일이 닥칠지는 모르겠지만 하우스 메이트들은 웃으며 건배했다. 식탁 위를 가득 채운 접시가 바닥을 드러내고 난 뒤에도 다섯 사람은 오랫동안 식탁을 떠나지 않았다.

안개꽃 빌라의 탐식가들

2022년 9월 22일 초판 1쇄 발행

지은이 장아결
펴낸이 박시형, 최세현

책임편집 김명래 **디자인** 정아연 **교정교열** 윤수빈
마케팅 이주형, 양근모, 권금숙, 양봉호 **온라인마케팅** 신하은, 정문희, 현나래
디지털콘텐츠 김명래, 최은정, 김혜정 **해외기획** 우정민, 배혜림
경영지원 홍성택, 이진영, 임지윤, 김현우, 강신우
펴낸곳 팩토리나인 **출판신고** 2006년 9월 25일 제406-2006-000210호
주소 서울시 마포구 월드컵북로 396 누리꿈스퀘어 비즈니스타워 18층
전화 02-6712-9800 **팩스** 02-6712-9810 **이메일** info@smpk.kr

ISBN 979-11-6534-628-7 (03810)